有爱的青春陪伴者

窃窃晚风

QIEQIE
WANFENG

知稔 · 著

ZHIREN
Works

台海出版社

图书在版编目（CIP）数据

窃窃晚风 / 知稔著 . -- 北京 ：台海出版社，
2023.9
ISBN 978-7-5168-3589-0

Ⅰ . ①窃… Ⅱ . ①知… Ⅲ . ①长篇小说－中国－当代
Ⅳ . ① I247.5

中国国家版本馆 CIP 数据核字（2023）第 115652 号

窃窃晚风

著　　者：知稔

出 版 人：蔡旭　　　　　　　　　责任编辑：俞滟荣

出版发行：台海出版社
地　　址：北京市东城区景山东街 20 号　　　邮政编码：100009
电　　话：0731-89743446（发行，邮购）
传　　真：028-86361781（总编室）
网　　址：www.taimeng.org.cn/thcbs/default.htm
E - mail：thcbs@126.com

经　　销：全国各地新华书店
印　　刷：长沙鸿发印务实业有限公司
本书如有破损、缺页、装订错误，请与本社联系调换

开　　本：880 毫米 ×1230 毫米　　　1/32
字　　数：304 千字　　　　　　　　　印　张：9
版　　次：2023 年 9 月第 1 版　　　　印　次：2023 年 9 月第 1 次印刷
书　　号：ISBN 978-7-5168-3589-0

定　　价：42.80 元

楔子

[喜欢十年仍未休]

（1）

傍晚时最闷热，空气里热浪翻涌，整座城市像被闷进了玻璃瓶里。

艾伽站在树荫下，咬着奶茶吸管，时不时地仰头看向眼前的男生宿舍。

她已经等了半个多小时了，额前的发丝黏糊缠着，短裙黏着肌肤，手心也都是冰块化掉的水，湿漉漉的。

艾伽热得都蔫了，疑惑地翻出手机里高价买来的课表。

不是说他晚上七点有课吗？怎么还不出来？

她正想叫住路过的男同学去他宿舍看看，手机铃声在这时响起，是室友陈晚漾打来的。

"晚上和法学院联谊你去不去？"

"去啊。"

艾伽将喝完的奶茶扔进垃圾桶里，看了眼屏幕，时间已经七点了，今天估计没戏了。

"你不是去男生宿舍蹲人了吗，我还以为你心有所属了呢。"陈晚漾真的好奇，"你这开学一个多月，只要有活动都上，逢联谊必去，你到底是想谈恋爱还是想出风头？"

"我啊……"艾伽勾起唇，狐狸眼半睐，视线停留在四楼的某个宿舍，"就想看看有人能装瞎到什么程度。"

晚上八点半。

陈晚漾勾着艾伽走进学校附近的音乐餐厅。这家店装修有点小资情调，灯光昏暗，晚上还有驻唱，是京大论坛投票第一的情侣约会圣地。

陈晚漾在耳边给她介绍今晚法学院的几个人："陈盏风、梁京越这两个都是大帅哥，法学院一共三棵草，这次来了两棵，我们运气不错。"

艾伽正对着镜子补口红，听到这话，合上粉饼，问："你看上谁了？"

陈晚漾也不藏着："陈盏风啊，听名字跟我哥似的。"

艾伽笑出声："祝你成功。"

进包厢之前，陈晚漾盯着艾伽这张脸，不放心地叮嘱她："你别跟我抢啊。"

"这得各凭本事吧。"

走廊里光线暗，偶尔有幽幽紫光扫过来。艾伽没陈晚漾高，看陈晚漾时眼尾微微往上挑，她五官偏清冷，偏偏双眸生得最招人，不经意扫过时透着一股说不出的性感。

陈晚漾被她惊艳到，过了两秒，才记起来要吵架："喂，艾伽你不要抢……"

包厢的门在这时突然打开，话题中心的陈盏风拿着手机走出来，像在找人，正巧听到她们的对话，他低头笑着问："抢什么啊？"

陈晚漾脸一红，说不出话来，扯着艾伽进去随便找了个地方坐下。

艾伽勾唇嘲笑陈晚漾："你就这胆子？"

陈晚漾半恼地掐了下她的腰："你少说点话。"

包厢里人不少，陈晚漾和艾伽是京大美院的艺术生。

京大美院地位有些尴尬，它虽然也挂了个美院的名字，但因为京大是个综合类大学，所以艺术氛围没那么浓厚。可又因为它是国内最好的大学，"姿态"特别高冷，所以每年分数都高得厉害且是出名的严进严出。

这么一来，他们被传统的美院鄙视不够艺术，又被校内其他专业的学生鄙视文化分不够高。但京大的法学院，那可是全国排名第一金光闪闪的京大招牌。

一屋的学霸们惺惺相惜，显得她俩特别格格不入。

艾伽看了一眼，没什么兴趣，一直坐在原地，撑着下巴无聊地在玩游戏。

陈晚漾转了一圈回来，拿起桌上的啤酒一口气干了："狗眼看人低的东西，一个加个微信都那么扭扭捏捏。"

"你不是看上陈盏风了吗，加别人干吗？"

"我鱼塘大得很，得多养几条鱼。"说完，她气不顺地斜眼看艾伽，"你每次联谊，来都来了，干吗对别人都爱搭不理的？”

“哪有，我明明来者不拒。”

“你那是来者不拒吗？明明是不主动不拒绝不负责，渣女典范啊。”

说话间，身边又来了个男生问艾伽要微信：“同……同学……”

艾伽看都没看他，点开二维码，懒洋洋地指着手机屏幕：“扫吧。”

男生一愣，脸都红了，拿着手机微微颤抖地扫完，眼睛盯着她好一会儿，嘴巴张了又闭，最终害羞得没将话讲出来。

陈晚漾看着纯情男同学，直呼造孽：“你就是女妖精吧，专门来害男人的。”

夸张的语气，听得艾伽倒在沙发里直笑。

同一瞬间，包厢的门又被推开，消失了好一会儿的陈盏风回来了，身后还跟了个人。

那人戴着眼镜，穿着一丝不苟的黑色衬衫。因为领口最上面的两颗扣子被松开，露出了一截冷白又精致的锁骨，让本来斯文的气质又多了些攻击性。他个子很高，眉眼很绝，既深情又薄情。他进来时和屋子里的人微微点头，只是礼貌性的一个动作，他做来却让人觉得屈尊降贵。

艾伽在低头回消息，错过了一秒，等再抬头，对方已经坐在距离她最远的那一侧，身边分别是陈盏风和另一个叫姜昕菁的法学院女生。

所有人的目光都落在那个角落，他像是早已习惯了目光，没在意，侧头和陈盏风不知在说什么。

艾伽收回视线，垂眸撇了下唇：“装。”

陈晚漾却激动得要将她身上的裙子捏碎：“靳嘉致，是靳嘉致啊！”

“哦。”

“去年 S 省状元，法学院头号院草，他怎么会来？”

艾伽心不在焉地关掉游戏，本来想喝果汁，等入口才发现自己拿成了啤酒。

“来这儿，除了想找女朋友，还能干什么？”

陈晚漾认真道：“可他不是单身啊。”

“啊？”

静了一分钟，没等到陈晚漾说话，艾伽语气不大好地问：“他怎么就不是单身了？”

陈晚漾奇怪地看了艾伽一眼：“靳嘉致有个相爱多年的女朋友，他为了这个女朋友和家里都闹翻了。”

她不满艾伽连京大最大的八卦都不知道："校内论坛上点击量最高的那个楼，你都没看吗？上面详细说了靳嘉致和他女朋友的爱情故事，可感人了，我哭了三天。"

艾伽嗤笑一声没再说话。

这场联谊到晚上十点都还没结束，陈晚漾喝多了，倒在艾伽身上，正炫耀刚刚加上陈盏风的微信。

艾伽有一搭没一搭地听着，余光看见靳嘉致站起来走了出去。

下一秒，被推开的陈晚漾揉了揉眼睛，她后知后觉地发现艾伽也不见了。

晚上高温不退，漆黑的夜幕像笼着一张巨大的纱雾，将路两边的霓虹都裹上了粉色的暧昧。

靳嘉致单手插兜立在店门口，听不清他和电话那边说了什么，但能偶尔听到他偏低的声音和慢条斯理的语调。

艾伽最迷他这股假正经的调调，明明气质出众，斯文又清洌，可周身却有一种克制到极致反而疯狂的感觉。

她看着他，站在回去的必经之路上，准备堵他。但有人抢先她一步，是一直坐在他身边的姜昕苒。

姜昕苒脸红得要命，攥着裙角，仰头含情脉脉地望着靳嘉致。

姜昕苒和靳嘉致是同班同学，从大一入学就喜欢他，今天好不容易鼓起勇气来堵住他。她知道靳嘉致有女朋友，可喜欢他的心情就是想让他知道。

但现在她急得都快哭了，告白的话怎么都说不出口。

就在这时，身后突然有人轻笑一声，紧接着，出现一个女声——

"喂。"

姜昕苒惊道："谁？"

女生轻哼："撬墙脚也得排队。"

姜昕苒猛地转身，黑漆漆的偏僻角落，艾伽不知何时站在那儿的。黑色的短裙贴在身上，艾伽正松松垮垮地靠在墙上，长发被深夜燥热的风吹起，乱糟糟的，眉眼清冷又精致。

姜昕苒被她看得局促，正想说什么。

艾伽突然开口："靳嘉致。"

靳嘉致抬眸，冷冷地看过去，不露声色地皱了下眉。

"叫我？"他的语气比脸色更冷漠。

姜昕苒愣了下，不明白艾伽为什么会突然出现，但女生的第六感告诉她，眼前的人十分有威胁。

果然。

艾伽直起身，朝着靳嘉致的方向走近了几步。距离一步之遥时，她仰头，目光直直地看着靳嘉致，肯定道："对，叫你。"

姜昕苒紧张地盯着靳嘉致。

靳嘉致低头看向姜昕苒："你先回去。"

"……我。"姜昕苒知道自己只能走了。

狭窄的走廊里只剩下他俩。四周静得要命，只有不远处偶尔传来聒噪的鸣笛声。

艾伽眼尾吊着，目光黏在他身上，上上下下毫不遮掩地大胆打量着。看得靳嘉致眉头又皱起，她低声笑起来。

她靠向他，踮起脚，在他耳边轻声问："哥哥，我比她好看，你能加我微信吗？"

黏腻空气里有几道沉闷的光线，靳嘉致眸光被镜片反射，有一层冷而冰的薄雾，看得让人心慌。

艾伽不怕他，指尖未经同意地碰到他衬衫的衣角，头顶传来他的声音："不方便。"

"嗯？"

他淡淡地道："我女朋友不喜欢我加别的女生微信。"

气氛骤然停滞下来。

"哦。"艾伽冷笑了声，拿出手机，找到一个号码，在他视线里拨了出去。对方很快就接了。

她眼睛看着靳嘉致问："季时安，靳嘉致有女朋友了吗？"

"女朋友？没……呃……有吧。"

"好，我知道了。"

她将电话挂断，不再看向他，绝情地转身就走，不再纠缠。

艾伽刚走两步，手腕就被身后的人用力拉住。艾伽被强拖着走到窄巷尾端，还没反应过来就被猛地推到墙上，后背撞到坚硬的水泥墙，她疼得直皱眉，仰头刚要说话，就见眼前刚刚还冷淡理智的靳嘉致像是变了个人。

他身体紧绷，整个人克制着强大的怒气，声音在失控的边缘。

"你不是都知道了吗？"

"我知道什么？你有女朋友吗？我祝你们幸……"

她话还没说完，唇被猛地一撞，舌尖溢满金属的味道，牙齿和唇都生疼。腰被勒紧，胸膛被强压，整个人被困在他怀里，承受着他的怒意和疯狂。

吻越来越凶，空气越来越单薄，在快要窒息前，艾伽抵在他胸前的手，推了推他。

察觉到她的反抗，他吻得更疯狂。四周闷热潮湿，镜片上白雾很厚，走廊里的风都是滚烫的……

不知过了多久，艾伽攥着他的衬衫，一睁眼就看到他猩红的双眸。

他向来高傲矜持，此刻却让人窥探到明显的脆弱和受伤。

她心一滞，胸口被酸涩占满，莫名慌起来。

"靳……"

靳嘉致勾唇讽刺道——

"看我笑话很好玩吗？

"暗恋你十年，在一起十天，被你甩了479天，还念念不忘。

"艾伽，你是不是很有成就感？"

（2）

"你刚刚去哪儿了？不是先走了吗，怎么是我先回来？"

回到宿舍，陈晚漾酒还没醒，拿着化妆棉在脸上乱抹卸妆。

艾伽迷迷糊糊地坐在椅子上，脑子里都是靳嘉致刚刚那句话。

她拍了拍脑袋，怀疑自己失忆了。她怎么一点都不知道，靳嘉致什么时候暗恋了她十年？

"没去哪儿。"

"那你嘴唇怎么破的？"陈晚漾盯着她的嘴角，破了好大一块，"是法学院的人亲的吧，看不出来啊，表面上人模人样，其实都是斯文败类。"

艾伽摸了下唇："是挺厉害的。"

"谁啊？"陈晚漾问。

"靳嘉致。"

"你喝醉了吧？"

"是吧。"艾伽勾唇笑，"我也觉得酒没醒。"

陈晚漾忽然想到什么："你参加活动和去联谊是不是在找谁或者是引起谁注意？"

不然为什么明明毫无兴趣也会待全场，明明追求者很多，偏偏一个都不接受。

她看着艾伽唇上的牙印："你找到他了是吗？"

艾伽没出声，过了一会儿问："你信一个人能喜欢一个人十年吗？"

陈晚漾想都没想直接回："信啊，靳嘉致就是。"

艾伽扯唇笑起来。

她在回来的路上翻了下论坛上的高楼，里面靳嘉致的爱情事迹在她看来大多都是杜撰。也不知道怎么骗得一个个女生，都觉得靳嘉致是痴情好男人。

她伸手扯头发上的发圈，刚松了一圈就"啪"的一下断了，手背被弹了下。

她忽然想起，高三时靳嘉致有一段时间非常颓废。当时所有人都觉得他快毁了，学校里的通报一次比一次严重。她担心得要命去找他，却在他身边看到了别的女生。

当时她失望至极，不相信自己心中的明月怎么变成这样了，口不择言就骂他幼稚。

她记得很清楚，那年单元楼前的香樟树枝叶繁茂，橘黄的路灯将人影拉得老长，她站在他的阴影里，仰头看着少年消瘦的侧脸。

他低头，整个人有着平日里不见的颓废感，明明很危险却流出一丝真诚的易碎感，让她满腔怒火消尽，变得又怜爱又忌惮。

他看着她的眼睛，格外认真地说了十个字："我爱一个人，就会一辈子。"

…………

"艾伽，你再不洗澡，要没热水了。"

陈晚漾的声音将艾伽拉回现实，艾伽"嗯"了声，打开衣柜拿出睡衣。

走进卫生间，艾伽脑子里还印着靳嘉致当时的眼神，好像和今晚的有些相似。

热水冲刷下来，肌肤被烫得发红，眼眶也被氤得发涩，艾伽揉了揉眼睛，突然觉得自己当年错过了许多。

"你今晚到底怎么了？"

晚上关了灯，宿舍里空调吹了半天，还是又热又燥。

陈晚漾将脑袋移到艾伽这边："那个人到底多大魅力啊，让你回来跟失了魂似的。"

艾伽："很大。"

艾伽和陈晚漾都是学工业设计的，她们宿舍四个人，另外两个一个本地的，一个和男朋友在校外住，她们都嫌弃晚上十一点就熄灯的宿舍，只偶尔出现一下。

艾伽和她们关系说不上多好，但也不错。

陈晚漾酒劲过了，现在好奇心太重，不达目的不罢休："我早就想问你了，为什么要复读啊？"

"成绩不好。"

陈晚漾"哦"了声："我还以为你叛逆呢。"

"也有。"

"为什么复读了还要来京大？"

"为了谈恋爱。"

陈晚漾嘻嘻笑起来："我也是。"

艾伽没搭话，正看着微信界面，犹豫了下，今晚第七次将好友申请发了过去。

陈晚漾又问："你和他怎么认识的？"

艾伽顿了下，屏幕上还是靳嘉致的微信页面："青梅竹马。"

"都青梅竹马了，那还要你这么费劲地找他啊。"陈晚漾对她的爱情故事充满好奇，"他是不是有点小气啊？"

"是小气死了。"

说完，艾伽戳了下屏幕上靳嘉致的头像，想到他说他们在一起十天，又戳了他一下。

那能算在一起吗？顶多就是过家家吧？那时刚高考完，成绩还没出来，她厚着脸皮问他能不能试着谈几天。她其实就是心痒，看身边的朋友都有喜欢的人，满眼的少女情怀，让她嫉妒。

本以为靳嘉致不会同意，没想到他不仅同意了，还演得十分敬业。

散伙饭那天，脱掉校服的同学没了平日里在学校的顾忌，男同学一个个排着队来加艾伽微信。

她举着手机找到靳嘉致，刚要炫耀自己魅力大，没想到却被他黑着脸捂住

眼。夜风里，他声音好像真的藏了满颗柠檬的酸。

"艾伽，你最好别在我面前表现出来，我容易吃醋。"

她心"怦怦"跳，脸红着还想问他，别表现什么，怎么就吃醋了，就被他拖了出来。这行为被她嘲笑了好几天，奇怪的是靳嘉致居然丝毫没反驳。

想到这里，艾伽心又软了几分，手指飞快地在屏幕上点了几下，又发了几个好友申请过去。

另一边，男生宿舍。

陈盏风洗完澡出来看着靳嘉致今晚就没停下来过的手机。

"你是不是被什么人缠上了？"

"不是。"手机嗡嗡振个不停，靳嘉致划开，垂眸看着好友申请，"她在跟我认错。"

"谁？你女朋友？"

"嗯。"

陈盏风擦着头发，随口劝和道："女孩子能低头就可以了，你也别太过分。"

另一个室友也加入劝和大军："就是，你一个大男人和人家计较什么，不怕她真不要你了啊？"

靳嘉致抬眸冷冷扫了他一眼，合上今晚一个字都没看进去的书。

"她不敢。"

"你就这么自信啊？"

"嗯。"

他那年一眼就定下的人，这辈子都跑不了。

第一章

[今天今天星闪闪]

⋮

（1）

时间回到十年前。

那一年，艾伽的父母离婚，两人一个为了事业出国打拼，一个为了爱情转头嫁给了学生时代的初恋。他们扔下艾伽一个人，谁都不愿意负担，最后将她送到了苏城的奶奶家。

那是个昏沉的下雪天，九岁的艾伽第一次见到靳嘉致。那时两家人是邻居，还保持着友好的关系，互相开玩笑说，他们刚出生时定了娃娃亲。

她虽然不懂，但看着这么好看的人，还是忍不住低头咧嘴笑。她用余光偷偷去看他的反应，没想到收到一道冷冷的视线。

从那一刻起，艾伽就知道靳嘉致不喜欢她。

而这种感觉随着年纪的增长越发明显，到了高中直接攀登到了顶峰。

"马上就要开学了，你还去打工啊？"

初三那年暑假的最后几天，苏城被高温侵蚀，热得像个大火炉。

这几年艾伽的父亲生意失败赔了不少钱，去年爷爷又因为突然脑溢血住院，几乎花光家里的积蓄。遗憾的是，爷爷最后也没挨过那个冬天。爷爷走后，奶奶将本来住的大房子卖掉，她们祖孙俩搬回以前设计院分的老宿舍楼佳安新村。

艾伽成绩一般，是靠美术特长生的身份进的长荣高中。

她点点头，捏着手机算了算学费和画画需要的材料钱，有点发愁。

戚佳雪把吸管插进冰可乐里，递给艾伽。

中午阳光刺眼，她们俩坐在小区附近的小超市门口的小板凳上，蹭里面的空调。

"开学就别去了吧，高中肯定忙。奶奶每次问我你去哪儿了，我都感觉她知道我在骗她。"

艾伽笑了笑，含着吸管喝了口可乐："能骗一天是一天吧，她退休金是还行，但也不够我爸赔的。而且她这两年身体也不太好，我不想奶奶这么大年纪了，还为钱操心。"

"可……"戚佳雪突然抵了下她的胳膊，眼神指向不远处的香樟树下，小声说，"靳嘉致和季时安。"

艾伽一愣，抬眼看去。他俩正并肩站着，被树影笼罩，像在等人。

"靳嘉致中考考了716分，全市最高分，高了长荣分数线快50分。季时安没那么高，但也过线了。我们四个以后在长荣还是同学，真好。"

艾伽被太阳晒得有点困，晃着腿懒洋洋道："哪里好了，未来三年还得看到那个拿腔拿调的人。"

靳嘉致和季时安听到声音，转头看过来。戚佳雪尴尬地扯了下艾伽的衣服。

"你小声点，他听到啦。"

艾伽无所谓地挑眉，听到就听到，难道还怕他。

视线乱晃，她觉得无聊要收回时，却不经意地和靳嘉致撞在一起。

盛暑难耐，他穿着白T恤，清爽得像是自带冷冻功能，一张脸又冷又冰，表情像奢侈品一般舍不得放出来，不知道在矜贵什么。

艾伽张唇对着他无声吐出四个字："装模作样。"

靳嘉致的目光立刻结成霜，眉头也嫌恶地皱起。

艾伽看到他这样就想笑："哟，靳少爷，今天准备下凡干什么？"

季时安哈哈笑着，凑上前来做和事佬："和我去体育馆打球。"

艾伽点点头，她也就随便问问，并不太在意。

季时安看着四个人干待着气氛有些尴尬，开始没话找话："你们暑假不补课吗？我看好多人都在预习高中知识。"

戚佳雪目光在靳嘉致和艾伽之间转："我有上，艾伽没有。"

"别带我，我成绩再补也就那样。"

艾伽刚说完，靳嘉致就冷哼一声，轻蔑得毫不遮掩。

季时安急忙说："阿致也没上。"

艾伽轻笑一声，故意说："我们靳爷靳状元，什么样的补习班能配让他大驾光临啊。"

戚佳雪立刻掐住她胳膊，让她少说两句。

艾伽撇了下嘴，算是给戚佳雪这个面子。

马路对面了辆摩托车，艾伽瞧见站起来，将手里的可乐塞给戚佳雪，拿起旁边的包。往路边走了两步，她又回头叮嘱戚佳雪："我去兼职了啊，你可**别说漏嘴啊**。"

戚佳雪点点头，勾着头星星眼盯着摩托车上那个人看。

那人年纪看着比他们大些，穿着一身黑，领口开得有些大，后颈的刺青露出来，充满着一种原始的野性和危险。

他将车停下来，单腿支着，扔给艾伽一个头盔。

艾伽说了句生哥，笑盈盈地接过，戴在头上，跨坐到后座。

她怕热，这种天气总穿着清凉，牛仔短裤因为大幅度的动作，布料往上缩了几厘米。少女大片细腻莹白的肌肤暴露在阳光下，晃眼得很。她压根儿没在意，将头盔扣好，身体往前倾了下，腰拱出不属于这个年纪的青涩曲线。

摩托车发动，因为惯性，她的肩膀还撞到了男人的背。

戚佳雪瞅见这一幕睁大眼睛八卦地问："艾伽，这是谁啊？"

艾伽侧头看了她一眼："奶茶店的同事。"

戚佳雪"哦"了声，用口型和她无声地说："他好酷。"

艾伽笑笑，冲戚佳雪摆了摆手，当作告别。

靳嘉致冷眼看着，目光落在艾伽的背影上好几秒，才移开。

季时安不太喜欢那个叫生哥的人："这男的看起来一点都不像学生。艾伽怎么还认识社会上的人了？"

戚佳雪更不喜欢季时安的语气："不是说了，是奶茶店同事了吗？"

"什么同事啊，关系这么好，专门来接她？"他们几个从小学就是同学，算起来都是发小。季时安觉得那男的就是不怀好意，"你提醒艾伽，她长得好看容易被人盯上，被骗了就不好了。"

一旁一直没说话的靳嘉致突然转身往回走，他动静不小，把季时安的注意力吸引了过来。季时安奇怪地问："你去哪儿？不打球了吗？"

靳嘉致抿唇，停下脚步静了两秒，不耐烦地冷声道："打。"

戚佳雪目光黏在靳嘉致身上："我没事干，去给你们加油吧。"

靳嘉致没出声，季时安冲着她摇了摇头："不方便。"又用手指了下靳嘉致，声音更小，"靳少爷毛病多。"

戚佳雪有些失望，也没强求："那好吧，我回去了。"

　　一个下午，靳嘉致的球打得十分强硬，季时安累得满头大汗，先求饶叫了暂停。

他站在场边灌了一整瓶水，才喘过气来，看着靳嘉致的脸色问："你是不是心情不好？"

靳嘉致拧着矿泉水瓶盖的手顿了下："没有。"

季时安又问："戚佳雪和你说的那事，你打算怎么办？"

靳嘉致冷淡地不作声，只仰头喝水。

季时安废话多，狗头军师一样还帮他分析起来："戚佳雪虽然没艾伽好看，但长得也不错，而且我们一起长大知根知底的，你们也算青梅竹马啊。"

说到艾伽，季时安的话更多了："艾伽是真可怜。"

靳嘉致的眉头皱了起来，季时安没看见，继续说："父母离婚就算了，她爸还那样，这么小就得去兼职。"

"她不可怜。"

"她还不可怜？"

靳嘉致将手里的瓶子捏出声响，冷冷剜了他一眼，掀唇嘲讽道："她独立坚强懂事，靠自己的能力，怎么可怜了？"

　　另一边，懂事独立的艾伽正在奶茶店里点单。

这家奶茶店开在一家职校附近，老板叫周唯宁，是个有百万粉丝的大网红，因为爱喝奶茶开了这家店。

艾伽中考完那段时间到处找兼职，因为年纪小被拒绝了不少次，后来遇到周唯宁，什么都没问就让她来上班了。

来接她的是周唯宁的弟弟周逾生，他们家和艾伽一个方向。他在职校上学，平时不忙的时候也在奶茶店帮忙。

晚上快下班时，艾伽在洗杯子，看见周逾生走过来，开口道："生哥，今天谢谢你了，不过下次不用这么麻烦了，我家离这儿也不远。"

周逾生正在整理货品，抬头看她。

艾伽有不同于这个年纪的淡定丛容，说她漂亮太过肤浅，她身上有股特别的劲儿，特别招人。

她穿着店里统一的工作服，为了不影响工作头发扎成马尾。水龙头的水有些大，溅到她脸上，发尾正好被粘住。

"不麻烦。"周逾生伸手想要将她的发丝拨开。

她自然地偏了下头，避开他的手，嘴角还挂着悠闲得体的笑："可我会觉得不好意思，我家离得也不远，以后我自己坐公交车来就行了。"

她说完也不给周逾生说话的机会，拎着垃圾就去后门口。

周唯宁坐在吧台嗑瓜子围观了整个过程，挑眉扫了周逾生一眼："你悠着点，别把我的人吓跑了。"

周逾生扫了她一眼："谁的人还不一定。"

"那看你本事。"

艾伽推开后门，意外地看到一个不可能出现在这里的人。

逼仄巷子里黑漆漆的，一米外就是一排大垃圾桶，旁边还堆着不少货物，空气里都是发酵过腐烂的酸臭味。

靳嘉致还穿着下午那件白 T 恤，眉头紧皱，神色冰冷，好像出现在这里降低他矜贵的少爷身份一样。

艾伽最看不惯他这模样："让开。"

他没动，她绕过他，刚走了一步，就听见他的声音。

"戚佳雪找我了，说了她的心思。"

艾伽脚步停了下，回头看他："你专门来这儿就为了和我说这个？"

他不置可否地冷冷看着她，过了两秒，语气生硬地问："我要拒绝吗？"

艾伽觉得他莫名其妙："你自己怎么想的？"

他脸色一下子变得更难看起来："我的心思你不知道？"

"我怎么知道。"

他眸子骤寒，声音冷得像冰碴："那你还真对我一无所知。"

这不废话嘛，艾伽懒得和他多话。

靳嘉致向来脾气古怪，脸色立马变了，全身冒着寒气，快步就要离开。

"你等等。"艾伽扔完垃圾，突然想起什么，伸手扯住靳嘉致。

靳嘉致不耐烦，冷硬地甩开她，耳边听见她没心没肺地问："我们是不是有个娃娃亲？"

他脚步滞住，硬生生地回头。

下一秒，他眸子半眯起来，漆黑的眸光里藏着隐晦的秘密，在夜色里十分危险。

艾伽知道他不高兴提这事，但还是仰头故意问——

"你这样算不算出轨？"

（2）

四周太静，只有蝉鸣声不止，艾伽盯着靳嘉致的脸色，发现有闹崩的迹象，心里开始打鼓。

她虽然看他不顺眼，也爱故意硌硬他，可从来没想过把他气死。

僵持了几秒，艾伽跺了跺脚，干咳一声："不过你要是有目标了，你放心，我第一时间和你解除娃娃亲……"

开玩笑的。

在靳嘉致冷飕飕的目光下，艾伽噤了声。

他这脸色怎么还能变得更冷，难道他的冷是没有底线的吗？

晚上没风，又热又闷，蚊子还多，艾伽忍不了，也没耐心和他大眼瞪小眼。

"我去换衣服，你要等我，和我一起回去？"

靳嘉致没出声。

艾伽也没指望他能说什么，进去换了衣服，出来时发现他还站在那儿，连姿势都没变。

末班车已经没了，两人一前一后走在马路上。

哪怕是暑假，职校周围也有不少学生，靳嘉致长得好，又高又瘦，身上那种好学生的清高气质特别拿人，引得女生都回头看他。

艾伽走得晃晃悠悠，瞧他被看得冷起脸，又幸灾乐祸地大笑起来。

路过一家小店，她跑过去打开冰柜，漫不经心地问他："你吃不吃？"

靳嘉致看了她几秒又别开脸，艾伽白了他一眼，直接拿了两根冰棍付了钱。

这个时节桂花的香味最浓，整座城市都飘着桂花香。白黄的花朵藏在叶子里，在浓郁夜色下瞧不见。艾伽觉得夏夜真是浪漫，怪不得路上连情侣都比别的季节多。

她东张西望着，目光忽然转向身旁，靳嘉致正在吃冰棍。

躁动无声的晦暗里，他皮肤冷白，喉结格外突出，吞咽的时候，上下滚动。

艾伽的脚步突然停了下来。

他也停了下来，垂眸看过来。

对视的短暂几秒中，她心跳突然快得开始发慌。

他喉结又滚了下，突然说："我不会出轨。"

"咳咳……"艾伽被呛到，狼狈地移开目光，可心跳还没好转，"我……"

静了几秒，她莫名其妙地瞪了他一眼："娃娃亲那事，你别往外乱说。"

说完，艾伽觉得自己多此一举："你应该也不会说，毕竟你巴不得和我撇清关系。"

靳嘉致脸色骤然差到极点，说了今晚最冷的两个字："是啊。"

维持了一路的虚假和平，在小区门口破裂。

回到家，洗完澡，艾伽躺在床上，看着天花板，回想了一遍今晚这事，感觉不管是戚佳雪还是靳嘉致都很奇怪。

戚佳雪正在微信上找她兴趣盎然地聊周逾生，艾伽没想那么多直接丢给她一个问题。

【艾伽：你去找靳嘉致了？】

戚佳雪过了一分钟才回复。

【戚佳雪：嗯。】

又过了一分钟，戚佳雪小心翼翼地问了一句。

【戚佳雪：艾伽，你不会生气吧？】

【艾伽：我生什么气？】

【戚佳雪：你不是讨厌靳嘉致嘛，我怕你知道不高兴。】

艾伽看着她发来的话，发了个微笑的表情过去。

【戚佳雪：其实我也不是喜欢他，就是那种虚荣感你知道吗？】

奶奶在房间门口喊艾伽吃西瓜，艾伽放下手机，踩着拖鞋，拿了一片西瓜回来。戚佳雪"噼里啪啦"手速极快地打了一堆字过来。

【戚佳雪：你不觉得靳嘉致长了个清高斯文的脸，但气质很矛盾，透着一股举重若轻又什么都无所谓的调调，让人有征服欲。季时安长得也不差，但比

起靳嘉致，就少了点什么。】

　　艾伽啃着西瓜，脑子里把靳嘉致和季时安对比了下，有点赞同戚佳雪说的。

　　【戚佳雪：那么多女孩花痴靳嘉致，上赶着围着他转，他都不动心。我就想试试，如果成功了，那我岂不是特有面？】

　　艾伽回了个省略号。

　　又过了五分钟，戚佳雪哀号地发了个语音过来："靳少爷果然把我拒绝了。算了，我本来也没抱什么希望。"

　　艾伽发了个安慰的表情过去。

　　突然，戚佳雪的语气严肃起来。

　　【戚佳雪：艾伽。】

　　【艾伽：干吗？】

　　艾伽吃完西瓜，走到厨房，将西瓜皮都放到一个袋子里，下楼扔了。

　　之前卖掉的四季苑房子与这里只隔了一条马路，但一条马路却代表着这个城市泾渭分明的分界线，靳嘉致家就在那个房子的对门。

　　她看了那一片一眼，上楼回了房间。

　　【戚佳雪：你去吧，你去的话，我感觉肯定行。】

　　艾伽划开屏幕看到这几行字，过了两秒才回复。

　　【艾伽：他哪有这么大魅力，值得我去花心思。】

　　夏天无比漫长，热浪滚滚的暑假却结束得飞快，转眼就到了长荣的开学日。

　　早上阳光刺眼，戚佳雪勾着艾伽的胳膊，仰着脑袋看完分班名单后就不高兴了。

　　"真烦，学校居然把我俩分开了。"

　　这一年教育部抓得紧，学校不敢在明面上分重点班，但还是悄悄将好学生都集中在一个班，为了掩人耳目又塞进了几个成绩一般的，显得自然。

　　艾伽就是一般里的其中之一。见她眉头皱起，戚佳雪忍不住调侃："和靳嘉致一个班哦，你真不考虑我说的？"

　　昨晚奶茶店接了个大单，艾伽忙到晚上十一点多才下班。

　　艾伽没睡饱，没骨头一样靠在戚佳雪身上，神情恹恹地摆手拒绝："别，无福消受。"

　　早料到她会这么回答，戚佳雪还是没忍住笑："你信不信全校女生，就只有你一个人这么嫌弃靳嘉致。"

"你能不能别每天在我面前吹他？"艾伽打了个哈欠，懒洋洋地反驳她，"你就像那种不负责任的营销号，靳嘉致就是被你们捧上神坛的。"

"那也是他有本钱才能被捧好吗？"

走廊上闹哄哄的，四周人挤人，她俩一边找教室一边闲聊，偶尔遇到几个初中时候的同学，互相嬉笑打招呼。但到了高一(7)班门口，吵闹声却戛然而止。

戚佳雪靠在门框上，刚要感叹靳嘉致在的地方自带结界，余光就看见一个女生坐在靳嘉致前面。

"啧，已经有人抢先一步了。"戚佳雪抵了下艾伽的胳膊，"辜雨，初中是在三中读的。"又意味深长地补充，"校花加学霸。"

艾伽抬眸望了望。

叫辜雨的女生穿着一身白裙，嘴角挂着浅笑，在和靳嘉致旁边的季时安聊天，可眼角余光总不经意往靳嘉致身上瞥。说到有趣的地方，她不着痕迹地将话头移到靳嘉致那儿，但靳嘉致不接话，冷冷淡淡的，连头都没抬一下，在刷手机。被忽视的辜雨也不恼，又笑着自然地将话题移开。

不仅是辜雨，走廊上、班级里的女生，都忍不住回头偷看靳嘉致。

而靳嘉致高冷得不得了，把所有人都晾在一边。

戚佳雪看得又"啧啧"了两声："她和季时安是一个补习班的，很自信。靳嘉致这种级别的人物，多数人都选择远观，能主动接近已经是不容易了，你看辜雨长得挺清纯的，没想到是个勇士啊。"

艾伽没什么兴致，只粗略地扫了眼，目光就停在靳嘉致的脸上，她启唇评价："答对了。"

靳嘉致在艾伽出现在门口的第一秒便看见了她。

最后一个音还没说完，他冻死人的目光落在艾伽脸上。

艾伽和他对视，视线只碰上了一秒，他就矜贵无比地收了回去。对此，艾伽送了他一个大白眼。

戚佳雪将这一幕收进眼底，问："你们又吵架了？"

艾伽冷笑一声："没，人家高贵我不配。"

开学第一天没什么事，领书、领校服，再听完各科老师和班主任的叨唠，就结束了。

"正式的开学典礼在明天，记得穿校服。登记表我放讲台上，签完就能走。"班主任是地理老师，叫林风，人也跟风一样，扔下这句话急匆匆跑去开教师会。

艾伽趴在课桌上睡了一下午，临放学被手机振醒。

周唯宁在微信上说今晚请员工吃饭，也当是庆祝她正式成为高中生。

她揉了下脸回了个好，还没发出去，急性子的周唯宁就打来了电话。

艾伽一手拿着手机，一手拿书包，走到讲台旁，将手机用肩膀夹着，拿起笔，目光大概扫了下，张牙舞爪地签了自己的名字。

她抬脚准备走，头顶传来一个熟悉的冷声。

"等下。"

"干吗？"

艾伽对他声音过敏，下意识地仰头瞪过去，她睡眼蒙眬，脸颊上还有被压出的红印。

靳嘉致目光一顿，手指在纸上点了下她刚刚签名的地方。他们俩的名字一上一下，她没细看，将自己的名字签在了他名字后面。

艾伽愣了一瞬，下一秒扬眉挑衅一笑："你签我名字后面呗。"

他冷着脸不作声。

艾伽看见他眉间阴沉，态度更恶劣地倚靠着讲台，懒洋洋地和他对视。

这一层的教室都放学了，四周乱哄哄的，身边人来人往。有人发现他们俩的奇怪，视线移了过来，想说什么又觉得莫名插不进去这古怪的氛围。

这场莫名其妙的目光对峙，被电话那边的声音打破。周唯宁在催她，说已经到校门口了。

艾伽觉得没劲，先没了耐心移开目光。

她"嗯"了声，对周唯宁说："马上，五分钟。"

她伸手从靳嘉致手里将笔抽出来，笔尖在纸上划了两下，将她的名字涂掉，在自己名字后面准确签完，又对上他的眼睛："行了吧。"

她也不管他的态度，扔了笔就走。

季时安在后面看到艾伽飞快远去的背影，走到靳嘉致身边问："你又怎么招她了？"

"没。"靳嘉致垂眸看着纸上艾伽的名字，随性、嚣张，就像她本人。

季时安的注意力被班级门口堵着的女生吸引过去，感叹道："这才开学第一天，靳少爷就这么受欢迎啊！"

他勾着头流里流气地凑过来，伸手摸靳嘉致的脸，故意闹他。

"快让我看看，你这张脸有多好看。"

"滚。"

靳嘉致不耐烦地拿开他的手，拿起笔，在纸上写了自己的名字。

可无论签哪一格，靳嘉致都在艾伽的后面。

（3）

聚餐选在长荣附近的火锅店，快吃完时，天边突然滚起了雷。暴雨稀里哗啦，将他们一行人困在店里。

周唯宁是土生土长苏城人，她成绩很差，对能上长荣这种名校的学生有好感。

发完九宫格自拍，周唯宁侧头问艾伽："开学后周末来打工的话，会影响你学习吗？"

戚佳雪在微信上和艾伽分析学校里的帅哥排名，絮絮叨叨的，比她写作文还认真。

艾伽本来就困，被她绕得更困，反应慢了一拍："不会，我成绩一般。"

长荣的牌子太过响亮，别的同事听到她这么说有些不满："都是上长荣的学霸了，成绩怎么会一般？"

艾伽笑笑没再反驳，干脆态度大方地说："不打工哪儿来生活费啊。"

周唯宁知道点她家里的情况，没再多问什么。

周逾生看向艾伽，目光落在她侧脸。他平日里身边围着一圈女生，但怎么看都没劲，直到那天在奶茶店第一次看到艾伽。他一直纳闷艾伽是哪里特别了，现在终于明白。

她没有这个年纪女生的羞涩敏感和自卑，骨子里透着洒脱和自信，眼里还有让人一眼就心动的生机，像无人区里野蛮生长的荆棘玫瑰。

雨一时半会儿停不下来，艾伽又打了个哈欠，她指了指卫生间示意，周唯宁点了点头。

人刚走，周唯宁踢了下周逾生："别看了，眼珠子都要跑出来了。"

周逾生没搭理她。周唯宁难得看周逾生碰壁，幸灾乐祸："弟弟别费功夫了，说真的，一看艾伽就对你没兴趣。"

周逾生眉头皱了下："别烦，闭嘴。"

艾伽困得眼睛都睁不开，路上不小心还撞了个人，用冷水冲了三遍脸，才觉得来了些精神。

开学前这几天，她白天在奶茶店打工，夜里回来给网上的人画头像，总算凑齐了钱，还有了些空余。

卫生间内冷白的光，映得她黑眼圈幽幽。

艾伽嫌丑移开眼，仰头扭了扭脖子，视线晃到窗外磅礴的大雨。

"真烦。"什么时候才能停，她想回去睡觉。

戚佳雪发疯又发来了一堆消息。

手机放在洗手台上快被振得掉地上，艾伽抽出两张纸巾慢悠悠地擦着脸上的水汽，才不紧不慢地回她。

【艾伽：你都哪儿来的这些照片？】

【戚佳雪：匿名墙啊。你觉得哪个帅？我看了好几遍，感觉还是靳嘉致帅得一骑绝尘。】

艾伽往回翻了翻照片，一张张看下来，越看越无聊。

她刚打算回戚佳雪，忽然，嘈杂的环境里，有一道很明显的女声——

"我有靳嘉致的微信号，你们谁要？"

艾伽一愣，以为自己听错了，下意识地循声看过去。

是不远处靠窗的一桌，一个女生举着手机屏幕，正毫不掩饰地炫耀。

店里白雾缭绕，锅底被烧得热气腾腾，嘈杂的人声碗筷声充斥在一起，像一乱躁动的虚像。

艾伽看不清晰，手指下意识地点了点手机屏幕。忽然，女生的脸侧了下，整张脸露了出来。艾伽半眯起眼，莫名地觉得这人有点眼熟，不确定对方是长荣的还是附近职校的。

下一秒，女生撑着下巴，姿态高傲地说："但是有了也没用，靳嘉致不会加人的，我是例外。"

同桌另外几个女生羡慕地抢过那女生的手机，她们可不管能不能加上，都说要。

其中一个语气雀跃："都试试看，谁要能加上靳嘉致，别说这个月了，这个学期的早餐我都包了。"

"我就没见过这么难接近的人，听说他初中时，就超级受欢迎，但就是特冷，不搭理人。"

闻言，女生神秘一笑："越难接近，接近了成就感才越强。"

"那肯定，要是真能成功的话，这事能让我吹一年。"

另一个女生反驳："是一辈子。"

"对对，吹一辈子。"

艾伽掌心里的手机又"嗡嗡"振个不停。

【戚佳雪：你发这么多表情包干吗？激动？】

艾伽没回。

戚佳雪不满，又丢了一堆表情包来。

【戚佳雪：人呢？你吃饭还没结束吗？】

【艾伽：结束了，马上回去。】

艾伽将目光从那桌收回来，又打了个哈欠。时间拖沓了两秒，她忽然想起戚佳雪之前说的那番话，嘴角弯出嘲讽的弧度。

艾伽突然有点同情靳嘉致，这么多女生花痴他，真心的有几个？拿他当奢侈品炫耀的又占了多少？

周逾生见艾伽半天没回来便找了过来，奇怪地问："站在这儿干什么，雨小了，走吧，送你回家。"

艾伽点了下头，没把这一幕当回事，跟着周逾生走两步，蓦地又停了下来。

下一秒，她猛地回头又看了过去。

她记起那个女生——辜雨。

白天乖巧浅笑坐在靳嘉致前桌的辜雨。

那桌几个女生还在叽叽喳喳地讨论——

"辜雨，你现在和靳嘉致一个班，近水楼台啊，你肯定行。"

辜雨笑了下，眸光里都是势在必得："一个月。"

"最多一个月，我肯定能成功。"

艾伽转回头，脸上一下布满阴霾："做梦。"

她声音压得很低，周逾生没听清："什么？"

她摇了摇头，口吻恢复如常："没事，回去吧。"

回到家已经快晚上十点，明天就要正式开学了。

艾伽将家里卫生打扫了一遍，又将今晚发的工资塞到奶奶的钱包里。

金额不多，奶奶年纪大了有时候记不清钱包里有多少钱，艾伽每次都偷偷分批放进去。

等一切忙完，她才去洗澡。

夜里大雨刚停，空气潮漉漉的。艾伽不喜欢用电吹风吹头发，只用浴巾擦干了水汽就回了房间。

她躺在床上闭着眼，明明困得要死，却怎么都睡不着，心口有一股没来由的烦躁，怎么都压不下去，又找不到烦躁的源头。

想了半天，她干脆给戚佳雪发了微信。

【艾伽：那个辜雨什么来头？】

戚佳雪正百无聊赖，秒回信息。

【戚佳雪：怎么了？听说是原来三中校花，你有危机意识啊？】

【艾伽：人怎么样？】

【戚佳雪：我和她也不认识，听季时安说是个很温柔美好的妹子。你也知道季时安那个人眼高于头顶，能夸她，应该还行吧。不过你放心，就单从颜值来说，她不配跟你相提并论。】

艾伽盯着"温柔美好"四个字，更加烦起来。

楼下一楼那户有个院子，为了防雨装了雨棚，雨停了还有零星的水滴打下去，发出"砰砰砰"的声响，一下又一下，像是打在她焦躁的心上。

时间无声地过了几秒，艾伽猛地坐起来，踩着拖鞋急匆匆地跑了出去。

晚上的这场大雨来得太急，路上都是积水。

匆忙跑过的女生更急，飞快掠过，混着污渍的水珠粘在洁白的肌肤上，裙摆也没幸免，但她无心顾及。

靳嘉致穿着黑色的短袖，从楼上走下来，在单元楼内站了一会儿。

五分钟前，她给他发来一条两个字的信息。

【艾伽：下来。】

他以为她发错了，从窗户往下看。艾伽站在香樟树下，头发散着，发尾有点湿，浸得睡裙也有点透。

晚上气温有点凉，风一吹，树叶唰唰作响，淅淅沥沥的水珠透过树枝的缝隙滚下来，她被打个正着，搓了搓手臂，低头走到另一边。

夜更深了，可夏风好似忽然慢了下来，夜晚变得很静。

艾伽抬头，发现靳嘉致站到了她身旁。

他也刚洗过澡，身上有沐浴露的薄荷香气。感受到他落下的目光，艾伽才发觉自己在做什么。

莫名的狼狈让她窘住，她突然不想说话。

"什么事？"靳嘉致的语气很淡。

艾伽不作声，呼吸有点急促，胸口闷得无处可逃。过了几秒，肌肤被蚊子咬到疼，烦躁的情绪好像找到了宣泄口。

她跺跺脚，将蚊子赶走，抬头口气硬邦邦道："手机给我。"

他目光盯着她，没动。

靳嘉致的手机就在他手里，艾伽不和他费口舌，伸手直接拿了过来。

她脑子很乱，下意识地输入了几个数字，手机密码竟然解开了。

注视这一切的靳嘉致微微一怔。

艾伽没察觉有什么不对，她打开微信，先翻了好友申请，刷了好一会儿都没刷到底，看头像都是女生。

看来没说错，靳嘉致确实不加人。

她又切回好友列表，找到了辜雨，想都没想，直接将辜雨的微信给删了。

删完，她仰头看向靳嘉致。

靳嘉致也还在看她。

少年长得好皮肤白，半夜突然被叫出来，穿着普通的家居服也不狼狈，反而多了几分亲近感。

艾伽心情差，没多余的心思欣赏美景，用力抿了下唇，口气很凶："她不行。"

靳嘉致没作声，低垂着眸盯着她眼睛，眼神敏锐，似乎要将她看透。

艾伽知道自己这一系列行为很诡异，干咳一声，又觉得自己说得没错："她真的不行。"

想起在火锅店里那幕，她压不住气："你以后离她远点。"

气氛又停滞下来，路灯的光将他俩的影子拉得很长。

煎熬的两三秒后。

"哦。"他拿回手机。

艾伽皱眉，不满意他敷衍的态度，说："'哦'是什么意思？"

他扯唇，也就几秒，没什么表情的脸突然变得有攻击性起来，眼神轻飘飘带着讥讽："你不是知道了吗，装什么？"

"我装什么了？"艾伽那股没来由的烦躁感又升了上来，她有点烦他，也

窃窃晚风

烦自己，没好气地说，"算了，我回去了。"

身后，他忽然低声笑了，刚慢下来的夜风又汹涌起来，天又要下雨了。

他拉住她时，她发尾的水珠滴在他手臂上，有点烫。

声音顺着风钻进耳朵里，痒到慌。

他说——

"艾伽，你心里有鬼。"

（4）

第二天早读结束，戚佳雪站在后门口盯着艾伽眼下的黑眼圈："我们班班长给你的。"

艾伽接过她递过来的字条，展开来看是一串数字，挑眉道："都什么年代了，还找别人递字条，胆小鬼。"

戚佳雪瞪了她一眼："还不是因为你不加他。"

今天太阳大得要命，天气也燥，艾伽靠在门框上被阳光刺得睁不开眼。她懒洋洋地哼笑了声，显然并不在意，将字条塞了回去。

"还给他去。"

"行吧。"戚佳雪就是来找艾伽聊天的，其他的也不关她事，"你昨晚干吗去了，黑眼圈怎么这么重？"

"和鬼打架。"

"瞎说什么呢。"戚佳雪笑着推了艾伽一下，余光看见辜雨转头可怜兮兮地看着靳嘉致欲言又止。

她来了兴致，凑到艾伽耳边："你说靳嘉致会不会比较愿意接近这种我见犹怜的清纯小百合？"

戚佳雪越说越起劲："你别说，男生应该都更偏爱辜雨这样的。"

艾伽目光斜过去。课间有点吵，她听不见辜雨在说什么，但大概知道，肯定和好友被删脱不了关系。

座位还没排，还是按照昨天那样随便坐的，班主任林风说等月考后看成绩再说。

想起昨晚靳嘉致说的话……艾伽就有些不舒服。

艾伽看了两眼觉得没劲："也就那样吧。"

另一边，季时安听到了辜雨和靳嘉致所有的对话，还目睹了靳嘉致的冷漠。

他见辜雨趴在桌子上，闷闷不乐的模样，便问："你真把辜雨从微信好友中删了啊？"

"嗯。"

季时安佩服："牛啊。这么个大美女的微信好友你也删，为什么啊？我还以为……"

靳嘉致没搭理他，心不在焉地在看着一会儿开学典礼的发言稿，他是新生代表。

季时安想了会儿，突然戏精上身："你别是对我有什么意思吧！"

靳嘉致抬头面无表情地扫了他一眼，然后"嗤"了一声。

这时，后面突然蹿出个人影，靳嘉致的桌角被撞了下，桌上的笔滚到地上。

肇事的女生立马红着脸说："对不起，我帮你捡吧。"

"不用。"靳嘉致伸手按下桌子，没抬眼，冷淡地弯腰，去捡那支笔。

女生身体僵了下，声音小了下来，硬是又说了句对不起，才一步三回头地跑回座位。

靳嘉致懒得理。

季时安聒噪得很，啧啧揶揄："人家站在后面酝酿半天，好不容易鼓起勇气和你搭话，你连个眼神都不给她，真狠心啊。"

第一遍上课铃响了，戚佳雪在后门口咋咋呼呼地和艾伽告别，声音有点大。

靳嘉致抬了眼，目光恰好和艾伽撞上。她脸上的笑意瞬间收起，冷冰冰地扭头故意无视他。他低头自嘲地勾了勾嘴角，笔尖没在意地戳在指腹上，又疼又痒。

昨晚她气得转头就跑，估计又要有一阵不搭理他。

下午，无聊的开学典礼被开成了靳嘉致的个人秀，不一会儿全校都知道，那个中考全市最高分的靳嘉致是个超级大帅哥。

前后排的女生交头接耳都在议论他，季时安与有荣焉地上前炫耀自己兄弟半天，最后被林风的眼神制止，才不得不罢休。

他坐不住，又不能玩手机，便将注意力放在旁边的艾伽身上，见她哈欠连天，问："你怎么每天都这么困？"

艾伽冲礼堂上演讲的人翻了白眼，想说这怪谁，话到嘴边："你管我。"

"都是美女，你看看人家辜雨多文静，再看看你。"季时安这话是故意的，他心里也觉得艾伽比辜雨好看，而且不是一个级别的那种好看，但就是看不惯艾伽没心没肺的样子。

艾伽没搭理他，懒洋洋地靠在椅子上，眼角耷拉着。她面无表情时有种冷艳锐利的好看。

就是因为好看，季时安有点惯着她，也不和她计较。

回想起昨天那幕，他有点好奇："你和阿致又怎么了？你们俩这三天一大闹，两天一小闹，我爸妈吵架都没你们那么勤。"

艾伽不仅想骂他还想打他："你不会说话可以不说。"

这时耳边突然响起掌声，她和季时安一起抬头。

讲台上的靳嘉致的演讲刚结束，正冲着台下微微鞠躬。长荣的校服万年不变，夏天男女同款都是古板的白色衬衫，只是别人都穿得松松散散，就靳嘉致谨慎得连最上面一颗扣子都扣上了。

戚佳雪管这叫带感，说越这样越让人想解开他衬衫最上面的那颗扣子，撕开他斯文的假装。

语气之离谱，听得艾伽直呼她花痴。

但在装修厚重的大礼堂，靳嘉致从浓烈的红色幕布旁走下台，台上有学校领导在讲话，音响刺耳又烦闷，所有目光都自动被他吸引。他像自带聚光灯，又寡淡地屏蔽周遭一切，背脊挺拔，目不斜视，径直走到季时安的另一边坐了下来。

季时安被秀得骂了句脏话，激动地说："兄弟这架势拍电影呢啊，也太帅了吧。"

他随手扯了下艾伽，想增加赞同感："是吧？"

艾伽顺势瞥向靳嘉致，吊着眼角视线轻佻，上下打量一番："也就那样吧，是长荣这群好学生没见过世面。"

这种口舌之争，一般靳嘉致是不参与的，可今天突然转了性似的，他侧过头来盯着她。

"你还见过什么别的世面？"

艾伽一愣，表情变了又变，好一会儿没反应过来。

季时安爆笑起来，疯狂推着艾伽的手臂："对啊，你说你还见过什么世面？还有什么人能比我们倾国倾城的靳少爷还帅？"

艾伽没好气地瞪了他一眼，余光碰到靳嘉致似笑非笑的脸，连忙飞快收回。

见鬼，她怎么觉得靳嘉致有点不一样了？这小古板是什么时候还会开玩笑了？

在艾伽记忆里，靳嘉致永远是高高在上的傲慢小少爷。他家世好，长得好，连学习都好，好似生来就是让人仰望的。和他住对门邻居的那几年，艾伽因为他的过分优秀备受苦难。

靳嘉致考试满分，靳嘉致参加竞赛一等奖，靳嘉致钢琴十级，靳嘉致英语口语完美……

靳嘉致，靳嘉致，各个方面都逃脱不了靳嘉致的魔咒，她天天被他三百六十度全方位碾压。

季时安因为这事不知多少次想将靳嘉致打一顿，最后因为实力悬殊，不得不放弃这个想法。

后来他们习惯了，也就认了——靳嘉致就是完美的。

晚上，戚佳雪来找艾伽吃饭。艾伽戳着米饭，将想了一下午的问题抛给她："你觉得靳嘉致是个什么样的人？"

"挺纯的。"

艾伽觉得离谱，表情有点滑稽："纯？"

戚佳雪点了下头，专心吃着糖醋排骨："你看他衣服永远一尘不染，这个年纪的男生有的恶习他一样都没有，考试还次次第一。而且虽然看上去冷淡又有些傲慢，但实际上心还挺软，挺好讲话的。"

说到这里，戚佳雪一脸感叹："哎，就像自家养的白菜，真舍不得给别的猪拱了。"

艾伽无语地看着她。

吃完饭，戚佳雪勾着艾伽的胳膊去小超市买冷饮。一路上她话又多又密，艾伽有时候真的觉得她和季时安是天生一对。

"我俩不是一个班真不好。"

"嗯。"

"长荣是不是故意针对我？我们四个，居然就我在别的班，太过分了。"

"嗯。"

"靳嘉致要是真关注起辜雨怎么办？我觉得他才没见过什么世面。"

话题兜兜转转又回到靳嘉致身上，艾伽犹豫了下将在火锅店看到的告诉了戚佳雪。

戚佳雪听完沉不住气，整个人都炸了，立刻要冲去班级找辜雨："她什么东西啊，好大的脸，真以为自己是校花了不起啊。"

艾伽拽了下她："行了。"

"这怎么能行？"戚佳雪气疯了，"季时安是瞎了吧，就这还温柔美好？"

艾伽赞同："确实瞎。"

"那现在怎么办？"

艾伽没当回事："靳嘉致又不是三岁小孩，我们又不是他妈，操那么多心干吗？"

谁知刚说完，她脚步突然停了下来。

小超市门口，靳嘉致和一群同学走出来，辜雨也在其中，一行人说说笑笑。靳嘉致虽然没参与，但脸上有淡淡的笑意。

艾伽眯起眼，轻嗤一声。

（5）

艾伽不待见靳嘉致，连带着看季时安也不顺眼，话都懒得和他说。

被冷落了三天后，季时安后知后觉地发现了事态的严重性。

"到底发生什么了，你和我说说，居然连戚佳雪都对我不理不睬。"

早操结束，季时安看着和他面对面走过，却将他当作透明人的戚佳雪，好奇起来。

今天没太阳，从早上开始就阴沉沉的，衬得靳嘉致的眉眼极黑，他目光越过身边的人群往后看了眼。

艾伽注意到了，没理睬，没心没肺地笑着和别人闲侃。

靳嘉致收回视线："没什么。"

季时安就知道问靳嘉致他问不出个所以然，他叹了口气，语气十分沉重："服个软吧，不然这日子没法过了。"

和事佬这个身份季时安做得十分有经验，毕竟从小到大，能让这份友谊维持下来，他付出的实在太多了。

晚自习开始前，他拎着两杯奶茶，来到班级。

艾伽和戚佳雪都在七班，还没到上课时间，教室里很空，她俩一前一后地坐着在聊天。

季时安坐到艾伽身边，将奶茶放到她俩面前："专门给你们买的。"

戚佳雪余光看见靳嘉致在她旁边坐下，愣了一秒，才嘲讽季时安："你买的？"

"废话。"季时安主动将吸管插好，递给艾伽，态度十分恭敬，"姑奶奶，都这么多天了，冤有头债有主，我可是无辜的。"

艾伽懒洋洋地抬起眼皮看向季时安，季时安连忙将奶茶塞到她手里。

戚佳雪不满地哼了声："无辜什么，难道我看错你了？你不瞎？"

季时安厚脸皮笑两声，理直气壮："这你没看错，我确实是瞎。"

戚佳雪没忍住大叫："季时安！"

季时安捂住耳朵，笑得更贱："别叫我名字这么大声。"

艾伽盯着杯子上的水珠看，不大在意他俩吵闹。奶茶是在校门外一家网红店买的，每次午休晚休时都要排好久队。季时安这种吊儿郎当的富家子弟能去排队，是真心来求的。

艾伽看了会儿就将目光移开，一抬头，视线就和斜对面的靳嘉致对视。

就一秒。

她面无表情地移开，心里骂了句晦气。

下一秒，放在桌柜里的手机振了一下。

艾伽低头看了眼，拧眉抬眸看向斜对面的人。

对方也在看她，艾伽扯唇轻骂了句："有病。"

手机屏幕上——

【靳嘉致：还气吗？】

艾伽看着他，用手机回复。

【艾伽：气什么？】

靳嘉致低着头，戚佳雪和季时安还在吵，叽叽喳喳的，他很静地在打字。

【靳嘉致：我。】

艾伽心底发笑，勾起唇。

【艾伽：你还挺有自知之明的。】

坐在艾伽对面的戚佳雪发现了什么，她咬着吸管，突然微微探头问："你在和谁聊天？"

艾伽不着痕迹地看了眼靳嘉致，将手机收起，漫不经心地随口答："你认识的。"

戚佳雪脑回路不正常，听到这话，连忙睁大眼睛，惊讶地问：“路存？你加他了？”

莫名出现了个陌生的名字，季时安和靳嘉致都看了过来。

艾伽想了想，问：“谁是路存？”

戚佳雪：“我们班班长啊。”

就这么巧，话音刚落，路存就出现在了七班的后门口。

他头发有点乱，一路拎着奶茶从校门外跑过来，到教室门口看到艾伽面前放着同一个牌子的奶茶，连忙急刹车，局促地站在那儿，脸都涨红了，不敢进来。

他身后跟了几个哥们儿，没看清情况，只顾起哄着乱叫，七手八脚地将路存推了进来。

路存手抓了两下后脑勺，红着脸，硬着头皮拘谨地走到艾伽面前。

众目睽睽的，走廊上教室里所有人都在看他。

路存紧张得咽了下口水，结结巴巴地开口：“戚……戚佳雪说你不喜欢胆小鬼。”

路存长得挺帅，气质阳光，打球技术还好，刚进校就被校队招揽去了。球场上一呼百应的大男孩，现在说话的声音都在抖，眼睛也不敢直视艾伽。

反差大得让吃瓜人群“哟哟哟”怪叫个不停。路存臊着脸往后骂了句，让他们闭嘴，又重新转过来看向艾伽。

艾伽脸色如常地“嗯”了声。戚佳雪比她激动，迫不及待地插话道：“所以你自己来要联系方式吗？班长可以啊！”

路存点点头，脸更红了，将手上的奶茶塞给艾伽，随后深呼吸一口给自己壮胆，继续说：“我不知道你有奶茶了，但我听说女孩子都喜欢喝这个，路过时就买了，可以收下吗？”

艾伽没说话，但旁边看戏的人可兴奋了。

季时安看好戏地伸长脑袋。戚佳雪嫌他碍事，推了他一下：“你这么八卦干吗？”

季时安正看在兴头上，不跟她计较：“他就是你们班班长啊？人怎么样啊？”

戚佳雪：“挺好的。”

季时安上下打量一番路存：“别发生那年的事情就好了。”

戚佳雪一怔："不会的。"

那年艾伽有过一次意外，有个疯狂者缠了艾伽好久，被拒绝后，开始每天跟踪她，甚至给她写恐怖信，威胁她。

靳嘉致发现后狠狠打了他一顿，从那以后，靳嘉致、季时安还有戚佳雪就对艾伽保护得有点过分。

靳嘉致坐在那儿没动，在躁动的人群中，静得最像个局外人。他目光盯着艾伽的脸，她正看着路存，脸上扬着她标志性的明艳又灿烂的笑容。

他眼睛半眯了下，握在手里的手机屏幕还停留在他和艾伽的聊天界面。

靳嘉致的心情不可抑制地变差，舌尖抵着上颚，他的目光虽没动，视线却变得压迫起来。

艾伽没察觉，她点点头，十分悠闲大方："可以啊。"

路存一听眼睛立刻亮了，整个人像松了口气，说话也不结巴了："那我可以加你好友吗？"

"行啊。"

加上艾伽的微信好友后，路存非常开心，不知所措了好几秒："那……那我先走了，奶茶喝不完也没事的。"

路存一走，戚佳雪就扑上来。

"怎么样，怎么样？我们班班长，长得帅成绩不错还是篮球校队的。"

艾伽看着两杯奶茶，都是一个口味，估计是店里最受欢迎的招牌。只是在甜度上有所区别，季时安送的是三分甜，路存送的是十分甜。

她牙齿不是很好，吃不了太甜的，没想到季时安还挺细心的。

她没把加好友当回事，只道："还行吧。"

戚佳雪"喊"了声："每次都这句话。"

艾伽扬起唇冲着她笑，另一只手勾起她下巴："那怎么办，可我就喜欢你。"

戚佳雪抖了抖鸡皮疙瘩："行了行了，这份爱，我接受了，打铃了，我走了。"

季时安也回了座位，靳嘉致是最晚起身的，他在艾伽的课桌旁停留了下。

艾伽莫名其妙地扫了他一眼："有事？"

他沉默了会儿，语气不太好地又问了句刚才的问题："还气吗？"

艾伽抬眼："少明知故问，我气不气，你看不出来啊？快点滚。"

晚自习的第二遍铃声响了，艾伽的同桌苏欣怡也回来了。她奇怪地看了看艾伽和靳嘉致，明明两个人没交流，却有种很奇妙的氛围。

靳嘉致抿了下唇，恢复冷淡神情，转身往自己的座位上走。

长荣的晚自习一共三节，前两节每天会有不同科的老师答疑。今天正好轮到物理老师，艾伽被物理老师老刘抓个正着，抱着卷子在讲台旁听他专门给自己开小灶。

季时安作业做完了，闲得发慌，在匿名墙里逛了一圈觉得没劲，又琢磨起了艾伽和路存来。

"那个班长会不会对艾伽有什么想法？"

正在刷题的靳嘉致眉头皱了皱，冷声打断他："她不会。"

靳嘉致本来就有点烦，现在被季时安说得心里更烦，语气不耐烦地又重复了一遍："没可能，她不会。"

"行吧。"季时安耸了耸肩，过了几秒，嘴贱道，"说得你好像能管住她一样。"

"啪——"笔重重掉在地上的声音。

前桌的辜雨和她同桌阮念雯不明所以地回头。

这个动静有些大，教室里其他同学的目光也聚了过来，连讲台上老刘和艾伽都注意到了。

靳嘉致平日里虽然冷，但很少情绪外放，哪像现在这样周身散发着不爽。

辜雨问："怎么了？"

季时安看了靳嘉致一眼，摆了摆手和他们说："没什么。"

他弯腰给靳嘉致捡起笔，扔到靳嘉致的桌上，哄祖宗似的道："她就受你管，好了吧。"

靳嘉致抿着唇，脸沉得要命。

没一会儿，辜雨拿着试卷又转头过来，盯着靳嘉致，轻声问："我这题算了很久都不会，你能给我讲讲吗？"

靳嘉致头也不抬一下，专注地刷题，也不出声。

辜雨有点尴尬，求救似的看向季时安。

季时安撇了撇嘴，无能为力地冲她摇了摇头："他今晚不开心，你问别人吧。"

"好吧……"辜雨尾音拖得老长，看了眼靳嘉致，又委屈又可怜地拿着试卷去问别人了。

后知后觉的季时安终于发现点什么："她是不是……这题问得也太频繁了。"

靳嘉致的注意力都在艾伽身上，见她从讲台回座位，拿出手机又给她发了个消息。

【靳嘉致：要怎么才不气？】

发完，他才敷衍地回季时安："嗯。"

他目光并没有收回，看见艾伽拿出手机按了按，又低头看自己手机，却没有新消息。

靳嘉致皱了下眉，犹豫了下，又发了个表情过去。

屏幕上出现一个红色的感叹号，还有一小排字——系统提示：【对方开启了好友验证，你还不是他（她）好友。请先发送好友验证请求，对方验证通过后，才能聊天。】

他被艾伽拉黑了。

季时安没发现身边人的低气压，目光扫过来，十分好奇地问："你能看出来啊？"

靳嘉致口气不佳："我不瞎。"

季时安反驳："不是，是你居然知道什么叫喜欢啊？"

靳嘉致一怔，看向季时安。

季时安发现了什么，突然盯上他的眼睛："是谁让你知道什么是喜欢的？"

靳嘉致眼底波动，只愣了一瞬，很快掩盖了过去。

季时安是什么人，和靳嘉致一起长大，死党十几年，对他何等了解。靳嘉致向来冷静自持，何时有过刚刚慌张的神色。

季时安像发现新大陆一样，哑着嗓子低喊——

"靳嘉致，你动凡心了。"

(6)

"谁啊？谁啊？我们学校的吗？"季时安问了一晚上都没问出是谁，好奇心快要爆表了，"肯定是长荣的，不然你怎么可能认识别的女生。"

中午在食堂排队，他一个个在靳嘉致耳边报女生的名字，想试探靳嘉致的反应。

但靳少爷表情管理一流，丝毫不受影响，一如既往的冷漠。

"让靳少爷下凡的人，究竟是何方神圣？"季时安发现前面的靳嘉致突然停了脚步，"怎么不走了？"

他顺着靳嘉致的视线看过去，啧啧了两声："还真够快的，路存都已经和艾伽、戚佳雪一起吃饭了。"

季时安想到什么，随口问："你和艾伽和好没啊？我今早和她打招呼，她理我了。"

话音刚落，靳嘉致脸一沉，转身就往食堂外走。

季时安一脸蒙，这少爷又怎么回事啊，他们不是刚到食堂吗？

"你不吃饭了吗？！"

靳嘉致没心情吃饭，解锁手机看到鲜红的感叹号，情绪更差了。

他坐在座位上，侧头去看艾伽的位置。他们俩的座位，在教室的两边，像是两条不会相交的平行线。

就算在一个班级又怎么样，两个人也可以没有交集。作业本因为两个人不是一个组所以不会是上下本地挨着，早操是男女分队，他永远只能隔着过道去看她的背影，甚至班级里不刻意去找连视线都不会相交。

靳嘉致知道艾伽在气什么，是他想口不择言地试探她。

下午课间，靳嘉致被林风叫去办公室，问他有没有意向参加竞赛。

他意外地在办公室里看见了艾伽，她被叫来是因为昨晚物理作业上面都是红色的叉。

老刘被她气得脸都红了："我昨晚晚自习不是和你讲过一样的题型吗？你怎么还错？你自己看看你这卷子！"

艾伽被他训得头昏脑涨，耳朵都要被震麻了。

可她态度良好："老师你说得对，我下次一定会发现这两题其实是一种题型的。"

她刚认完错，一抬头就看见了靳嘉致。她脸色一变，别过头。

林风没察觉到两个学生之间的"水深火热"，拿出几个竞赛的报名表，跟靳嘉致说："这几科老师都让你参加，你看看你的兴趣和精力，选择一下。"

老刘就坐在林风的隔壁，听到这话，连忙给自己"拉票"："来物理，你物理成绩这么好，不能浪费天赋。"

靳嘉致点了下头："我会考虑的。"

装相于无形的发言，让艾伽又挑眉扫了他一眼。

老刘看到靳嘉致走了，发现艾伽还站在自己眼前，问："你怎么还在？"

艾伽摆出了个笑脸："您也没让我走啊。"

老刘头疼地摆了摆手："赶紧走，赶紧走，你给我长点心。"

出了办公室，艾伽想到刚刚办公室老师们抢人的画面。

"靳少爷还真是一如既……"后面的话被她吞了回去。

视线里，辜雨和靳嘉致站在楼梯拐角处，靠得很近。艾伽嗤笑了声，不管他们在干吗，直接走了过去。谁知刚走近，她就被靳嘉致伸手捉住了。

她愣了下，辜雨也愣住。

靳嘉致对辜雨说："有点事，你不会的题问别人吧。"

辜雨的目光落在艾伽身上，她反应慢了一秒才应："好……"

"你松开，我和你能有什么事？"

艾伽表情很不满，显然不想理靳嘉致。

靳嘉致闷声问："你中午为什么和路存一起吃饭？"

"正好在食堂碰到，戚佳雪多事非要叫他来凑热闹。"她反应过来瞪他，"要你管啊。"

他"嗯"了声，手没松开，将她拉到走廊尽头才停下来。

教学楼是回字形，他们不远处有个平日里没什么人走的楼梯。

艾伽觉得他很奇怪："有什么事非得到这里来说。"

靳嘉致靠在墙上，低头时发梢遮过眉眼，看不清楚眼底的情绪。

今天降温，他套上了校服外套，空气湿漉漉的，现在没风，那股若有似无的薄荷香，萦绕在周围，她心跳莫名变得有点快。

艾伽没他高，视线平视正好在他喉结那儿，盯了两秒，她别开眼。

见他还不说话，艾伽没了耐心，刚要走，他忽然俯身靠过来。

"什么时候把我从黑名单里放出来？"他声音很低，让人听得有点费劲。

艾伽没出声。

他又说："我能和苏欣怡换座位吗？"

苏欣怡是艾伽的同桌。

"那她坐哪儿？"问完，艾伽觉得莫名其妙，"你为什么要换座位？"

靳嘉致低垂着眸，看着她反问："你不是让我离她远点儿吗？"

窃
窃
风
晚

"谁？辜雨？"艾伽挑了下眉，他们之间隔得很近，她被迫贴在墙上，但气势不减，斜眼瞥他，"你不是也没听我的吗？"

静了两秒。

"我没办法。"他的声音比平日要低，视线迷茫、眉头紧皱，好似真遇到什么难题，在向她认真求救，"她一直找我。"

靳嘉致长得好，艾伽就没见过长得比他还好看的男生，现在他刻意示弱……换做旁人恨不得把全世界都捧过来哄他开心。

连本来态度强硬和他不对付的艾伽，也被他的伪装蛊惑，真将他当作了纯得什么都不知道的羔羊。

她心口发软，脸色变得柔和了些，但口气还别扭："那就别搭理她，这不是你靳少爷最会的吗？"

他没出声，忽然拿出手机，手机屏幕上好友申请那栏，最新的头像下面的备注写着辜雨。

艾伽想起这几天辜雨总在问靳嘉致题，下课问，晚自习也问。

这才开学没几天，就这么多难题吗？

"她有完没完啊。"

"看来是没完。"

他声音更低，半明半暗的走廊尽头，身后是摇摇欲坠不见日光的天幕。

可少年的视线太亮，一直落在她身上。

艾伽心跳莫名又开始加快，她下意识地伸手想捂住他眼睛。手举到一半，听到不远处有认识的同学在叫她，她怔了下，清醒过来似的又放下。

她轻声嘟囔："别盯着看。"

靳嘉致含混不清地"嗯"了声，还执着一开始的问题。

"能不能换？"

艾伽抿着唇："那你想不想理辜雨？"

靳嘉致声音里有些倦怠的哑意："我就想好好学习。"

"哦。"艾伽莫名有些别扭，"那你自己找苏欣怡说。"

说完，她手掌推了下他肩膀想走，可指尖还没碰到，又缩了回去："你让开。"

靳嘉致没动。

"把我放出来。"

九月的气温还是高，天阴不阴晴不晴的，闷得要命。

艾伽觉得热，头晕目眩的，不知是心跳过速，还是被他困在这一方角落引起的。

不管是哪种，她都不想探究源头，只想逃。

"知道了。"

那个同学看见艾伽走过来，惊奇地大喊："你的脸怎么红了？"

艾伽心虚地埋下头，推着她往回走："上课了。"

对方不满："喂，你转移话题也太明显了吧。"

艾伽嚣张得理不直气也壮："是啊，怎么样……"

声音渐远，靳嘉致才从那片阴影里走出来。

脸红？

"你这表情也太愉悦了吧，刚刚还阴云密布，现在又这样。"

季时安正大光明地盯着靳嘉致看了一分钟，说："发生什么了，说出来也让我开心一下。"

靳嘉致在教室里扫了一圈，发现艾伽还没回来，但苏欣怡在。

"我要换座位了。"

季时安疑惑："啊？换座位？你要和谁坐？那我怎么办？"

"艾伽。"

季时安静了几分钟，突然想明白什么似的："我服！靳嘉致你真是个心机男孩。"

"就艾伽那脑子怎么可能玩得过你。"季时安觉得太神奇了，俯身靠近靳嘉致从身后钩住他，"什么时候的事啊？藏得够深啊。"

"行了，别瞎琢磨。"靳嘉致用胳膊推开他，准备去找苏欣怡说换座位的事，还不忘叮嘱，"少说点话。"

苏欣怡看见靳嘉致来找她，脑子都蒙了，他说了什么，她一个字都没听清。

"可以吗？"靳嘉致问。

苏欣怡看着靳嘉致的脸无法思考："可以可以。"

靳嘉致淡淡点了下头："好，晚自习的时候换。"

"啊？"苏欣怡回神，"换座位吗？"

"对。"靳嘉致的目光从后门口走进来的艾伽身上收回，又看向眼前的人，重复一遍，"晚自习换座位。"

苏欣怡疑惑地问："我和季时安坐吗？"

话又绕了回去，靳嘉致有些不耐烦，眉头皱起来。艾伽回到位置，视线没看他，却踢了下他的脚，小声道："注意态度。"

靳嘉致眸光闪了下，看向苏欣怡："对，可以吗？"

苏欣怡敏感地发现了他情绪上的变化，悄悄看了看艾伽，点点头。

上课铃响了，这节还是要命的物理课。艾伽继续被训了个狗血淋头，她撑着下巴正怀疑人生，一张字条移到了她手边——

"艾伽，你是要和靳嘉致同桌吗？"

艾伽对上苏欣怡的目光，拿笔在纸上画了"√"。

苏欣怡抽过去写了几个字："你不喜欢和我做同桌吗？"

艾伽看了看她，笑着写："我成绩太差，他圣母心爆发非要帮我带我进步。"

苏欣怡虽然不信靳嘉致会有圣母心，但艾伽成绩确实差，所以这个理由，她信了。

"你好好跟着靳嘉致学习，成绩肯定不会一直差的。"

另一边，季时安一个下午都在观察靳嘉致，时不时冒出一些奇怪的话："艾伽她这么受欢迎，你是不是超级不爽？"

靳嘉致不搭理他。

他一个人也自得其乐："我说呢，那天打球我为什么会被你虐一下午，隔壁班长来要联系方式你摔笔，今天中午看到人家一起吃饭，更是气得一口没吃就走。

"兄弟你这么多年，真的忍得不容易啊？

"艾伽知道吗？看来是不知道，唉，毕竟某些人都被拉黑了，真可怜啊。"

靳嘉致出声纠正："放出来了。"

季时安怔了一秒，爆笑："你完了，靳嘉致你真的完了。"

靳嘉致不置可否，忽然想到什么，问："你知道我手机密码吗？"

季时安："我怎么知道？"

"是啊。"靳嘉致的视线回到课本上，"她怎么知道？"

"301302"是他一个人的秘密。

她究竟是怎么知道的？

（7）

晚上七点整，晚自习开始，艾伽踩着铃声准时进入教室，等待她已久的季时安迫不及待地冲她招了招手："艾伽，艾伽。"

季时安不知用了什么办法，居然说服她后桌换位置，现在变成他和苏欣怡坐在她后面。

"开不开心，我和阿致都坐到你身边来了。"

艾伽推过他碍眼的笑脸，哼了声："真能折腾。"

对于座位变化，当事人没觉得有什么大不了。

感到意外的反而是其他同学，他们的注意力都放在他们这边。特别是辜雨，一个晚自习回头好多次，欲言又止。

艾伽都当没看见，因为和靳嘉致做同桌已经是个很难熬的事情。

哪怕是晚自习，重点班的学生也足够自律，有自己的学习计划。偶尔有人来问靳嘉致题目，他虽然神情淡淡，但很少会拒绝，只是讲题的步骤很简洁，速度也很快。同学觉得他能够帮忙解答已经是屈尊降贵，几乎不会再问第二遍。

但艾伽和这群好学生不同，她成绩真的一般，如果不是美术加分，长荣的分数线她都摸不着。她其实在学习上还算用功，只是结果不尽如人意。

"二十分钟过去了，你那道选择题还没算出来吗？"

"闭嘴。"

他不是在和季时安讨论昨晚的球赛吗，怎么还能知道她这题用了二十分钟还没做出来。

艾伽盯着题目，一筹莫展，根本不知道该如何下手。

靳嘉致用他惯有的略带冷淡的语气继续问："你这个效率，晚自习真的能将所有卷子都做完吗？"

他有什么资格说她？一个晚自习不是看杂志就是玩游戏，最后因太无聊开始和季时安聊天。

艾伽抬眸看他："你话怎么这么多？"

他的目光在她脸上停了下，伸手拿过她的卷子，眉头皱起来，又扫到前面她做完的题目，眉头皱得更深。

艾伽看着他的脸色，抿着唇提早威胁："你要是骂人，后果你知道的。"

靳嘉致拿起铅笔，将前面的错题都圈了出来，圈完又扫了她一眼。

艾伽瞪着他："你不要觉得用眼神骂人，我感觉不出来。"

季时安在后面听得快笑疯了，靳嘉致用眼神警告了他一下，然后伸笔轻打了下艾伽的手腕。

"过来。"

她一时不备，被敲的肌肤莫名有点痛，目光下意识地看向他。不知何时，他转身坐正和她的距离靠得极近。

心跳好像也跟着快了一点。

他仗势欺人又敲了她一下，指着题目："认真听。"

艾伽莫名地变乖："哦……"

"这题你下午不是刚被老刘训过吗，怎么还错了？"靳嘉致皱着眉。

艾伽"嗯嗯"两声，看了眼，疑惑道："是吗？哪里一样了？"

明明一个字都不一样。

靳嘉致看着她，最后低头叹了口气："你比我想象的还要笨一点。"

艾伽磨牙，想宰了他。

"靳嘉致怎么突然坐到艾伽旁边啊？"

晚自习结束，几个住宿的女生一起回宿舍，路上话题绕不开靳嘉致。

一直没说话的辜雨突然开口："季时安说过他们和艾伽是青梅竹马，今天下午物理课艾伽不是又被骂了吗？估计看她成绩差，靳嘉致坐到她身边来帮她提高成绩吧。"

她绞着手指，晚自习发生的事情，她最清楚。本以为艾伽只是和他们稍微走得近一些，现在看来并不是，他们之间的感情比她想象的要亲近。

靳嘉致居然会主动搭话，甚至主动教艾伽做题。

辜雨的手指绞得更紧，她微信之前莫名其妙地被他拉黑，至今还没加上。靳嘉致像铁桶一般，根本不好接近。她认真地观察分析过靳嘉致，他对自我要求极高，有严格的界限感，一般人不容易打进他的圈子，但如果走进去，就会被他特别护着。

她本来想做第一个走到他身边的女生，显然已经不可能了。

"好羡慕啊，我也想要靳嘉致、季时安这种竹马，长得帅学习还好。"

一个女生说："也同桌不了多久吧，林风不是说月考后要看成绩排座位吗？艾伽入学成绩就是我们班倒数，换座位的话，肯定不会和靳嘉致继续坐在一起的。"

另一个女生说："应该就是玩在一起，小时候一起长大的那种，不太计较性别的。小说里青梅竹马打不过天降的。"

辜雨眼睛一亮，绞着的手松了，脸上露出温柔的浅笑："也是。"

艾伽和靳嘉致成同桌后，她受关注的程度更高了。她还知道了靳嘉致的受欢迎程度，比她想象的还要夸张。

外班借书、送字条、送早餐，同班问问题、借笔、借助镜子偷看等等，简直花样百出。

就一个上午，她就看累了。如果是一个月前她大概要嘲讽靳少爷魅力惊人，但现在知道靳嘉致在女生们眼里就是个炫耀工具，不免有些同情他。

但季时安不知道，他还与有荣焉地在后面用笔敲她："这下你知道靳少爷的魅力了吧？"

艾伽撑着下巴，偏过头去看靳嘉致。他正在刷竞赛题，脸上没什么表情，拿着笔很轻松地写写画画。

季时安顺着她目光也看过去，口吻像在介绍商品："是帅的吧。"

艾伽很配合："嗯。"

靳嘉致笔尖一顿，双眸移过来。她没躲，漆黑的眼珠直勾勾地看着他。

他睫毛很长，连看题时都能让人感觉深情，此刻看她好像正在看什么挚爱的人。

艾伽不知羞，慢条斯理地打量他，从眼睛到鼻子再到嘴唇下颚线和喉结。今天阳光明媚，教室里灯光如昼，之前所有的不真切都变得清晰起来。

她觉得靳嘉致真的长得挺矛盾，就像戚佳雪说的，明明干净又清高却有股自恋的味道，特别招人。她在想这两种截然不同的气质，到底哪个是真哪个是假的呢。

"不会迷上了吧？"看得时间太久，季时安的声音贱贱地出现。

艾伽半眯了下眼，勾起唇，表情很痞："还差点。"

靳嘉致抬起眼睫，突然问："差什么？"

艾伽一怔，笑起来："你不会以为人人都应该喜欢你吧？"

他神色自若地回："是又怎么样？"

艾伽"喊"了声："自恋。"

除了自恋，她还发现了靳嘉致别的毛病。

这几天晚自习，靳嘉致总是反常地在教她题目。艾伽自知成绩一般，一直虚心受教。

只是——

靳嘉致的视线从题目移到她脸上看了她片刻："你是装的还是天生的？"

艾伽愣了下，对上他眼睛，口吻欠佳："你什么意思？"

他反应过来，低头突然闷声笑："没骂你。"

"你当我蠢吗？"

她说完就觉得不对，见靳嘉致脸上的笑意更大了。她看着就不爽，伸手要扯过卷子，不想搭理他。

突然，他课桌旁来了个女生。她拿着练习册，盯着靳嘉致试探地张口："那个……我这题不太会，你能给我讲讲吗？"

艾伽立刻感激地看了女生一眼，终于可以不用搭理靳嘉致了。

她将他俩中间的卷子往自己这边拉一拉，刚拉动了一分，就被靳嘉致压住。

艾伽抬眸，靳嘉致没看她。他皱了下眉，表情有些为难："不好意思，我在给艾伽讲题，她基础很差，需要很长时间……所以……"

女生失望地"哦"了声，看向艾伽，又理解地点了点头："那好吧，我去找别人。"

艾伽看了那女生的背影一会儿，忽然想到什么，又转过头，用一种难以描述的目光看靳嘉致。

靳嘉致将这题的公式说完，发现她手上握着的笔没动。

他靠到椅背上，又用笔敲她的手腕："在看什么？"

艾伽没出声，写了两行后，她没忍住说道："少给我装，你那点心思早被我看穿了。"

靳嘉致愣了一瞬又笑起来，忽然倾身靠近她几分："什么心思？"

艾伽低头，握着笔继续写题："利用我拒绝别人呗。"

小女生的心思浅，一眼就能看见。他大费周章地换座位到她身边，不就是利用她拒绝辜雨和其他有共同心思的女生。

艾伽写完这题，侧头朝他讽刺地笑道："你别自恋了。"

他反常地没恼，只淡淡地"嗯"了声，没在意她说什么，却扔下一句让艾伽立刻脸炸红的话——

靳嘉致说："不是你要监督我不让我早恋的吗？"

（8）

中午午休，艾伽盘着腿坐在树荫下，托着下巴，在心里痛骂靳嘉致。

戚佳雪坐在她旁边，捧着手机在刷匿名墙："你最近在匿名墙好红啊，骂你夸你的都有，哦哦，最红的还是一个分析你和靳嘉致的。"

艾伽的手机在振动，她看了眼，是网上找她画头像的客人。

她一边打字一边随口问："怎么分析的？"

"通过微表情啊，星座星盘啊什么的分析的，都很玄学。"戚佳雪将手机举到她眼前，让她看偷拍的照片。

艾伽正在和客人沟通。

【客人：因为想将这张画当作十八岁生日礼物，挂在房间，能不能是纸稿？】

【客人：钱不是问题。】

虽然画纸稿挺麻烦的，但艾伽想了想，没必要和钱过不去，便同意了。

回完，她拿起放在旁边的奶茶喝了一口，才慢悠悠地扫了眼，评价："拍得还行。"

戚佳雪："你看，分析得头头是道，我看了都觉得你俩是天作之合。"

艾伽听得脑袋疼："瞎扯什么呢。"

忽然，戚佳雪察觉到什么，抬头看见两个不认识的女生走过来，便用胳膊捅了捅艾伽。

艾伽没在意，她沟通完客人的需求，也刷起了匿名墙。她避开那些说绯闻的，目光停在那些说"她长得一般，也没传言中那么好看"的字上面。

靳嘉致和路存什么的，她无所谓。但她一向言明，自己是靠脸吃饭，所以挺在乎这个的，她直接回对方："那你觉得谁好看，说出来。"

刚发完，那两个走过来的女生中的一个劈头盖脸就冲着艾伽问："你和靳嘉致什么关系？"

艾伽只在电视剧上看到过这一幕，没忍住"扑哧"笑出声，抬眸看向对方。"同桌。"

她回完，对方明显一愣，显然没想到她会这么回。

"除了同桌？"

艾伽漫不经心地"哦"了声："初中同学。"

戚佳雪憋笑补充："也是小学同学。"

艾伽悠闲点头："嗯。"

对方有点生气了："除了同学，还有其他关系吗？"

艾伽本想回没，脑袋突然一抽，脑海里突然浮现那天在走廊尽头靳嘉致的话，他应该真的挺受困扰的吧。他那种人都来费劲跟她做同桌，服软让她帮忙挡桃花了，她看在一起长大的分儿上帮帮他好了。

她抬头："还是他未来老婆，行了吗？"

艾伽说完就忘，压根儿没把这事放心上。

上课铃响，走廊上还在闹，老师拿着书板着脸训人。

这节是历史课，枯燥得让人眼皮都抬不起。艾伽垂着眼，也没什么精神，拿着笔在临摹书上的历史人物。

忽然，桌肚里的手机振动起来，引得身边靳嘉致侧头看了她一眼。

艾伽放下笔，低头看，见了内容，轻笑起来，将手机放到靳嘉致腿上。

靳嘉致低眸看一眼，眉头皱起来，是个没备注的号码，疯狂发了十几条信息过来，骂她不要脸。

靳嘉致手指碰了下屏幕，准备回复，却见艾伽伸手拿走了手机，他目光又看过来。

她小声说："你不懂女生，你越搭理她，她越来劲。"

老师不知讲到什么内容，引得全班都在笑。

艾伽的注意力还在靳嘉致身上，下午的阳光从另一边的窗户透进来，她晒不到，却有一缕偷映在了靳嘉致脸上。桌上的课本堆得很高，艾伽眨了下眼，忽然觉得眼前这个人真是不厚道。

教室里空调冷气很足，可她的语气被夏日的高温蒸得莫名有几分少女的恼意："你看看你给我惹的麻烦。"

靳嘉致没有波澜的眼底突然浮现半分闪烁的笑意："你是在吃醋还是在抱怨？"

下课铃响了，班级里立刻闹哄哄起来，身边人来人往，桌角又被谁撞到。

季时安叫靳嘉致，他没应。季时安抬头，见他俩在对视，眉头微挑，刚要调侃，就见艾伽起身往外走。

"什么情况？"季时安问。

"没情况。"靳嘉致笑了下，又轻声说，"纸老虎。"

　　第二天上午最后一节课是体育课，男生们在篮球场打篮球，女生多数不爱动在自由活动。

　　靳嘉致也上场打球了，吸引了不少人在看。他和季时安配合默契，将对方打得无力招架。

　　欢呼声中又进了一个精彩的三分球，靳嘉致捞起衣服擦了下汗，不经意露出一截腹肌，引得女生尖叫声更大。他没在意地回头，目光掠过欢呼的人群，在篮球场后的一棵树下，找到了那个身影。

　　艾伽坐在花坛边，正和一起上体育课的别班男生在说话，对方不知说了什么，引得她也笑了。

　　两人靠得很近，少女怕热，校服衬衫扣子松了几颗。树荫深深，她脖颈纤细，锁骨精致，白得让人晃眼。

　　说到有趣的话题，艾伽身体微微前倾，手轻拍了下对方的肩膀。

　　靳嘉致收回目光，冷脸断下对手的球，绝情地以大比分优势结束了比赛。

　　早就准备好的女生们，围上来要送刚从小超市买来的冰水。

　　操场的另一边响起吹哨声，是隔壁班的体育老师要求集合。

　　艾伽摆了摆手和男生告别，回头就撞上了靳嘉致，让她整个人好像跌进了热浪里。

　　他刚打完球，体温热，为了稳住她，扶着她的手更热。艾伽被烫了下，抬眼就看到他正在滚动的喉结和贴着肌肤的湿热水珠。

　　心猛地跳起来，她下意识要躲，还没来得及动作，耳边就听到他没头没尾地问："你和外班的人聊什么？"

　　站在一边的季时安和他站在统一战壕，一边用纸巾擦汗，一边不满道："就是，错过了我们靳少爷的超绝三分球，还有我的绝佳表现。"

　　艾伽脑子"嗡嗡"作响，被他身上的热气烫得有点蒙，想离远点，可手腕被他捉着动弹不得。

　　"没聊。"

靳嘉致额前的碎发湿漉漉地半遮眼，衣服也被汗浸湿了点。

他盯着她停顿了一秒，怕身上的汗碰到她，身体往后退了点："少和别人说话。"

两人之间终于空出些距离，艾伽得到喘息，反驳道："没说啊。"

中午正是太阳最大，温度最高，热得让人发晕的时刻。

下课铃响了，看他们乱糟糟的，老师懒得集合，直接挥手说了下课。

靳嘉致看了眼老师，目光又回到她身上，他问："中午吃什么？"

艾伽仰头反问："和我一起吗？"

"嗯。"

"戚佳雪说要吃麻辣烫。"

他皱了皱眉："又吃？"

连着两天，艾伽都被戚佳雪拖去吃了麻辣烫。

"嗯，她上瘾了。"

靳嘉致"嗯"了声，不太能忍受自己一身的汗："哪家店？我和季时安先回宿舍换衣服，你们先去，一会儿去找你们。"

"后门那条街右边第三家。"

他们一走，不远处的女生们就议论开了。

"刚刚靳嘉致拉艾伽手了。"

"那是为了扶住她。"

"可他连我们的水都不收。"

大家大眼瞪小眼，安静下来。

同样安静下来的还有戚佳雪，她不敢置信，靳嘉致居然要来和她们一起吃麻辣烫。

她看着手机微信上，季时安发过来他们要点的菜，还是难以相信。

艾伽在旁边拿着篮子夹菜："靳少爷也是要体察民情的。"

戚佳雪发出疑问："但他不是不吃辣吗？"

艾伽拿完菜，正在结账，听到这儿对老板娘说："这份不要辣不要麻。"

老板娘看了她一眼。

戚佳雪同样无言："吃麻辣烫不要麻不要辣，简直是对麻辣烫的不尊重。"

等待的时候，戚佳雪看着油渍斑驳的桌子，抽了两张餐巾纸擦了擦，发现擦不掉，又回头问老板娘："有酒精喷雾吗？我感觉桌子不太干净。"

中午学生多，店铺虽然不大，但店里只有夫妻俩在忙，人手根本不够。

艾伽咬着吸管喝了口冰可乐，看着在用热水烫碗筷的戚佳雪："你差不多行了啊。"

"我不是怕靳少爷下凡失败吗？"戚佳雪忧心忡忡，"万一一会儿他少爷病发作，把老板娘得罪了，我们都被打入黑名单怎么办？我还没吃够呢。"

她那苦大仇深的语气听得艾伽哈哈大笑。

他们就晚来了十五分钟，靳嘉致利用这点时间还去男生宿舍冲了个澡，头发没来得及吹，比体育课下课时还湿。

他坐在艾伽对面，见她撑着下巴，直勾勾地看他。

"看什么？"

艾伽戏谑的目光在他脸上扫了一圈，轻佻地勾起唇："你很矜贵吗？看都不能看？"

靳嘉致懒得搭理她。

艾伽得寸进尺地继续试探他的底线："你有必要吗？还是被什么东西附身了？"

被几个女生吓成这样，还来吃麻辣烫。

季时安边吃边说："他可能被人下蛊了。"

"谁啊？"戚佳雪问。

季时安瞥了眼靳嘉致，看见他眼底含着警告，又贱兮兮地笑开，故作神秘吊人胃口，气得戚佳雪在桌下狠狠踩了他一脚。季时安痛得声音都变了："你们猜呗。"

两人又吵了起来，没完没了，从这件事吵到之前的事，再追究到小时候，但都是很琐碎的小事。

艾伽老神在在地偶尔出声掺和一两句，季时安势单力薄被打成了食物链最底端，也不生气。

靳嘉致抬眸，目光习以为常地掠过他们，最后停在艾伽脸上，嘴角有不明显的笑意。

他们就是这样吵吵闹闹，日复一日地长大的。

但有人要让这个和谐了很多年的天平失衡。

第二章
[他那天说我的眼睛很会笑]

(1)

"辜雨，你在看什么呀？"阮念雯好奇地顺着她的视线看过去，"你想吃麻辣烫吗？"

辜雨心不在焉地摇头："走吧。"

走了几步，她脑子里都还是靳嘉致的笑容，心里七上八下的，不小心被石子绊倒。

阮念雯及时拉住她："你怎么啦？感觉心事重重的。"

辜雨咬紧唇，缓慢眨了下眼睛。骤然而至的失落席卷全身，她控制不住自己的情绪。刚刚在记忆里找寻一圈，都没找到他的笑容。之前她一直没将艾伽放在眼里，艾伽成绩差，脾气坏，还穷，穿着最普通便宜的衣服鞋子，唯一能看的就是那张脸。

她一直笃定靳嘉致不会那么肤浅，但他刚刚的眼神她太熟悉了，她无数次那样看过他。

"念雯，我想告诉你个秘密。"

辜雨第一次见靳嘉致是在初二的一个雨夜。

她从初一就开始补课，家里对她的成绩要求很高。她从初一开学起就一直保持着年级前三。

美丽又优秀的女孩，不可避免地受到了很多关注，其中有欣赏的，也有嫉妒不满的。

初一下学期，她被小范围孤立，到了初二，学校里几乎没人和她讲话，连辅导班的女生都看她不顺眼。

那天辅导班刚下课，她被几个女生围住。

"这不是我们三中校花辜雨嘛。"

"校花很傲嘛，都不搭理我们。"

几个女生对她推推搡搡。

她的书包被拽住，身体被拖拽着后退，即使不知道自己做了什么惹她们不高兴，她连忙道歉："没有……没不理……"

对方嗤笑："装可怜给谁看呢，这里又没男生。"

她摇头，呼吸小心起来："对不起，不是……"

其中一个女生笑道："我们一个学校又是一个辅导班的，平时就应该多来往嘛，我看校花你都没朋友的。这样，你去给我们一人买点零食，我们就做你朋友怎么样？"

她连忙求饶说："我没有钱。"

她是真的没有钱，父母开了一家粥店，每天起早贪黑，只在补课学习上舍得花钱，希望她好好学习出人头地。

她从来都没有零花钱。

她的小心求饶并没有引起对方的同情，反而受到更加恶劣的对待，她们抢过她的书包翻着。

"这里有 200 块，骗人。"

辜雨彻底慌乱，挣扎着去抢："这是书费。"

她们满不在乎地哄笑，将钱塞到她手里，逼着她去买东西。

"快点，磨蹭什么，要下雨了。"

这时，巷子口突然走出个男生，他非常瘦，穿着黑色的卫衣。

他没看她们这边，单手握着手机，在打电话，整个人散发着一种高攀不上的气势，让人看一眼就心动。

女生们改变主意了："辜雨，你去要他的联系方式，要到了今天就放过你。"

她抿抿唇，别无选择，步伐缓慢地走到他身边。

他一边看了她一眼，似乎了然一切，一边对电话那头的人不耐烦地说：

"快点。"

说完，他挂了通话，将二维码切出来，低声说："扫吧。"

辜雨目光微顿，抬头慌乱地看了他一眼。

他也在看她："不要吗？"

"要……要。"

辜雨连忙拿出自己的手机，扫了二维码。

他同意了好友申请，转身就走。

有个身影从对面的辅导班奔过来，从他身后钩住他，戏谑调侃："可以啊兄弟，第一次来就被我们这儿最好看的女生要联系方式。"

他冷漠地回了个字："滚。"

几个女生飞快围上来，催辜雨快点将他的联系方式推过来。

辜雨手指微微颤抖，那一刻她很想自私地将他私藏起来，可是她不敢。

第二天补课时，几个女生过来抱怨，说那个男生好高冷，一晚上申请了好多次添加好友，他都不加。

辜雨小心地眨了下眼睫，酸涩了一晚上的心终于放松了。

一个女生看到门口的身影，便问："喂，季时安，昨天来找你的人叫什么？为什么不加人？"

季时安见怪不怪地道："昨晚？我兄弟靳嘉致，他从来不加陌生人。"

不知是不是她的错觉，辜雨觉得季时安说这句话时，看了她一眼。

她心里有一颗种子被这份小小的特殊浇灌着疯狂长大。

从那天起，她疯狂地收集靳嘉致的资料，想知道他是个怎么样的人。她主动接近季时安，从季时安的只言片语中猜测着靳嘉致的喜好，也在努力让自己变得更加优秀、更加完美。

虽然她发过去的信息他从来没回过，但她已经是离他最近的女生。

可就在她幻想美好高中生活的时候，艾伽出现了。

阮念雯听完，眼眶红红地握紧辜雨的手："那你和靳嘉致说过这件事吗？"

辜雨摇摇头："我不敢。"

她连话都不敢和他多说，生怕一个不注意泄漏了什么，让他察觉。

阮念雯长叹一声："唉，围着他转的女生好多，不过辜雨你要对自己有信心。你已经是我们学校最优秀的女生了，如果你都不行，谁还可以。"

辜雨轻轻"嗯"了声，温柔地恳求她："你要帮我保守秘密啊。"

"我会的。我还会帮你。"

辜雨是班长，早自习在帮忙收卷子，阮念雯紧紧捏住她校服衣角，压着嗓子用气音说："刚刚他看你了。"

辜雨抿了下唇，心跳了一下，羞怯地说："他只是交作业。"

阮念雯不赞同："那他为什么要自己过来交，直接让人帮忙递过来不就行了吗？他就是想多看你一眼。"

辜雨眼睛亮了亮，不确定地问："真的吗？"

阮念雯重重地点头："嗯。"

"艾伽，你抄完没？"上课铃要响了，季时安催促着。

艾伽笔尖不停，眼睛快速在卷子上扫："烦死了，你写这么多字干吗？不知道简化过程啊。"

季时安气得要抢卷子："你不识好人心啊。"

艾伽冷哼："就你？好人？"

下一秒，她眼前的卷子被收走。

"喂喂喂……"她抬头看到手指的主人，气不顺地瞪他，"靳嘉致，你别找事。"

靳嘉致直接将卷子扔给季时安："后面的自己写。"

艾伽伸手抢："别这样啊，我是真的不会。"

她唯一的缺点就是身高，一米六和两个一米八以上的对战，简直是降维打击，没有任何胜算。

三个人打打闹闹，吸引了全班的目光。

辜雨的脸立刻变了，靳嘉致从来不会多管闲事，更不会和女生这么闹。她转头看向艾伽，少女的敏感将所有细节放大。

辜雨："艾伽，作业还是要自己写呀。"

艾伽抬眼看她，弯唇笑了笑，口吻温和，意外地好说话："行，我自己写。"

季时安莫名其妙看着真自己写卷子的艾伽，纳闷地问靳嘉致："她干吗这么听辜雨的话？"

靳嘉致在看着艾伽写作业，随意道："怕班长吧。"

刚说完，他的脚就被狠狠踩了一脚。

他眉头一皱，看向艾伽。

艾伽瞪了他一眼，小声说："你别得了便宜还卖乖，她这样，还不是因为你。"

靳嘉致不置可否地点了下头，目光却盯着她。

老师还没到，教室里闹哄哄的，他清晰地看见艾伽眼底的不满和抱怨，心底莫名越发软起来。

他知道自己太明显，可收不回视线，压下嘴角的弧度："嗯，我的错。"

辜雨将他俩的互动尽收眼底，过了好几秒才茫然地将视线收回。

课间时，她又回头偷偷去看靳嘉致，发现靳嘉致在偷偷看艾伽。他隐藏得很好，艾伽抬起头时，他目光就移开，艾伽不注意时，他的视线又落在艾伽身上。

辜雨不自觉地蜷缩起手指，不敢置信地盯着他。

靳嘉致看向艾伽时眉眼明显比平时要柔软些，艾伽和他说话时他双眸就会更亮些，艾伽站起来时他会不着痕迹地将凳子按一下，防止她绊倒……

本能真的是骗不了人的，再怎么隐瞒，眼底的情绪还是会泄漏出来。

辜雨咬了下唇，心里都是不甘心。

艾伽拿着杯子接完水回来，看到辜雨脸上的表情，如果不是在火锅店听到那番话，她会觉得辜雨确实还不错。

她坐下来忽然抵了下靳嘉致，没头没尾地问："你喜欢什么样的女生？"

靳嘉致猝不及防地看向她，有一瞬间他以为艾伽发现了什么。

但眼前的人，脸色平静，似乎真的只是疑问。他抿了下唇："说不准。"

艾伽斜眼，又露出那种嫌弃他的表情："什么意思？"

靳嘉致看着她："可能昨天喜欢你，但今天就不喜欢了，明天看心情。"

气氛停滞了两秒。

他的话莫名其妙的，艾伽将没收回的目光突然移开。

上课铃打响了，艾伽抿了下唇，过了一会儿，又侧头看靳嘉致。他神色自若地打开课本，目光落在黑板上，看起来真像个一丝不苟的好学生。

艾伽半眯起眼，忽然琢磨出点猫腻来，他奇奇怪怪的矛盾点，好像有了解释。

她扯唇笑起来，似真似假地问他："靳嘉致，你好学生是不是装的？"

他笔停，抬眸："要是装的呢？"

艾伽愣住，摇摇头，立马否定："怎么可能，你有什么理由装啊？"

靳嘉致低头，确定她注意力不在自己身上，他才自嘲地勾起嘴角。

当然是因为你的奇葩审美。

（2）

艾伽初中时有过一个崇拜的对象，或许说崇拜不太准确，也可能只是欣赏。

那人是他们班的学习委员，成绩一直是年级前三，戴着一副眼镜，整个人有一种古板的气质。

戚佳雪觉得对方长得一般，但艾伽不赞同，天天在他们面前夸他，说学习委员气质干净文雅、声音温柔，连看人的目光都带着悲天悯人的善意。

那是靳嘉致第一次见她这么夸一个男生，骄傲如他第一次知道了什么叫作危机感。

谁都不知道他观察了那个学习委员一个学期，一点一点去模仿。

靳嘉致看向艾伽，看着看着，又觉得自己可笑。

周五的晚自习管得松，许多住宿生下午下课就直接回家了，只有几个走读生心不在焉地待在教室里。

戚佳雪从隔壁班跑过来，坐在艾伽前面，和她面对面写卷子。

戚佳雪时不时看向靳嘉致又看向艾伽，还看向空着的季时安的座位。

艾伽没写卷子，在画之前答应的稿子的线稿，她时不时看着手机里的照片，又低头去设计。

戚佳雪多动症一样，打扰得艾伽也不专心。

"你干吗呢？"

"季时安呢？"戚佳雪问。

艾伽："不知道。"

戚佳雪嘻嘻笑起来，眼珠子转来转去："靳嘉致，你也不知道吗？"

靳嘉致"嗯"了声。

戚佳雪十分满意，连忙送上最热的八卦："他去四班找人了，那妹子叫夏知果。他这几天起早贪黑地绕在人家身边，但没用，人家才不理他呢。"

艾伽"哦"了声没什么兴趣。

靳嘉致更没兴趣，连头都没抬。

戚佳雪的眼睛在他俩之间转，拿出手机给艾伽发信息。

【戚佳雪：你俩咋了，气氛这么……啧……奇怪？】

艾伽看了下，抬眸瞪了她一眼："你瞎了。"

靳嘉致目光扫向她俩。

戚佳雪窃窃偷笑："我视力很好，你最好老实交代。"

艾伽懒得搭理戚佳雪，但戚佳雪缠了她一个晚自习，连放学路上都不放过她。

出了校门，天阴沉沉的，开始飘起雨丝来，天气预报说这周末会有台风。

现在这大概是暴风雨的前奏，戚佳雪和艾伽都没带伞，互相拌嘴怪对方没脑子，天气预报都说有台风了，还不带伞。

两人走到学校附近的一家便利店，戚佳雪怕雨会变大，跑进去买伞，艾伽就在门口等着。

身后不远处的巷子里突然传来嘈杂急促的脚步声，她扭头去看，是一个女生被几个女生围住了。

艾伽不喜欢多管闲事，正低头看天气预报，气象局说台风最起码明天下午才会登陆。她又仰头看天，观察了会儿，觉得这雨不会下大了，准备去叫戚佳雪别买伞了。

"你是不是觉得被季时安围绕着很得意啊？"

艾伽一愣。

女生啜泣着小声说："……没有。"

几个女生没那么好糊弄，伸手就推被围住的女生："长得也不怎么样，还挺会痴心妄想的。"

艾伽眉头皱起来。

戚佳雪转了一圈出来抱怨："店里没有伞，看来我们要成落汤鸡了。"

艾伽语速很急地交代："一会儿，你拉着那女生跑，叫人或者报警你选一个。"

她说完就冲过去，飞快地将那个被围住的女生拉出来，用力推给戚佳雪，大喊："跑啊。"

戚佳雪慢半拍地"哦哦"了两声，连忙拽着女生跑。跑到一半，戚佳雪回头看了一眼，尖叫一声后跑得更快。

艾伽也想跟着跑，但来不及了。

天太黑，只有巷子口才有一盏老旧的昏黄路灯，那群女生也没看清她是谁。

带头的说："哟，妹妹牛啊，路见不平啊，想学人英雄救美啊。"

艾伽被推到墙上，吃痛地闷哼一声，口气却十分嚣张："帅吧，不要崇拜姐。"

带头的说："多管闲事是要吃苦头的。"

"不给你点教训你是不是不知道自己姓什么……"

就在这时，戚佳雪搬来了救兵。

靳嘉致黑着脸，上前用力扯开艾伽："你在干什么？"

艾伽被他训得一蒙，视线滞留在他冷冰冰的侧脸上。

几个女生看到大名鼎鼎的靳嘉致都来了，立马怕了，一哄而散。

戚佳雪急急地跑到艾伽身边："你没事吧？"

"没事。"艾伽恢复表情，冲着靳嘉致挑眉，"行啊，仗义。"

靳嘉致皱眉盯着她，冷着脸没说话。

一行人去了刚才那家便利店。

艾伽没受什么伤，就是胳膊被推的时候擦破了块皮，有点肿。倒是被救的那个女生一直抱着腿蹲在地上，哭个不停。

靳嘉致在店里转了一圈，买了创可贴和酒精，付完钱蹲下给艾伽处理伤口。

艾伽垂眸看着他一直黑着的脸，觉得莫名其妙，不知道又哪里惹这个少爷不高兴了。

戚佳雪这时才有空去看那个女生，她盯着那个女生看了半天，才认出来叫了声："夏知果？"

那女生一愣，泪眼蒙眬地抬头看着她。

艾伽抬眼，问："你认识啊？"

"季时安最近围着转的女孩。"戚佳雪望向艾伽。

艾伽点头，伤口已经被靳嘉致处理好了。

她从包里抽出两张餐巾纸递给夏知果，又蹲下身仔细看了看夏知果。

她问："没受伤吧？"

夏知果被看得脸有点红，小幅度地摇了摇头："没有，今天谢谢你。"

她真的乖，目光怯怯，连说话声音都小小的。

艾伽大概猜到来龙去脉："那几个女生也是长荣的吗？"

"应该是。"

"这也太嚣张了吧。"戚佳雪不能理解这种事。

艾伽忽然伸手，指尖捏了下夏知果的下巴。夏知果一怔，身体微微颤抖，紧张得不知所措。

艾伽神色自若地拿过靳嘉致手上的酒精湿巾，轻轻给她擦了擦脸颊："有点红，没破皮。"

好一会儿，夏知果才喃喃道："嗯。"

艾伽："她们欺负你多久了？"

夏知果："没、没多久。"

戚佳雪轻轻拍了拍艾伽的肩膀："伽姐，你能不能别随意发挥自己的魅力，又是英雄救美，又是体贴关心，你到底要祸害多少人？"

艾伽闻言挑眉，熠熠发光的眼睛直勾勾望向夏知果，嘴角故意痞痞地勾起："怎么样？我是不是比季时安好？"

夏知果猛地涨红了脸。

艾伽也就逗了她一下，然后转头问一直没出声的靳嘉致："季时安回家没？"

靳嘉致的脸色还没好转："马上过来了。"

话音刚落，季时安走进了便利店。

戚佳雪劈头盖脸地骂他："都是你惹出来的祸事。"

季时安见夏知果没事，才搭理戚佳雪："这事也能怪我？"他拽了下艾伽，"你给我评评理。"

他不知道艾伽受伤了，手上没轻没重，扯到了艾伽的伤口。艾伽"嘶"了一声。

季时安的手立马被靳嘉致拍掉。

季时安一愣，看向靳嘉致，过了两秒又看向艾伽，这才反应过来。

季时安语气立马变了："艾伽，你受伤了？你傻啊，你以为你真是女侠啊。"

艾伽翻了个白眼："没事，你再晚来几分钟，我这伤口都愈合了。"

一旁没说话的靳嘉致突然开口，语气又冷又冰："你还要不要画画了，手随便就伤？"

艾伽被他凶得愣了下。

她目光微闪，难道他一直黑着脸不高兴，是因为自己不爱惜自己的手？

过了好几秒，她才反应过来，没心没肺地说："这不算什么。"

这个点便利店里没几个人，只有一个店员在收银台，自动开关门一开一合。

看到艾伽这样，靳嘉致脸色更差了。

季时安见情况不妙，连忙插话："不早了，赶紧回家吧。我送夏知果，先走了啊。"

戚佳雪收到季时安的眼色："行，你们注意安全。艾伽，我们也走吧。"

艾伽点头。

回去的路上，艾伽和戚佳雪勾着胳膊走在前面，靳嘉致一个人走在后面。

靳嘉致住在四季苑，和艾伽住的佳安新村看起来就隔了一条马路，走起来还挺远的。

戚佳雪住在他俩中间的一个小区，靳嘉致先到，路上只剩下两个小姑娘。

戚佳雪已经忘了晚自习那茬，开始感慨刚刚发生的惊险一幕："没想到长荣还能发生这种事，我还以为长荣都是好学生呢。"

艾伽见怪不怪："好学生又不一定人品好。"

"这事说到底还是怪季时安。"

艾伽反驳："他那不是喜欢。"

"不是？"

"嗯。"

到戚佳雪家楼下，艾伽停下脚步，毛毛雨淅淅沥沥的，衣服半干半湿最烦人。

艾伽语气也跟着天气变得懒散："哪那么容易喜欢上一个人。"

她很少讨论这种话题，戚佳雪有点新鲜："那你觉得什么是喜欢？"

"我喜欢一个人，会藏在心底不让任何人知道。"

戚佳雪不理解："为什么啊？喜欢一个人不就是要让全世界知道吗？"

"这个阶段吧。"艾伽声音有点低。

家庭的缘故，艾伽比同龄的人更早熟，但她性格潇洒，平日里戚佳雪最崇拜她身上那股洒脱劲。

可艾伽说这些话时，没有满不在乎的调调，她固执又认真。

"不是所有的感情都能见光的，我们这个年纪，无论做什么都是不负责任。我想我的爱是盔甲，而不是毁了他的利器。"

气氛静了一会儿，见戚佳雪站着不动，艾伽用脚尖踢了踢她脚尖，问："怎么了？"

戚佳雪快感动死了，星星眼看着她："真浪漫，我开始嫉妒你以后喜欢的

窃窃晚风

人了。"

艾伽跺了跺脚，慢悠悠道："嫉妒可以，但你能不能先回家，我不想陪你喂蚊子。"

戚佳雪撇了下嘴，觉得艾伽不解风情。忽然，她抓到了什么细节，一瞬不瞬地看向艾伽。

艾伽："干吗？"

戚佳雪很严肃："艾伽。"

"嗯？"艾伽被湿热的晚风吹得衣服贴在皮肤上，十分难受，"我真的要回去洗澡了。"

"你是不是有喜欢的人了？"

（3）

艾伽怔了下，瞪着眼睛。

两人对峙了好几秒，最后是酝酿了一整晚的暴雨解救了艾伽。

她落荒而逃奔回家，可躲不过戚佳雪的不屈不挠。

【戚佳雪：靳嘉致吧！】

【艾伽：不是。】

【戚佳雪：那肯定是了。我分析了一圈，排除了所有可能性，也就他还有点希望。】

【艾伽：说了不是。】

【戚佳雪：你骗谁呢？】

艾伽索性不回了。

另一边，季时安送完夏知果回家后，直接去了靳嘉致家。他站在 301 门口敲了敲门，等了几秒，靳嘉致打开门，头发还湿漉漉的。

靳嘉致刚洗完澡，看见人是季时安，侧身让他进来。

季时安扫了他两眼，又看了下空荡荡的屋子："你爸妈又出差了啊？"

靳嘉致"嗯"了声，从冰箱里拿出罐可乐递给他。

季时安嘲讽地扯了下唇："我爸妈也出差，今晚我就睡你家了。"

"不行。"

季时安不满地提高声调："你就这么对你唯一的兄弟啊？"

靳嘉致从卫生间拿了浴巾，正在擦头发，扯了下唇："再恶心就滚。"

季时安"哈哈"笑起来，倒在沙发上："我说你今天太过了没必要，你到底气什么？气艾伽受伤不知道危险瞎冲，还是气艾伽去保护夏知果？"

靳嘉致在他旁边坐下，没出声，将电视机打开，点了点，拿起旁边的手柄，开始玩游戏。

客厅里就开了一盏落地灯。

电视屏幕上五颜六色的光线，在靳嘉致脸上闪过。

季时安望着他，脑子里闪过一道灵光，他夸张地说了声："不是吧你。"

靳嘉致面无表情，屏幕上显示"通关成功"。

"你是不是受不了艾伽对别人好？夏知果是一个女生哎，靳嘉致你也太夸张了吧？"

靳嘉致手顿了下，否认："不是。"

过了两秒，季时安又想到什么，瞪大眼睛，更夸张地大叫："天啊，不会吧你。

"靳嘉致，你是受不了她世界里出现除了你以外的人吧。

"你也太可怕了吧。"

靳嘉致不出声，因为他确实是这么想的。

从九岁认识她开始，他从来就没想过艾伽的世界里会出现除了他以外的人。

暴雨停了，风大了起来，游戏的音效声在客厅里回响。

九岁那年，他们是对门的邻居，他住在301，艾伽住在302。

双方家长不止一次调侃过，这是真正的门当户对。

他当了真，以为大人的话永远不会变。

他还将这当作证据，设置成手机密码。

周六一早天还没亮，艾伽就收到周唯宁的信息，说今天有台风店里不开门，让她不用来。

她回了个"好"。

她看了看时间还很早，但睡不着了，索性从床上爬起来，拿出画板，继续构思拖了好些天的画稿。

从两年前开始，艾伽偶尔会在网上分享一些自己的画，因为更新的频率低，

窃窃晚风

粉丝也没几个。但她画风很独特，找她约画的人越来越多。

画完线稿，天渐渐亮了，艾伽放下笔将粥和鸡蛋煮上，又回来继续画。

十分钟后，听到外头有动静，艾伽又走出来。

奶奶看到她十分意外："怎么这么早起来了？我吵醒你的？"

艾伽摆手："没有，您这轻手轻脚的怎么可能吵到人。"

奶奶看到灶台上的锅，心里了然："周末怎么不睡会儿懒觉。"

"睡不着。"

艾伽从冰箱里将水饺拿到厨房，开火倒油准备煎饺子。她厨艺家务都拿手，这些年有空就做，几乎不让奶奶动手。

奶奶看着她的背影，长叹了口气，心里埋怨那对不负责任的父母。

两个人吃完饭，艾伽伸手将奶奶手里的碗筷收过来，闷头就走："您看电视去或者去浇花，忙一辈子也不嫌烦，我在家这些事就我做。"

奶奶笑哈哈的，知道她嘴硬心软："我才不嫌烦，倒是你个小姑娘，天天做家务，手不好看了，没男生喜欢可怎么办？"

"那正好，少几个人为我争风吃醋，我还清闲。"

奶奶被艾伽逗得开心，接过她送来的水壶，走去阳台。

客厅的电视机里正放着苏城当地的新闻台，在播报如何预防台风。

奶奶浇好花，抬头见外头蓝天白云的好天气："真奇怪了，昨晚大雨，今天倒是放晴了。不是说台风要登陆吗？"

艾伽扫了眼搭话："估计夜里来吧。"

艾伽做完家务，帮忙将阳台上的花盆搬进来，又钻进房间继续画画一直到下午四点，该给画上色了才发现需要的颜色用完了。

她埋头在柜子里翻来翻去，找到一盒用过的，可惜已经发霉了。

不能再拖了，这个是生日稿，再拖下去客人的生日都要过去了。

她看了眼窗外，天蓝得过分，头顶的那片白云静止着一直没动。她又翻出天气预报扫了一眼，想着从家到最近的文具店，最快二十分钟，一来一回不超过一个小时。

应该不至于这么倒霉吧？

"伽伽出去啊？"

奶奶戴着老花镜，视线看向她。

艾伽拿着伞，弯腰穿好鞋子："嗯，去买颜料。"

"路上小心，要是下雨了就打车回来。"

"好。"

离家最近的文具店在一个小学附近。

艾伽走进店，逛了一圈没找到自己想要的，准备去柜台问老板，忽然手机响了。

是这幅画的顾客打来的。

【老板 K：哇，线稿就这么好看！】

艾伽停下脚步，低头打字。

【艾伽：有需要改的吗？】

【老板 K：没有没有，比我预期的还好看。呜呜呜，我阿伽大大你也太牛了！】

艾伽在网上的名字叫"阿伽"。

【艾伽：不好意思拖了这么久，大概还要两天。】

【老板 K：没关系，我等得起！再久我都等。】

对方是个非常可爱的妹子，一直疯狂发彩虹屁夸她。

艾伽笑着收起手机，走到柜台问老板："没有水粉颜料吗？"

老板问："什么牌子？"

"青竹或者米娅。"她想了下，"都行，我急用。"

话音刚落，刚刚还晴朗的天突然黑下来，下一秒雷声轰隆，大雨瓢泼而至。

艾伽一愣，老板嘟囔了一句："终于下了。"

他从身后积灰的橱柜里翻出一个盒子："只有马利的，还是之前有一次进货进错的。"

艾伽点点头，接过扫码结账。

她站在店里盯着外头，雨下得又大又急，激起一片白雾。旁边停着的电瓶车被雨砸得发出刺耳的警报声，雨势太凶，隔壁有几个店没客人，急急将门锁上，怕雨灌进来。

老板看着雨："小姑娘你先躲躲雨，这个雨势，伞撑不住……"

艾伽一边听老板说话，一边看着外头。突然，她目光一顿，撑开伞飞快跑了出去。风太大，裙子被吹得鼓起来她也没空理会，伞也被吹得乱七八糟。她没办法将伞收起，然后拼命地追上在前面跑的人。

靳嘉致被一股力拉住，下意识地回头，就看见了艾伽。

他问："你怎么在这儿？"

艾伽被雨淋得睁不开眼，没好气："雨这么大，正常人都知道要躲雨。少爷你是要拍电影吗？大雨中奔跑很酷吗？"

靳嘉致低下头，被她骂得有点蒙，过了一秒："现在去躲雨吗？"

"躲个屁，都湿透了。"

艾伽被风雨吹得头发凌乱，手里的伞根本没用。

这附近有个小路，可以很快到靳嘉致家小区的后门，再从他家小区回家，距离也不远。

她思索完，拉起靳嘉致："跑啊。"

靳嘉致没防备，被拉了一下，身体前倾。

她察觉到什么回头看了他一眼，将他拉得更紧。雨水遮挡了眼前的光，耳边的风剧烈又汹涌。

他分不清是心跳更快，还是风更快。

到了靳嘉致家楼下，艾伽脚步没停，手腕却被靳嘉致拉住。

"去我家躲雨。"

"我再跑五分钟就到家了。"她停顿了下，语气莫名别扭，"你爸妈也不想见我吧。"

靳嘉致不作声，手略微使劲，将她往楼里拉。到了家门口，他才说："他们出差了，都不在。"

艾伽："哦。"

靳嘉致家和几年前比起来，没有什么变化。窗帘都被拉起来，外面本就乌云密布黑得不见日光，屋内更暗。

艾伽觉得身上黏得要命，伸手将滴着水的上衣脱了。

刚脱完，就听到"啪嗒"一声。

是开关声。

灯光乍亮，有些刺眼。

艾伽下意识闭了下眼睛，再睁眼，灯被关了，又恢复了黑暗。

他俩一时谁都没说话，屋子里寂静无声，只有风和雨吹打窗户的声音。

四周又潮又湿，连呼吸都充满水汽。过了几秒，眼睛慢慢适应了黑暗，可以模糊不清地看到近在眼前的人。

艾伽眨了下眼睛，见靳嘉致还侧着头，明明看不清，可艾伽就是觉得他脸红了，连耳尖脖颈都红了。

她笑起来，声音不大地问："看见了？"

靳嘉致没出声。

艾伽怎么可能放过捉弄他的机会，身体靠近他，视线也缠着他不放："又不敢承认？"

过了几秒，靳嘉致说："看见了怎么办？"

艾伽语气懒洋洋道："你也给我看呗，这样最公平。"

靳嘉致又不说话了，身体明显僵了下。

艾伽笑得全身发颤："你看见什么啊？里面还穿着吊带呢。"

靳嘉致这才明白被她耍了，他脸色一会儿红一会儿白，摸着黑去卫生间，拿来浴巾扔给她，才又将灯打开。

艾伽披着浴巾，凑近去看他脸："靳嘉致，你真的很好骗啊。"

见他神色隐忍，她得寸进尺地嘲笑他："你可太好玩了。"

（4）

靳嘉致往后退了一步，目光怎么都不去看她。淋了一场大雨，他整个人湿淋淋的，浑身应该是冷的，可他整个人很烫。

他看见了，看见了少女脆弱的脖颈、精致的锁骨，湿发黏在白得晃眼的皮肤上，雨珠从耳后滑落……他闭上了眼。

靳嘉致不理她，转身往房间走："去洗澡，我给你拿衣服。"

艾伽"哦"了声，看着他僵硬的背影，忍不住又笑起来。

洗完澡，她穿着靳嘉致的睡衣出来，衣服长裤子也长，走路还会踩到裤脚。

雨一时半会儿停不了，她给奶奶打了电话，说在同学家躲雨不用等她吃饭。

看了看时间确实到了晚饭时间，她跑去厨房看了看，又打开冰箱看了看，发现都是速食品。

不应该啊！以靳嘉致他妈的性格，应该会将他照顾得很好啊，怎么现在看起来，家里很久没人开火的样子。

靳嘉致洗澡速度很快，他出来就看见艾伽在厨房煮面。

情景太陌生，他愣了下，直到艾伽叫他，他才反应过来。

"你家只有泡面，所以我们就吃泡面吧。"

靳嘉致点点头。

艾伽端着面走到餐桌旁坐下来，又抬头看他，见他不动，便说："过来啊。"

靳嘉致坐过去。

两人沉默地吃着泡面。

艾伽忽然望向他，他抬眸和她对视。

她笑了下，撑起下巴，盯着他："小可怜，你缺爱多久了？"

靳嘉致眼睫眨了下，不作声。

艾伽像摸狗一样摸了下他脑袋："乖，以后姐姐不和你闹了，会好好照顾你的。"

艾伽确实比靳嘉致大两个多月。

很多年前，双方家长偶尔也会开玩笑说他们是姐弟。但他俩间，哪怕互相不对付，艾伽也没说过是他姐姐。

靳嘉致目光很深，心跳声比雨声还大，停滞了两秒，他喉结滚了下，说："你说的。"

两人吃完饭没事干，雨越下越大，艾伽对打游戏不感兴趣，打了会儿觉得没劲。

突然想起什么，靳嘉致拿着医药箱过来，目光示意她将袖子拉起来。

艾伽大大咧咧，对这伤口并不在意，洗澡时被水泡了，看起来比昨天还严重了点。

艾伽察觉到他气压变低，明白他也是关心自己，耐着性子又说了几句没事，可这少爷的脸色并没有好转。

艾伽没耐心哄人，低哼一声："你这莫名其妙的脾气也要改改，不然谁受得了你啊。"

靳嘉致盯了她一眼又收回，抿着唇矜贵得很，又一副不愿和她讲话的模样。

艾伽不知想到什么，忽然笑出声："我身上有别的疤呢，更严重的疤，你别忘了是谁给的。"

靳嘉致整个人怔住，脸色猛地一变，狼狈地低头看她。艾伽扯了下衣服领子，眼睛直勾勾地回看着他。

四周静止，她明目张胆地凑近过来。

少女身上那件睡衣开了两颗扣子，他的视线顺着领口钻进去。黑色的衣领贴在细腻的肌肤上，精致的锁骨下方有一道很显眼的疤，很丑。

他想移开视线，却怎么都移不开。

艾伽一眨不眨地看着他，嘴角的笑容十分明艳："昨天只是破了点皮，夏知果都那么感动，那让我留这道疤的人，是不是也感动死了，这辈子都忘不了我？"

她的尾音在空旷的屋子里回荡。

四周好像突然被按下了停止键，前一秒还在呼啸的风和雨也忽然没了声息。

靳嘉致目光一瞬不瞬地盯着她。

艾伽被他盯得心也被提了起来，她眨了下眼睛，有些怪自己冲动。

"靳……"

视线里，他向来波澜不惊的脸上出现了波动，嘴角紧紧抿着，艰难地发出一个单音节的字："嗯。"

事情要从很多年前说起。

艾伽刚到苏城的那几年，和靳嘉致的关系并不差，甚至是他带着她走过苏城的大街小巷，带她将这座陌生的城市变得熟悉。

艾伽那时候真的很羡慕他，觉得他长得好看又聪明，还有恩爱幸福的父母。

后来她一点点长大，才明白她所羡慕的也不过是表面。

靳嘉致的家长虽然优秀，但对靳嘉致总有种对待商品的感觉，仿佛这个儿子只是他们的展示品，靳嘉致必须要保持优秀。

特别是靳嘉致的母亲向宛之，艾伽不止一次看见她几乎病态地训斥靳嘉致。

她那时很不明白，明明靳嘉致已经那么优秀了，为什么还不满意呢。

无论寒暑假，靳嘉致永远在上各种培训班，参加各种各样的竞赛，拿数不清的奖杯。

只有一次意外，是初一那年的暑假，那是艾伽在四季苑住的最后一年。

那天下午，靳嘉致又去参加她叫不出名字的竞赛。她在家练习画画，练得眼睛发酸。她决定让眼睛休息一下，便低头往窗外看，然后就看见了靳嘉致。

她愣了下。

半个小时前，向宛之还和奶奶说今天下午靳嘉致去参加个什么杯的决赛，这个奖项很有含金量。

那为什么现在靳嘉致还坐在树下？

艾伽没多想，跑下楼，无声无息地出现在他身后："喂，你逃课啊？"

靳嘉致那时没现在这么乖，懒懒道："嗯。"

"你妈知道吗？"

他笑出声："知道的话怎么叫逃？"

艾伽点点头："也是。"

她观察着靳嘉致的脸色："那你回来干什么？不怕你妈发现吗？难道最危险的地方就是最安全的地方吗？"

靳嘉致抬眸看向她："那你说去哪里？"

艾伽仰头想了想："去我家老房子。我给你画画吧，我最近技术提高不少，画室老师都夸我。"

靳嘉致沉默了几秒，眼底对她有几分怀疑。

艾伽推了他一下："你这是在怀疑未来大画家吗？"

艾伽的爷爷是业内名声赫赫的建筑大师，除了建设设计师这个身份，他油画水平也很高，前几年还开过画展。艾伽的爸爸当年也很有美术天赋，所以艾伽没多大时就开始学习画画。

靳嘉致见她不满的神色，没忍住低头闷笑："走吧，艾大画家。"

艾伽飞快地跑回楼上拿了钥匙和画板。

谁知刚走到小区门口，他们就迎面撞上了向宛之。

向宛之不敢置信地看着靳嘉致，她抿着唇低头看了看手腕上的手表："比赛已经开始了，靳嘉致你怎么会在这里？"

靳嘉致还没出声，向宛之的目光便看向他身边的艾伽。

向宛之最近因为艾伽成绩不好本就看艾伽不顺眼，火气一下子上来了："艾伽，你自己自甘堕落还要带着别人吗？"

靳嘉致挡在艾伽身前："妈，是我不想去。"

向宛之看了靳嘉致一眼，直接伸手扇了他一巴掌。

靳嘉致没想到向宛之真会打人，一时没防备，身体往旁边的金属大门上撞去。

艾伽下意识拉了他一下，没拉住，反而自己撞了上去。

小区大门前几天坏了，还没维修，边缘的金属质感锋利得要命。夏天衣服薄，断开的金属条就在她锁骨附近刮了很深的一道口子，鲜血直流。

站在门口的物业傻了，靳嘉致也一愣，脸色比艾伽还白。

向宛之没想到会出现这种意外，连忙带着艾伽去了最近的医院。

伤口很深，缝了十几针，留下了一道疤。

那天，爷爷奶奶在医院和向宛之大吵一架，两家从那天起，感情淡了许多。

后来，艾伽的父亲艾翰彬越来越不争气，向宛之对艾伽他们更是看不起，再后来艾伽搬家了，两家就没了来往。

艾伽其实明白，靳家是标准的精英家庭，当年能和艾家关系好，是因为靳嘉致的爸爸是自己爷爷的学生，而且那时艾翰彬也还是业内看好的新锐设计师，没自甘堕落成现在的地步。后来，靳嘉致的爸爸在事业上越来越成功，靳嘉致越来越优秀，两家的差距越来越大，分道扬镳是迟早的事情。

也是从那之后，艾伽跟靳嘉致的关系也越来越差。似乎那个烈日当空的下午，少年落寞的身影，是她幻想出来的。

"我忘不了。"

"什么？"艾伽微怔。

"我是一辈子都忘不了，是我的错。"靳嘉致垂着眼睫，神色阴郁，整个人有一种无力感，"那天如果……"

房间里冷气"呼呼"地吹，艾伽不知是冻的还是怎么回事，肌肤上起了一点一点的小颗粒："我没怪你。"

靳嘉致的情绪明烈又隐忍，矛盾的情绪在胸口横冲直撞，他气艾伽去管别人伤了自己，又气自己伤她更深。

两人就这样无声对峙着，谁都没说话。

靳嘉致有太多话想说，可又说不出来。

长久以来，他俩之间就像是一场旷日持久的主动权战争，谁低头谁就输了。

季时安说他俩很骄傲，谁都不愿意让一步。

戚佳雪说他们是相爱相杀，可能天生就不对付。

可他们都不知道，靳嘉致他不怕输。

只是——

那是聪明如他，也只能用那种幼稚手段来掩盖心意。

时间就像催化剂，好多东西忍了太久了，他厌倦了。

窃窃
晚风

靳嘉致忽然说："我们以后能不能别吵架了？"

艾伽仰头望着他，脑子里闪过很多画面。最后，她眨了下眼睛，静了两秒，说："行。"

靳嘉致嘴角扯了下，表情没有好转，眼尾红得吓人。

艾伽干咳一声："你也别放在心上，我说了那个疤是勋章。"

她抿了下唇："保护王子殿下得到的荣誉勋章。"

他还是不作声。

艾伽烦闷地抓了下头发："我都说我是心甘情愿的，你还要我怎么哄你？"

"你给我画个画吧，我马上生日了。"

艾伽静了几秒："你生日是10月28日，还有一个多月啊。"

他"嗯"了声，又看向她："只剩一个多月了。"

（5）

比靳嘉致生日更快到来的是高中的第一次月考。辜雨十分有信心，如果凭借成绩排名，她一定可以和靳嘉致做同桌。艾伽不在意和谁同桌，她相当有自知之明，自己的成绩肯定会百分之百垫底。

从周一开始考试，连考三天，考完就放国庆假期。

最后一门考完后，戚佳雪过来七班串门，问艾伽假期安排。

艾伽的假期安排，自然是打工打工打工。

戚佳雪听得直摇头，摇完又趴在桌子上叹气："我也没好到哪儿去，补课补课补课。"

夏知果怯生生地站在班级门口，冲着她们招了招手。自那晚后，她们的关系好了很多。

戚佳雪笑着叫她："进来啊，季时安不在。"

艾伽抬起眼皮："他还没消停呢？"

戚佳雪哼了一声："你和靳嘉致呢？你别以为我因为考试忘了。"

艾伽懒得搭理她。

戚佳雪熟悉艾伽的套路："你看你这人，一遇到不想回答的问题就不说话，你以为你瞒得了我？"

夏知果坐在戚佳雪旁边的位置，艾伽撑着下巴看向夏知果："干吗不坐我旁边？"

"靳少爷的位置是一般人敢随便坐的吗？"戚佳雪接话，"你没觉得，除了你能随便动他东西，别人都不敢吗？"

艾伽懒洋洋地抬头扫向她："季时安是摆设吗？"

戚佳雪被她逗得"哈哈"笑："他不算，就当他是了。"

夏知果也跟着笑，小声说："我也觉得靳嘉致对你不一样，那天他超级紧张。"

戚佳雪："你看，旁观者清。"

艾伽没什么热情，漫不经心地任由她们闹。

手机振动了下，艾伽看了看，问："周逾生他们学校，国庆有个校园歌手系列活动，你们去吗？"

戚佳雪眼睛一亮："他唱吗？"

艾伽不确定："应该唱吧。"

戚佳雪："那我补完课去。"

"行。"

夏知果遗憾地说："我国庆要和家人出去旅游，去不了。"

戚佳雪嫉妒地抱住她："只有你在过快乐的假期生活。"

夏知果的脸"噌"地红了。

艾伽啧啧称奇，还伸手捏了捏她的脸颊："你一定要坚持住，不要被季时安骗了。"

夏知果点点头。

国庆长假的第三天。

"下一个就是生哥了，艾伽你去看吗？"戚佳雪跑进店里，脸红扑扑的。

艾伽正在后面做奶茶，不感兴趣地摇摇头。倒是周唯宁听见，她过来接艾伽的工作，说："去看看，顺便帮我拍个视频。"

戚佳雪连声答应："好呀好呀。"

她拉着艾伽就往外跑。

这几天升温，晚上燥得很，假期里人更多，广场上人挤人。

职校社团的经费有限，就在广场中间搭了个简陋的舞台，音响效果也十分一般，但人气不错，里里外外围了好多人。

戚佳雪拉着艾伽，钻来钻去拱到了最前面，她激动得踮起脚向在舞台下准备的周逾生挥了挥手。

周逾生看见她们，笑着也招了招手。

舞台上，主持人正介绍下一位表演者。

台下的女生们听到周逾生的名字，尖叫声立刻大起来。

戚佳雪也激动地叫："生哥加油。"

周逾生今晚特意收拾了下，头发吹了个造型，穿着和平时差不多，一身黑，酷得要命。

本以为他这种又酷又野的帅哥会选个激烈的音乐，没想到音乐声响起，是一首温柔的英文老歌——

"If I sing you a song would you sing along，Or wait till I'm gone oh how we push and pull，If I give you my heart would you just play the part，Or tell me it's the start of something beautiful，Am I catching up to you..."

戚佳雪举着手机，被周逾生迷住："真是太帅了。"

艾伽听到笑了："这就帅啊？"

戚佳雪点头："这还不帅，还要怎么样啊。"

艾伽勾起唇，目光不经意间和周逾生撞上。

他似乎看了她很久，只是舞台上灯光太亮，遮住了他眼底的情绪。

艾伽没在意，很快就收回目光，问戚佳雪："你这未免变心也太快了吧。"

戚佳雪也不否认："哼，靳少爷那是我这种凡人能觊觎的吗？不在一棵树上吊死，是当代女性的美好品质。"

这时，舞台上周逾生也唱完下台了。

戚佳雪红着脸，跑到他身边："生哥，你唱歌原来这么好听啊。"

周逾生看了她一眼，唇边挂着痞痞的笑："还凑合。"

戚佳雪眼睛亮得都快比得上照明灯了，声音更甜："你也太谦虚了。"

周逾生目光往后落在艾伽身上："你觉得我唱得怎么样？"

艾伽点点头："挺好的，比我好。"

周逾生又问："别的呢？"

艾伽没出声，过了几秒，笑了下："没了。"

周逾生一愣，笑意明显淡了些。他喉咙发紧，过了好一会儿才找回声音，故作轻松地说："那下次约你们一起唱歌。"

戚佳雪连忙答应："好啊好啊。"

周逾生是压轴，他唱完就结束了。

店里也忙得差不多了，艾伽和戚佳雪要赶末班车便先走了，周唯宁嗑着瓜子坐到周逾生身边。

"怎么样，我没说错吧？"

周逾生眉宇间一片阴沉，没出声。

周唯宁看着他："她那么聪明，只有两种情况，一种是她就是对你没意思又顾及你面子冷处理。"

"另一种呢？"

"她也有意思，但她需要考虑的东西太多了。你别看她洒脱，其实心思很重。"周唯宁扔掉瓜子皮，拍了拍裙子，笑起来问周逾生，"你觉得你是艾伽藏在心里的软肋吗？"

艾伽和戚佳雪刚上公交车就接到季时安的电话，说他在佳安新村附近的烧烤摊吃夜宵，问她们要不要来。

戚佳雪正好饿了，立马说好。

烧烤摊生意很好，坐满了人。

艾伽和戚佳雪到的时候，他们已经吃了一些，桌上还空了几罐可乐。

戚佳雪坐下来拿着牛肉串就吃。

艾伽瞧了眼靳嘉致，踢了踢他的脚："你也在啊？"

季时安帮他说："是的，我好不容易说服他来吃路边摊。快，你们要吃什么自己去拿，今天我请客。"

戚佳雪"嗯嗯"两声，一边嚼牛肉一边看桌上有什么，然后和他们分享今天发生的事："周逾生还记得吗？生哥，艾伽奶茶店那个同事，今天歌唱比赛上台了，唱得贼好。"

说着，她还捣了下艾伽："你说那首情歌是不是给你唱的？"

艾伽哼了声："要是给我唱的，你不吃醋啊？"

戚佳雪满不在乎："我吃什么醋，我现在只是贪图他脸。要是我以后真喜欢他的话，我也会用我自己的魅力征服他，吃你个只有脸能看的小姑娘什么醋。"

艾伽就喜欢戚佳雪这没来由的自信，笑着点点头："行。"

季时安被他俩绕得有点晕，说："什么情况，那人给艾伽唱歌了？戚佳雪你还看上他了？"

戚佳雪没心没肺地点点头。

季时安一巴掌拍在她头上："你脑子坏了吧。"

戚佳雪被打，有些生气："你脑子才坏了，打我干吗？"

她气得直接去摊子上选菜，要让季时安的钱包大出血，季时安也跟了过去。

桌子上只剩下艾伽和靳嘉致。

艾伽拿起一块黄金糕，咬了一口，还没咽下，就看见靳嘉致脸色古怪地放下可乐。

她没防备，就听见他没头没尾地凶她："你怎么被这么多人喜欢？"

他口气太差了，听得艾伽皱起眉，没分析里面的含义，就劈头盖脸反驳回去："羡慕啊？"

靳嘉致没说话，脸色不太好，不知道怎么回事，他脸和脖子上浮现一些红点，好像连呼吸都比往日急促。

艾伽突然想到什么，拿起他面前的烤串，仔细看了下又闻了闻，羊肉和牛肉上都有一点不太明显的碎果仁，而靳嘉致对几种坚果过敏。

她懒得和过敏的人计较，看了看周围，准备找个药店给他买抗敏药。

她刚要站起来，手就被他扣住。她看向他，他低着头没看她。

路边烧烤摊上没空调，只有晚风和绕着人转圈的飞虫。

戚佳雪和季时安还在不远处的推车上选菜，没注意他们这儿。

天太热了，手心热得出汗了，她难挨地缩了下手，没成功，反而被他彻底缠住。

艾伽心猛地一跳，仿佛被缠住的是心。

静了几秒，艾伽莫名地烦躁："你做什么啊？放开我去给你买药。"

靳嘉致张了张口，没发出声音。他过敏症状好像有些严重，呼吸有些困难，脑子犯晕胸口也恶心，却清晰地记得刚刚戚佳雪说周逾生今天给艾伽唱情歌了。

烧烤摊上空烟雾四处弥漫，耳边都是人声和碗筷的声音，连空气都差得裹满油烟。

靳嘉致不喜欢这种吵闹又杂乱无章的环境，但他现在无暇顾及，心里因为另一件事更烦。

是真的烦，艾伽身边怎么这么多人。

他心情焦躁无比，想迫不及待地问她，到底什么时候才能发现他啊。

四目相交，在他出声的瞬间，先传来一声——

"你们咋了？又吵架了？"

戚佳雪放下盘子，看着他俩，发现气氛不对。

艾伽一怔，下意识要将手收回来，但靳嘉致不让。他说："没。"

戚佳雪不信，狐疑地盯着艾伽："什么情况？"

艾伽翻了个白眼，手还在使劲，她力气大，靳嘉致比她力气还大。

他说："没情况。"

戚佳雪"哦"了声，目光看向摊车："点了玉米、牛肉串、花干，还有花菜，你还要什么吗？有豆奶和汽水，你要什么？"

艾伽："豆奶。"

"行。"

艾伽看向靳嘉致，半眯起眼睛，手烫得像火。

对视几秒，她皱起眉："靳嘉致，你怎么了？"

马路边停着的车妨碍到新的车进来，车鸣声叠加响起，人声突然嘈杂鼎沸。

少年被不适逼得低哑的声音被嘈杂声掩盖，同时被掩盖的还有少年好不容易勇敢起来的心。

"没什么。"

刚刚有纷争的人将车停好，走过来打包夜宵。

车没有完全熄火，车窗没关，车里正在放一首粤语老歌——

"要是爱意没有回响，世界与我又何干……"

靳嘉致没有焦距的目光落在艾伽身上，艾伽见他发呆便推了他一下。

昏暗的光一闪一闪，照得她侧脸特别漂亮。

靳嘉致眼神迷离，耳边"嗡嗡嗡"吵个不停，车里的歌又变成了一个女声——

"力竭声嘶请你喜欢我……"

靳嘉致下意识地重复了一遍歌词，艾伽没听清凑过来："你说什么？"

等了两秒，艾伽看了他一眼，坐直身体。

他又说："请你喜欢我。"

说完，他倒到艾伽身上，季时安和戚佳雪连忙跑过来。

"真行啊，吃个烧烤都能吃晕倒。"

第三章

[难道心动还会假]

（1）

节后开学，月考成绩在第一天就公布了。靳嘉致和艾伽排名在班级的一头一尾。

本来说好的月考成绩出来后换座位，都以为是按照成绩分配，没想到竟然是林风一手包办。

艾伽没动，还和靳嘉致坐在一起。

有人不满，但没人敢提。

运动会来了，学校里的气氛变得轻松了许多。

艾伽被体委缠着报了个短跑，靳嘉致和季时安除了个人项目，还有个篮球赛。

运动会一共三天，这三天晚自习都不严。

艾伽看着赛程安排和靳嘉致说："篮球赛结束后，我们先走，我给你画画。"

教室里没几个人，靳嘉致准备换运动服，见她去而复返，伸手将衣服拉好，看向她："好。"

今天天气很好，黄昏时风有些大，校园里运动会散场的音乐还没停。

艾伽站在公交车站，手缩在校服袖子里，视线百无聊赖地乱晃。

靳嘉致走近，她抬眸看了眼："好慢。"

她抬脚上了刚停下的公交车，靳嘉致跟在她后面。他刚打完一场篮球赛，发尾有点潮，声音也低："季时安有点缠人。"

艾伽没作声，他目光落下来："去你家还是我家？"

她正无聊地浏览公交车的路线图："你爸妈在家吗？"

他停顿了下："在。"

身边有人听到他们的对话，目光看过来。

艾伽等他时脖子被蚊子咬了，现在才觉得痒，手抓了两下又红又肿，引来了靳嘉致的视线。

他抿着唇："再抓就破了。"

她没在意，听到音响里报站："那就我家，下车。"

佳安新村的位置不好，从公交车站走过去还有很长的一段路。

她走在前面，没和他说话。现在是晚上六点三十四分，本来暗着的路灯随着她的脚步亮了起来。

打开门，发现里面一片安静，艾伽看了眼时间："奶奶估计去跳广场舞了。"

靳嘉致"嗯"了声，他没来过这里，大概看了下房子，不到六十平方米的小两居，装修很有年代感，但干净简洁。

"那个是我房间。"艾伽见他没动，抬眸突然笑，"你怕什么？"

靳嘉致没出声，走了进去。

房间很小，没开灯，晚霞从窗户照进来。

他没给人当过模特，也没明白艾伽说的模特是哪种。

他笔直站在那儿，有些窘迫，只能盯着艾伽。

艾伽被盯得也不自然起来。

"要脱衣服吗？"他问。

"不用。"

"那画什么？"

艾伽一顿，目光对上他的眼睛："你就这么想裸？"

他紧抿着唇，冷白的肌肤透着点粉，不知是不是被晚霞镀上的颜色。

艾伽神情戏谑。

他将目光收了又收，怕眼底的情绪太外泄。

她拿出画画所需要的东西，见他别扭的样子，勾唇笑："这么不经逗啊。"

窃窃
晚风

听得靳少爷眉头皱起来，没说话。

艾伽不闹了，指了指窗边，他站过去，看了看又觉得不对。她走过去，拉了拉窗帘，光线变得半透不透。

电风扇"呼呼"吹，小房间聚着的热气却散不掉，靳嘉致觉得太热了，想离她远点。

艾伽不知道他的心理活动，突然弯下腰，两人的距离靠近，她拍了下小腿，嘀咕了句："痒死了。"

她退后一步，他心里一松，呼出一口气。

她皱着眉喃喃自语："房间里怎么会有蚊子。"

她走出门，拿了片蚊香回来，放到角落。

"你想做什么都可以，我只是想抓你的神态。"

艾伽画画时很专心。

她很喜欢画画，学了十几年。家里最困难的那几年，艾伽想不去画室了，可奶奶怎么都不同意，咬着牙挤出钱也要送她去。

她画风很独特，凌厉野性里却带着不压抑的放纵温柔。她画过很多人，网上找她画插画头像的都排到三个月后了，但这些和画靳嘉致不同。

艾伽目光仔细地看着他的每个细节。

小屋里寂静无声，空气又燥又黏，蚊香的白烟袅袅飘荡。他的脸半藏在光线里，光影重叠，有一种脆弱又高不可攀的好看。

因为太热，他脱了校服外套，只剩下白色的短袖，贴在身上。他有着这个年纪少年人特有的清瘦单薄。

艾伽的视线落在他脖颈的喉结上。她看不见靳嘉致心跳的频率，却能清晰地记下他吞咽的次数。

艾伽心跳被他带快，停下笔，故意笑他："你这么紧张干吗，我又不会伤害你。"

夕阳沉下，光线更淡。靳嘉致下颚线绷紧，很想回答"不紧张"。可他呼吸很烫，掌心是风吹不散的热，根本无法忽视在她身边就心跳加速的事实。

靳嘉致张了张嘴，不知该说什么。

这时夕阳彻底落下，整个天空突然变得黑沉沉。

房间里更黑，艾伽站起来伸手去开灯。

白炽灯亮起，冷白的光刺眼，她眨了下眼睛，恍惚好像看见他外露的浓烈又隐忍的爱意。她心口一滞，下一秒睁大眼睛，追着看过去。

但靳嘉致的情绪一如既往地封闭，脸上表情空白，恍如一切都是她的错觉。

她继续画画。

她什么都不知道，不知道少年忍住了什么。

晚上八点时，奶奶回来了。

老式的防盗门动静很大，她抬头，又生出捉弄靳嘉致的趣味："我要不要把你藏起来？毕竟我们孤男寡女共处一室……"

话还没说完，房间的门被打开，她没锁门。

奶奶看见靳嘉致，十分高兴："阿致也在啊，好久没见你了，都还没吃饭吧，奶奶去给你们煮馄饨。"

靳嘉致乖巧地叫了声"奶奶好"，又看回艾伽。

艾伽嘀咕："发小就是好，都不用解释，要换别人奶奶肯定以为我早恋。"

靳嘉致脸色一变，过了两秒，他问："你还想和谁早恋？"

奶奶正在厨房里，锅里的水煮得沸腾，"咕噜咕噜"直响。

艾伽对视上他的眼睛，靳嘉致的表情和往常无异，但他情绪太明显了，她又不傻。她勾起唇，有意无意地说道："肯定是比你表里如一的人。"

他静了几秒，别过脸，一直没说话，脸色也古怪。直到馄饨煮好，他接过奶奶端过来的馄饨，脸色才缓和些。

艾伽注意到他全部的变化，嘴角弯了下。

吃完晚饭，艾伽送靳嘉致走到楼下，她想了想说："我会好好画的。"

靳嘉致看了她片刻，不置可否："嗯。"

艾伽抬手将发丝别到耳后。

老小区里人情味最浓，有几个人坐在树下摇着蒲扇聊天，看见艾伽，亲切地打着招呼。

艾伽笑着回应完，仰头看靳嘉致，声音懒散："阿姨们八卦，你再不走，可能要成艾伽的限定绯闻男友了。"

靳嘉致表情没变，没被她的调侃捉弄到，反而清晰无比地问："那晚，你听到什么了？"

（2）

他说完，随后用力抿了下唇，没等她回答，立刻转身往小区外走。

艾伽还维持原样站在原地，看着他的背影，好一会儿才回去。

听见开门声，奶奶问："回来啦？小致那孩子看起来怎么比前两年还瘦了？"

艾伽"嗯"了声，看了看奶奶，见坐在沙发上的她脸色有些不大对，问："您降血压和降血糖的药吃了没？"

"吃了。"奶奶很久没见到靳嘉致还在感叹，"长得倒是越来越好看了，伽伽你们学校肯定有很多小姑娘喜欢他吧？"

艾伽从厨房削了苹果，递过去，随口答："还行。"

奶奶咬了一口，想到什么，忽然笑起来："小致小时候就长得好，你爷爷当时就是看他好看，说不能便宜别人，必须做自己的孙女婿。"

艾伽也笑起来："颜控还带遗传的啊。"

第二天一大早水雾蒙蒙的，乌云低垂。运动会的最后一天，学生们都担心下雨会取消比赛的项目。

心惊胆战了一天，暴雨在下午两点倾盆而下。

林风站在讲台上看着下面一张张哀怨的脸："上自习还是看电影？"

七嘴八舌的讨论下，看电影得到了大多数的票。

艾伽撑着下巴，视线往靳嘉致那边瞥，他却忽视得彻底。

窗外电闪雷鸣，仿佛黑夜，配合气氛选了个恐怖片。

季时安看得最劲，在后面乱叫。艾伽本来不怕的，被他叫得也有了代入感。又一个阴森的镜头闪过，在全班的倒吸气里，她的手不注意碰到了靳嘉致的。

靳嘉致眼波微动，投影仪屏幕里的画面更加恐怖起来，艾伽直接抓住了他的手。

他眼睛眨了下，仿佛四周只有电影的音效声。黑暗的环境下，心跳变得具象，一下又一下，提醒着他，让他脑袋发昏。

镜头过了，艾伽收回手，她指尖没注意碰到他手心。

靳嘉致用余光观察着她的反应，她全部注意力还在电影上，侧面看过去，睫毛卷翘，眼底一闪一闪，仿佛有星星。

时间在这一刻停滞，他心跳声更大，空气骤然变得稀薄，呼吸困难，心口像是被一双手握住，捏得又酸又胀。

靳嘉致强制收回视线，猛地站起来，从教室后门走出去。走廊上空气里都是潮湿的水汽，雨珠被风吹着打进来，地面上湿漉漉的。

混沌沉浮中，他快速走了几步，又猛地停下来，手捂在左心房上，眼睛没有焦点地看着前面的雨帘。

艾伽瞥了眼他离开的背影，嘴角弯了下，不慌不忙地跟着走了出去。

靳嘉致站在走廊尽头，光线很暗，只有各个班级教室里的灯光映出来。

他校服外套被风吹得鼓起，额前的发丝被风吹乱，又被雨打湿了点。雨声很大，盖住了她的脚步声，等她出声，靳嘉致才慌乱地看了她一眼，手从心口放下。

两人互相看着都没说话，好像在较量。

闪电在黑暗里乍现时，他睫毛眨了下："你不看了？"

发丝被吹得飘在空中，被雨打湿，她也不在意，漫不经心地回："来帮你盯梢。"

她笑起来："乖宝宝靳少爷，这是第一次逃课吧，我帮你盯着不被老师发现。"

他双眸很黑，呼吸渐渐在平复。

"不用。"

话音刚落，突然整个走廊黑了下来，下一秒人声鼎沸。

停电了。

整个校园都黑了，各个班级里传出脚步声说话声，走廊也变得喧嚣起来。

下一秒，从各个方向亮起手机照明灯。

有人在叫靳嘉致的名字，声音越来越近，艾伽拽着他的衣角拐进楼梯里的视觉死角。

那人路过，没发现靳嘉致，又走了。

空间狭窄，风进不来，温度直线上升。

艾伽仰头，目光看着他。

沉默了几秒，她将他的表情收进眼底，开口："你昨天逃什么？"

靳嘉致终于低头，两人气息交融在一起，他只一瞬又仰起下巴，避开她。

"你意识不清时……"

他打断她："艾伽。"声音又冷又急。

艾伽勾起唇笑，用鼻音回应他："嗯，在呢。"

靳嘉致不知她要干什么，又沉默下来。

"你更偏爱谁呢？"她手肘抵了下他。

靳嘉致抿着唇，艾伽又问："戚佳雪、辜雨，还是……"

她尾音莫名消失，

靳嘉致低眸看过来。

两人对视上。

她语调拖长："还是，你的心早就被人拿走了？"

少年的下颚线绷得很紧。

周遭热得让人发昏，他舌尖无意识地舔了舔牙，紧盯着她。

她埋头闷声笑，全身都在抖。靳嘉致不知道她是不是故意的，但他觉得自己被折磨得快疯了。

艾伽抬眸，又问他："谁啊？"

雨更大，雷声轰鸣，刚才的停电好像是幻觉，此时又来电了。

楼梯里的感应灯被雷声震得忽明忽暗，他头顶有一盏，忽闪忽闪的，好像要坏了。

"谁拿走的？"

对峙了几秒，靳嘉致抿了抿唇，转身往教室走。

艾伽没追上去问，她手机响了，戚佳雪来七班找她没找到，问她在哪儿。

艾伽："有事？"

戚佳雪："找你一起去卫生间。"

"那卫生间门口见。"

戚佳雪嘱咐："去三楼那个，那间人少。"

三楼拐角的卫生间内。

"匿名墙都被她刷屏了，全是她的照片。"

"明明长得也就那样，哪比得上辜雨。"

说话的人捣了下辜雨。

辜雨轻轻地摇了下头："没有，艾伽也很好看。"

"她好看什么啊，成绩还那么差，天天上课被老师骂，还没进步，一点羞耻心都没有。班主任也不知道怎么想的，居然把她和靳嘉致安排做同桌。"

辜雨眨了眨眼睛，指甲抠着手心，心里不是滋味。

她其实知道原因，艾伽的成绩虽然还是倒数，但比开学时还是进步了些。她在办公室帮忙登记成绩时，靳嘉致来找林风，说他可以帮助艾伽进步。林风自然没意见，由好生带差生，所以位置就没变。

不知为什么，自从国庆放假回来，靳嘉致和艾伽的关系好像比之前好了许多，虽然表面上没什么变化，但仔细观察，就会发现，他俩之间的氛围谁都插不进去。

"辜雨。"有女生叫辜雨。

"啊？"辜雨抬头看过去。

对方问她："你入学成绩是我们班第二名，这次月考还是第二，你才是美貌与智慧兼备的校花，艾伽她算什么啊。"

辜雨浅浅地笑了笑："我不在意这些。"

"哎，你就是性子太软啦，风头都被她抢去了。"

"没关系。"辜雨嘴角的笑更加温柔，"时间还长，慢慢来大家会知道的。"

"对呀。辜雨可是宝藏，不会被忽视的。"

艾伽在卫生间门口站了会儿，拉住要进去的戚佳雪。

戚佳雪虽然脾气急，脑子在这种时候却好用起来，声音压低："你就让人随意嚼舌根？"

艾伽扯着她，往回走，捏了捏脖子，老神在在地道："人家不是说慢慢来吗，我也想看看她到底还有什么招。"

（3）

翌日，艾伽刚走进教室就觉得不对劲。她没在意，坐下来翻出卷子递给苏欣怡，苏欣怡是组长。

苏欣怡拿过卷子，视线还留在艾伽身上。

艾伽不知发生了什么，勾起唇："怎么了？"

"你没看匿名墙吗？"苏欣怡犹豫了下，"有人拍了你在奶茶店打工的照片发了匿名墙，说你家里很穷是特困生，必须要自己打工才行。"

这个年纪的学生自尊心最强，任何一点细枝末节都能将他们打败。

苏欣怡下意识地攥紧卷子看向艾伽，却发现艾伽表情一点都没变，反而随意地点点头，淡然道："哦，就这事？"

艾伽转身拿书准备早自习，苏欣怡才反应过来，她小声问："你不生气吗？"

如果是她的话，估计……

艾伽回头："我打工又不是丢脸的事情。"

苏欣怡："啊？"

艾伽又问她："你爱喝奶茶吗？下次我给你带店里的招牌。"

苏欣怡点点头，匿名墙上跟帖无数都是在猜测艾伽家世，不少人趁机踩一脚酸不拉唧地损她嘲她。长荣虽然不是贵族学校，但作为老牌名校，学生多数非富即贵。

靳嘉致今天莫名其妙来晚了，早读开始了才到。

艾伽扭头多看了他几眼，忽然发现他耳尖和脖颈红了，一个早自习还没好。

课间时，有同学好奇，过来问艾伽是不是真在奶茶店打工。

艾伽靠在椅子上，懒洋洋地点头："是啊。既然知道了，大家同学一场以后多照顾我生意，让我多拿点提成。"

对方一愣，没想到艾伽承认得这么爽快。

同学们见她坦荡，也就没了别样的心思，只问："行啊，地址在哪里啊，一定支持，你记得给优惠啊。"

艾伽"哈哈"笑："那必须啊，员工价……在职校那边的广场上。"

季时安觉得奇怪："谁拍的照片发匿名墙啊？"

靳嘉致抬头看了眼侧前方的位置。

艾伽笑了笑："没事，有什么好遮遮掩掩的，我天天站在那儿，谁路过都能看见。"

因为艾伽坦荡态度逆转的风向，在下午时变了。

又有人匿名放了几张艾伽和周逾生说笑的照片，懂事打工的人设立马变成了虚荣自甘堕落和职校小混混在一起的负面形象。

季时安看着风向越来越偏，跟帖说的话也越来越难听，问艾伽："你是不是得罪什么人了？这照片看起来不是偶遇拍的，而是早就知道你在那儿打工，有预谋拍的。"

艾伽刷着照片："是啊，角度也不好，还好我脸扛得住，不然颜霸人设也要崩了。"

季时安无语地拍了下她后脑勺："什么时候啊，还在乎你那脸。"

艾伽懒洋洋地笑："你不懂，在一些人眼里我只有脸了，我这不得不必须守住。"

下午第一节是体育课，女生站在前面一排，男生站在后一排。

艾伽来得晚了一点，站在女生队伍最边上的位置。

辜雨用余光看见，靳嘉致侧头和身旁的男生低声说了什么，两人换了个位置，他站到了艾伽身后。

辜雨目光一顿，视线移到艾伽脸上。

她瞧不上艾伽，从第一次见就瞧不上。艾伽长得确实好看，但有一股子穷酸味，成绩还差。

今天是排球课，老师说要分组练习。

靳嘉致靠近艾伽一步："你和我一组。"

艾伽慢悠悠的目光戏谑地看着他，余光撞上辜雨的视线。她看了辜雨一眼，辜雨一愣，只见艾伽笑意不减反而更亲切友善。

阮念雯小声在辜雨耳边说："靳嘉致之前知道她打工是为了和职校那群小混混一起玩吗？他感觉好像不在意。"

辜雨收回视线："估计不知道吧，可能也觉得她是勤工俭学。"

"那我们要不要去告诉靳嘉致？"

辜雨咬着唇，有点犹豫："这样会不会不好？"

阮念雯哼了声："有什么不好，你不去我去。"

艾伽运动细胞一般，他们打了几个来回，都没接到对方打来的排球。

一旁有人在看他们，眼里藏不住八卦，窃窃私语。

靳嘉致去买水了，季时安站在艾伽旁边："都在议论你呢，这事要闹大了对你影响不好，赶紧解释下。"

艾伽不大在意，目光乱晃，见自动售卖机前，阮念雯挡住了靳嘉致的路。

季时安操心得像个老妈子，唠叨道："和你说话呢。"

见那两人靠得近了些，艾伽来了点兴致，推开季时安的肩膀。

"我有数，就想看看她们那些小手段有多深，高明在哪儿。"

季时安"哦"了声，目光也看了过去。

"靳嘉致，你知道艾伽跟混混玩在一起吗？"

靳嘉致弯腰拿起水，听到这话，看向阮念雯。

阮念雯很少和靳嘉致单独接触，她很紧张，脸都开始发烫。她捏紧手，鼓起勇气道："你……你这么优秀，不应该和艾伽待在一起，就算你们是青梅竹马，但坏朋友就是坏朋友。"

见靳嘉致脸色平静，阮念雯着急了点，声音也变得大了点："你能不能看看身边更好的人。"

艾伽收回视线，季时安看得直笑："真行啊，玩这套啊。

靳嘉致走回来，将水递给艾伽："别玩脱了。"

艾伽轻笑一声，去拧瓶盖，发现已经被他拧开。她抬眸看过去，靳嘉致察觉到，也看着她。他说："其实有更好的气她们的手段。"

艾伽喝了口水，吊儿郎当："什么？"

季时安也在等靳嘉致说，但靳嘉致只看着艾伽："我。"

时间慢了一秒，下课铃响了。

艾伽知道他说什么，但转身手腕勾着路过的苏欣怡，抬脚不留恋地走了。

季时安看着靳嘉致："你这是被拒了？"

靳嘉致脸皮薄，被他说得脸青一阵红一阵，背过去往体育馆外走。

季时安跟在他后头："我说少爷，你这种自我推销操作我还是第一次见？"

靳嘉致语气不佳："你有完没完？"

"万年一遇的场景，怎么可能完。"

突然，靳嘉致脚步一顿，看向他。

"咋了？"

体育馆外太阳明媚，他俩走在树荫下，身边路过的人很多。

季时安被晒得眼睛半眯起来，看见靳嘉致神情突然变得冷起来。

"你觉得艾伽对我怎么样？"

半晌，没听见回应，靳嘉致眉头拧起来，扫向季时安。

季时安抱着肚子憋笑，靳嘉致脸色更差，抬脚往前走。

"我真的长见识了，原来你也会急。本来以为完美如靳嘉致，什么都会得心应手，没想到这么患得患失。"季时安从身后勾住靳嘉致的脖子，哥俩好地跟他推心置腹，"我觉得吧，艾伽应该……"

靳嘉致抬眸看他。

季时安一脸认真："很烦你。"

说完，他狂笑，以最快速度跑走。

（4）

各科练习册卷子铺在桌子上，艾伽没理，正背靠椅子双手抱膝坐着，看着画板上画了一半的靳嘉致。

过了片刻，她若有所思地低头找出手机里那天拍下来的照片。

照片上，靳嘉致的眼睛在看着她。

艾伽视线落在上面，不知不觉间就看了整整十分钟。

这几天终于降温，有了秋天的感觉，楼下的狭窄小道上铺满落叶，晚风也变得凉起来。

她想了会儿，打开微信点开靳嘉致的头像，点开他的朋友圈。

他发的朋友圈好少，上次更新是她生日那天，8月12日，他更新了一张影子的照片。

艾伽放大，发现影子是她和靳嘉致。

她嘴角弯了弯。

忽然，手机振了起来，艾伽看了眼来电提示，干咳了一声，接通。

戚佳雪的声音噼里啪啦传来："你人呢？今天不在店里打工吗？"

艾伽"嗯"了声，卡了几天的画，突然乍现灵感。

"我就说我来店里没看见你。"

艾伽画了两笔："别拿我做借口，你什么心思我不知道。"

戚佳雪痴痴笑起来，想到什么，又问："过几天靳嘉致生日，你准备送什么啊？"

艾伽愣了下，含混不清道："给他画真人像了。"

戚佳雪看见周逾生了，没兴趣和艾伽聊了，便说："有才艺真好，我还不知道送啥呢。好了，不和你说了，生哥来了。"

艾伽"哦"了声，将手机扔到床上，专心画画。

靳嘉致生日那天是阴天，不知谁泄漏了风声，从早自习开始就有人来送生日礼物。艾伽一直憋着没给，主要是太大了，她等下晚自习回到家再拿去送到他家去。

晚自习刚上课，辜雨拎着一个大蛋糕走进教室，众目睽睽下，她温柔大方地看着靳嘉致，说："这是我们全班的心意，靳嘉致生日快乐。"

靳嘉致淡淡点了下头："谢了。"

他这人生性本就喜淡，不喜欢这种热闹高调。

辜雨将蛋糕打开时，艾伽的手机屏幕忽然亮了起来。

【奶奶：你爸回来了。】

艾伽眉头拧起，拿起手机就走出班级，擦身而过时肩膀不小心碰到辜雨。辜雨以为她是故意的，脸色一下变得有些委屈。

靳嘉致的目光将艾伽送出教室，才收回。

辜雨将切好的蛋糕递过去，还招呼全班都来吃："今天周五，明天不上课，晚自习可以早走，我们一起去帮你庆祝生日好不好？"

靳嘉致没说话，季时安帮他拒绝："他家人等他回去呢，就不和同学一起聚了。"

辜雨眨了下眼睛："这样，那好可惜。"

艾伽一直没回来，靳嘉致站起来往外走。

辜雨下意识地拽住他："你不吃蛋糕要去哪里啊？"

靳嘉致眉头皱了下，脸色变得不近人情的冷。

辜雨被吓得松开手："蛋糕，是我订的，你不喜欢吗？"

他扫了眼蛋糕盒上的品牌，目光又看了她一眼。这个牌子的蛋糕不便宜，还需要提前一个月预订。他说："谢谢，但以后不要这么破费了。"

他又侧头和季时安说："帮我把钱转给辜雨。"

辜雨咬了下唇，看着靳嘉致的背影，喃喃道："他之前不是这样的。"

季时安听见，笑出声："他一直都这样。"

匿名墙艾伽的帖子还在那儿，季时安猜他能猜到谁做的，他这人护短。艾伽和辜雨，他把艾伽当自己人，辜雨只是普通同学。

季时安："你知道什么叫青梅竹马吗？"

辜雨："啊？"

"一起长大有共同的经历和回忆，你知道认识一个人多麻烦吗？要知道你喜好，要明白你口味，还要了解你的家庭复杂的关系，但青梅竹马不用，我们自然而然就知道。

"你别以为你那点小手段能影响什么，也别天天代入电视剧里什么女主角。你以为他没见过比你好看比你优秀的吗？别傻了，还不是因为他认为身边那个人才最好。"

艾伽站在走廊上给奶奶打了个电话。奶奶犹豫地说，是艾翰彬的一个项目结束了有一段时间可以休息，所以就回来了。

艾伽不听这些有的没的，直接问："没找您要钱吧？"

艾奶奶顿了下："没。"

艾伽心情很差，艾翰彬这几年每次回来都是要钱，花样百出。奶奶什么都好，就是有些心软。

"要您也别给，家里还剩下的钱是给您养老的，奶奶您别被他骗了。"

奶奶连说知道。

电话刚挂了不到一秒，身后传来靳嘉致的声音："出什么事了？"

"没事，就我爸回来了。"艾伽叹了口气，"真烦。"

靳嘉致想说些什么。

艾迦眉头皱着："干吗，别可怜我。"

"没。"

戚佳雪从隔壁班走出来埋头走进七班，没找到艾迦，便给她打来电话。

靳嘉致拿过艾伽的手机，将通话拒绝。

艾伽若有所思地歪头看向他。

静了两秒，靳嘉致抿着下唇说："今晚就陪我吧。"

艾伽："为什么？"

又静了一秒，他说："我生日。"

"不叫别人吗？"

靳嘉致："不叫。"

"为什么？"

他又抿了下唇："我怕吵。"

艾伽说："知道了。"

她勾着唇笑，笑容晃得他眼底波澜四起。

靳嘉致低眸，问了别的问题："礼物呢？"

"在家里。翘不翘晚自习啊，我带你去玩。"艾伽捣了他一下，"跟不跟我走啊，好学生？"

答案是肯定的。

她连教室都没进，给戚佳雪发了短信，让戚佳雪帮忙将她和靳嘉致的书包带回去。

两个人就从校门口跑了出去。

风打在脸上，凉得鼻尖发红，跑过两条街，艾伽体力消耗完，回头喘着气问他："蛋糕好吃吗？"

靳嘉致伸手将她的发丝捋到耳后："没吃。"

她笑起来："那可惜了。你等等。"

艾伽拐进苏城本地一家最有名的老式蛋糕店，要了个最便宜的鸡蛋糕，又厚着脸问人家要了一根最便宜最普通的细细的生日蜡烛。

靳嘉致站在门口看着她，她买完又拉着他去了附近一家面店，自来熟地和门口的老板说："今天来吃生日面，面条一定要长啊。"

老板是爽快人，立刻招呼起来，还送了一颗煎蛋。

艾伽将刚买来的鸡蛋糕放在桌子上，将蜡烛插好，又找老板借了个打火机。

烛火亮起时，她眼睛特别亮，盯着他，让他抓紧许愿望。

靳嘉致看了她一眼，闭上眼睛。

从小到大除了艾伽、季时安、戚佳雪记得他的生日，给他过生日的就没有别人。父母永远在工作，只需要他的成绩单和奖牌就可以。

生日愿望，他想要他的心被她拿走，只属于她。

艾伽催他："许好没？快点。蜡烛油流下来了，鸡蛋糕要不能吃了。"

靳嘉致点头。

她连忙将蜡烛扔到一边，将鸡蛋糕一分为二，一半递给他，一半塞到自己嘴里："我以前最不爱吃这个，但过生日时奶奶总买一大袋回来。老人家说这是记忆里的味道，后来爷爷走了，我莫名其妙就喜欢上了，突然明白了什么叫'记忆的味道'。"

艾伽吃完又端着小碗，拿着筷子从他的面碗里挑出来几根长寿面："沾沾喜气。你吃了长寿面长生不老，我也跟着你一起长生不老。"

稀奇古怪的话，她总说得理所当然。

靳嘉致笑了下，声音不大，口吻却认真："好。"

他们是这家店最后一桌客人，吃完面，两人在街头晃荡，一前一后。

路过一家公司，正赶上员工加班才下班，人群鱼贯而出，他们被挤开，靳嘉致错身拉住她的手。

来到艾伽家楼下，靳嘉致没上去，艾伽跑上去将画拿下来。

"喏，生日快乐。"

靳嘉致低头，准备打开画，艾伽连忙拦住："别，回去再看。"

他盯着她。

艾伽迎上他的视线。

单元门里有响声，艾伽要避开，又被他拉着衣摆拽回来。

气氛忽然变得紧张起来，视线也紧张，呼吸更紧张。

靳嘉致喉结滚了下，他又靠近了些："艾伽。"

意识到他要说什么，艾伽"啊"了声："等等。"

他下意识地皱起眉："什么？"

"你别说，再等等。"

"等什么？"

"等到我们顶天立地成为大人，到了那天，我第一志愿就是你。"

(5)

艾伽回到家，桌子上还摆着一桌菜，奶奶专门为艾翰彬做的。

她看着又心疼又心烦。

艾翰彬从阳台看完戏走出来："急急忙忙出去就为了送画给靳嘉致啊？"

艾伽懒得理他，将桌上的菜收拾到冰箱里。

"你才多大啊？"

艾翰彬一年没几天在家，一回来就用一副父亲威严的面孔来训人。

艾奶奶端着切好的西瓜从厨房走出来，见他们父女俩剑拔弩张，问道："怎么了？"

艾伽说了句没事，径直走回房间拿着睡衣去浴室洗澡。

门被关得"砰砰"响，艾翰彬眉头直皱："她还有没有规矩啊？哪次见我不摆着脸？和她妈一样。"

艾奶奶白了他一眼，重重地将盘子放在桌上："你先看看你自己是不是个人，做爸不回家，做儿子不孝顺，还有脸说你自己女儿。我看伽伽比你强多了，你不知道心疼自己女儿，我还心疼自己孙女。"

艾翰彬被母亲训得脸色有些不自然，吃了几块西瓜："是我不好。妈，你最近身体怎么样？"

窃窃
晚风

艾奶奶看了他几眼，含糊道："还行。"

"那我就放心了。"

艾伽洗完澡出来，见艾翰彬还在和艾奶奶聊天，翻了个白眼，回自己房间。

戚佳雪疯狂给她发信息，好奇她和靳嘉致翘课的事。

【戚佳雪：你们俩干吗去了？】

【戚佳雪：快回我，不然杀去你家！】

艾伽没回，目光盯着靳嘉致的头像看，他应该到家了吧，看画了吗？

又过了五分钟，见他还没发信息来，艾伽将手机扔到一边，心不在焉地写了两道题。

突然，手机又振动起来，艾伽捞过来解锁。

【戚佳雪：我知道你在线，别躲在那里不出声。】

【戚佳雪：不然我去找靳嘉致了！】

【艾伽：没。】

【戚佳雪：什么没？】

【戚佳雪：你骗鬼啊。】

艾伽有一搭没一搭地和戚佳雪闲扯，余光看见左上角有新消息，她切出去。

【靳嘉致：看到了。】

【艾伽：看后感呢？】

艾伽手指触碰键盘，"不得少于800字"打完还没发出去，他的消息先过来了。

【靳嘉致：喜欢。】

艾伽手一抖，将之前打的字都删了。

她盯着那两个字，慢悠悠地勾起笑，靳嘉致的名字变成"对方正在输入"……

艾伽坐在床上，撑着下巴，不着急地等着。

她有些猜不透靳嘉致还想说什么。

突然，客厅传来激烈的吵架声，一声高过一声。

奶奶脾气好，平日里很少生气。艾伽连忙打开门，还没听清楚他们吵什么，奶奶就已经倒在地上。

她急忙跑出来打120。

艾翰彬站在一边显然也被吓到了，有些手忙脚乱。

见他要靠近，艾伽大喊："你别碰奶奶！"

艾翰彬脸色白了又白，他不负责任惯了。他父亲是建筑大师，母亲是教授，标准的高知家庭，自己天赋又好被捧惯了，心也就飘了。后来婚姻不顺利，他看着艾伽就烦，所以很少回来。两年前，他父亲离世，那时候他还在外地跑一个不靠谱的项目，错过了见父亲最后一面，而项目最终也赔得精光。

他人不坏，也聪明，只是心气傲又不肯吃苦，想一出是一出，要是能定下心来，家里哪会是这样。

现在他真的害怕："艾伽，你奶奶她……"

艾伽不理他，只看着奶奶，连手都在抖。

救护车来得很及时，艾伽踩着拖鞋就跟了上去。

在急救室检查了一会儿，医生走出来说："还好送医很及时，已经控制好病情了，这段时间得好好休养。老人家是风湿性心脏病，身体虚弱，平时需要特别照顾。"

艾伽松了口气，摸了摸脸上的眼泪，忙谢过医生。

艾翰彬的心也放了下来，回头看了看艾伽。

艾伽没看他，在和医生沟通病情。

医生点头听完她说的，便说："怎么说呢，换瓣手术风险不小，而且老人家年纪大了，再看看吧。"

艾伽点了下头，又问："如果以后必须要手术的话大概需要多少钱？"

医生："八万到十万吧。"

艾翰彬在一旁听着，插不上话，等他们说完，跟着医生去缴费。

他身上没多少钱，还好艾奶奶医保报得多。

他有些不是滋味，自己母亲有风湿性心脏病这事他都不太清楚，他只知道这几年她心脏不太好。

回想刚刚发生的事情，他就是说了几句，没想到老人家反应这么大。他突然意识到，他缺失不在的这几年，艾伽在老人心里的重要性。

急诊室的病房又乱又吵，哪怕是深夜也忙碌得很。艾伽坐在病床边，握着奶奶的手在无声地哭。

艾翰彬拿着缴费单，张口叫她："艾伽。"

艾伽没抬头。

艾翰彬知道自己理亏，他拍了下艾伽肩膀："医生说没事，你也别太担心。"

一听这话，艾伽火气直冒，甩开他的手："你滚，一回来就没好事。"

周围都是人，艾伽声音有点大，隔壁床的人看了过来，艾翰彬的脸上挂不住："你怎么说话的，没大没小。"

艾伽讽刺地笑笑："奶奶还没醒，我不想和你吵。"

艾翰彬又想说什么，隔壁床的一个阿姨看不过去："能不能看清楚地方，这里是医院，你一个大人怎么还不如一个孩子懂事。"

艾翰彬脸色一沉，转身走了出去。

过了五分钟，他又回来，将一张没缴费的单子塞给艾伽。

"去缴了。"

艾伽一愣。

艾翰彬看着她："你奶奶的钱不都在你这儿吗？"

她懒得和他废话，拿起缴费单往外走。

缴完费，她看着卡里的余额有些发愣。

奶奶这是老毛病了，爷爷还在时奶奶心脏就不好。平日里她和爷爷都不让奶奶做事，生怕她累着。但哪怕这样，一到情绪激动或者意外时奶奶还是会晕倒。

本来精心养得很好，爷爷突发脑溢血一走，奶奶的身体一下子就垮了。

艾伽一晚上心里七上八下，现在最不是滋味。不住院还好，万一住院了……还有那笔手术费，家里的钱根本不够。

外面乌黑一团，天上没有一颗星星，艾伽仰头望着天喘出一口气。

还有三个小时天就要亮了，可现在却黑得那么可怕。

医院门口又有救护车呼啸着闪着红蓝灯开进来，脚步嘈杂，推着病床飞奔，家属神色焦急地不停地叫患者的名字。

她最不喜欢医院，讨厌消毒水的味道，讨厌冷冰冰的灯光和白得晃眼的床单，更怕看到一个个满脸愁容的病人家属。

周边有人在垃圾桶旁抽烟，艾伽被烟熏得咳了两声。对方连忙将烟掐了，歉意地对她笑笑。

艾伽和善地笑了笑表示不在意。

她打开手机，微信上还有许多未读消息，她翻了翻，一个都没回。

她找到周唯宁，给周唯宁留言，托对方帮忙问能不能介绍别的兼职。

这一夜真的太漫长了，太残忍的现实就在眼前，从来不叫苦的艾伽，忽然觉得长大真的好难。

但她好想快点长大，成为能够支撑起家的大人。

周一早上，季时安早早就在班级门口堵靳嘉致。

他实在太好奇了，周五晚上他知道靳嘉致和艾伽逃了晚自习后，给靳嘉致发了无数消息，都被靳嘉致无视，周末两天也联系不到人。

季时安望眼欲穿见到人影，立马跑过去勾住他肩膀："我还以为你又要翘课，终于舍得露面了啊。"

靳嘉致没什么表情，进教室看艾伽还没来，眉头微微拧起。

"到底什么情况，快和我说说。"季时安勾着笑，目光戏谑。

靳嘉致想到那幅画和艾伽的话，嘴角情不自禁浮起笑。

季时安立马起鸡皮疙瘩："打住打住，你笑得也太恶心了。"

艾伽今天迟了一个早自习才到，她脸色很差，白得不正常，嘴唇没气色，黑眼圈更是重得骇人。

上课时，她注意力也不集中，不是看手机，就是没精神地半睡半醒。老师在讲台上看了她好几次。

靳嘉致注意力都在她身上，不知道她怎么累成这样，几次想和她交流却被她冷淡地避开。

终于在课间找到搭话的间隙，艾伽站起来，却被靳嘉致抓住，脚步被强制停住。

她打了个哈欠，头发垂下来，双眸困倦地和他对视。

靳嘉致看着她，目光很深，眉宇间都是担心。

"你周末做什么了，怎么……"

艾伽看了一眼就避开，他话还没说完，被站在门口的林风打断："艾伽、靳嘉致出来下。"

教师办公室。

"这几张照片，你俩要不要解释下？"

林风将手机屏幕转到他们面前，有公交车站并肩站着的，有走廊上的，有在校外的，每个角度都精心设计过，让两个人看起来气氛暧昧。

靳嘉致扫了眼，看向艾伽。

艾伽脸色如常："手都没牵，能代表什么？"

林风看着眼前的两人，斟酌了下语气："之前老师就有听过你俩的传闻，那时候老师不信，但现在照片就在这儿，我希望你们能一五一十交代清楚。"

"有什么好交代的？"艾伽昨晚通宵在医院一边陪床一边画图，情绪低落，现在被林风这几句话说得有些不耐烦。

林风被她的语气弄得也有点火："艾伽，你什么态度？今天你迟到我还没说你。"

靳嘉致温声打断两人的剑拔弩张："林老师，我俩确实没有谈恋爱。"

林风看向靳嘉致，紧紧抿着唇，又打开一段视频。

视频是停电那天，艾伽和靳嘉致在角落的互动。

视频时间很短，只仓促录了十几秒，虽然光线昏暗，但还是能看见他俩靠得很近，甚至从拍摄角度来看，像是在亲吻。

艾伽看完就笑，靳嘉致双眸很冷。

林风："我本来想让你俩先交代的，没想到都不承认。我已经联系你们父母了，下面课也别上了，就在这儿等着。"

向宛之和艾翰彬很快就到了，显然是先找家长，再找他们的。

林风给他们看完照片和视频，两人的脸色都很不好。

艾伽靠墙站在一旁，目光懒懒地看着艾翰彬，见他一脸严肃就觉得好笑，这时候装什么好父亲啊。

向宛之更严重点，她抿着唇，简直是山雨欲来的前兆。

林风苦口婆心地和他们说早恋的危害。

向宛之直接问靳嘉致："老师说的是真的吗？"

靳嘉致不说话。

向宛之狠狠剜了他一眼。

艾伽在一旁说："假的。"

艾翰彬嗤笑："假个屁。"

艾伽也笑："你这么不见得我好？"

艾翰彬不喜欢向宛之高人一等的姿态，向宛之也不喜欢艾翰彬吊儿郎当的作风，两人本就互看不顺眼，现在更糟心。

艾伽懒看他们互骂，看向把她说得像垃圾一样的向宛之："阿姨，你放心，我不会玷污你儿子的。"

说完，她看向林风："说了没有就是没有，你爱信不信。我还要上课，走了。"

（6）

艾伽一走，靳嘉致也跟着她走了，留下两个家长和林风互相大眼瞪小眼。

上一节是化学课，班级里的人都去了实验楼，下课铃响了也没回来几个。

他俩一前一后地走着。

靳嘉致不明白刚刚艾伽的态度，从今天一开始她就不正常。怎么只是过了个周末，她就好像变了个人一样。

还有刚刚她在办公室里说……

在走进教室的前一秒，靳嘉致忍不住拉住她，脑海里还是周五晚上，树下她的笑脸和话。

"你不是说……"

艾伽躲开他的手，打断他的话，声音又冷又淡："忘了吧。"

靳嘉致一愣："忘了什么？"

他慌乱了两秒后艰难地开口："是因为我妈刚刚说了难听的话吗？你不用在意……"

艾伽摇头毁掉他好不容易找到的借口："关她什么事。"

说完，她看都没看他一眼，就回到座位上。

靳嘉致愣在原地，整个人很落寞。

翻滚了一个周末的心，突然被浇了一盆冷水，他无法明白，更无法知道艾伽到底是怎么想的。

他站在门口，看着她收拾东西和后面的季时安换位置。

季时安不知道发生什么事情了，回头看向他。

林风还没说要换位置，她就这么迫不及待要和他划清界限吗？

靳嘉致的心又酸又苦。

他大步走上前，按住她手上的书本。

"非要这样？"

他们本就是班级关注度的中心，稍有风吹草动都能引起轩然大波，更何况闹得这么大。

好在人少，只有几个走得快的男生回了教室。

季时安看着靳嘉致的脸色，连忙附和："对啊，怎么了？不至于换位置吧？"

窃窃
晚
风

艾伽头没抬："换。"

季时安左右为难，靳嘉致还挡在那儿，三人互相僵持不下。

忽然，艾伽笑了下，没心没肺道："你几岁啊，那么天真，让你忘就忘，就当上了一课。再说，我有说什么吗？你又有说什么吗？"

她声音很轻，刻意没让别人听见，只有一旁的季时安听见了。

别说靳嘉致了，他听得都心底发凉。

他忍不住去看靳嘉致。

果然，当事人被打击得十分凄惨。靳嘉致没说话，只是目光盯着艾伽，眼尾泛红，难过得谁都看得出。

但艾伽不看，她将季时安的东西放到自己桌上，又将自己的东西移过来，坐到后排。

上课铃响了，其余人也回到教室。苏欣怡发现同桌变了，瞪大眼睛刚要问什么，被季时安用眼色制止。

课上到一半，季时安传来一张字条，上面写了五个字：

"你太过分了。"

艾伽看了两秒将字条揉碎。

晚上放学，艾伽背着书包走得很急。

靳嘉致回头时，她已经走了出去。

今天风很大，校园里的树被吹得压弯了枝干，他看了几眼，便收回视线。

季时安跟在他身边，一时没话说。

戚佳雪从八班出来和他们碰上，白天他俩被叫家长还在班级里吵架的事传遍了校园。她多瞧了靳嘉致几眼，见他脸色不好，便说："艾伽奶奶住院了，周五晚上。"

靳嘉致一怔。

戚佳雪摇摇头，叹了口气："她又要疯狂打工了。"

季时安张了张口，半天说不出一句话，满肚子的埋怨消失殆尽。

放学的一路上大家都很沉默，季时安和戚佳雪要上辅导班，只剩下靳嘉致一个人。

落叶铺满街道，学校后门的这条路是小吃一条街，越晚越热闹，大车小车将这条窄窄的马路塞得水泄不通。

有女生认出靳嘉致，大着胆子上来要搭话，走近两步发现他满脸冰霜又停下，讪讪离开。

他每一步都走得很慢，将今天所有有关艾伽的画面重放复盘。

等都放完，靳嘉致轻轻摇了摇头，总是忍不住给她找借口，又总是给自己希望。

本来被她折磨了一天的心，因为戚佳雪的一句话，又变得心疼起来。

不知不觉走到了艾伽最喜欢的馄饨店门口，靳嘉致走进去打包了一份。

等将馄饨拎到手里，靳嘉致觉得自己真的没救了。

她说再等等，那就再等等。

艾伽从学校出来用最快的时间赶到医院，艾翰彬还算老实一直待在医院照顾奶奶。

周唯宁很够意思，看到她消息就帮她打听了一圈，发了几个兼职消息来。

艾伽站在病房外，看了看都是清吧酒吧这类，时薪比起奶茶店来说确实高了许多，还有提成。

她给周唯宁发了句谢谢。

【周唯宁：最近很缺钱？】

【艾伽：嗯。】

【周唯宁：要是想来快钱的话，做网拍模特吧。你长这么好，干吗不利用这个优势。打工再赚能赚到哪里去。】

周唯宁以为她有别的顾忌，继续劝说。

【周唯宁：我认识好几个开网店卖女装的店主，你放心，都是正规的。你要是同意我去帮你谈一谈，一开始价格肯定不会很高，但是比起在店里打工拿时薪还是高很多的。】

【周唯宁：而且你还要上课，晚上去打工也不安全，你还没成年，被学校抓到肯定影响不好。】

周唯宁真挺喜欢艾伽的，觉得这小姑娘十分对她胃口。小姑娘向来佩，能主动开口找她帮忙，肯定是遇到事了。

【艾伽：行，谢谢唯宁姐了。】

【周唯宁：瞎客气什么。你放心，我也是做网拍模特起来的，这行我熟得很，不会让你走弯路的。你好好拍，你这种有自己特色的肯定很快就红了，等

红了，就可以涨价，不会再为钱发愁。】

【艾伽：那就麻烦唯宁姐了。】

艾翰彬打了营养餐回来见她站在门外，扫了她两眼，显然看她很不顺眼。他今天被叫去学校，一肚子气呢。

艾伽没等他开口，拿过他手里的饭盒："你回去吧，晚上我在这儿就行。"

艾翰彬挡住她："你和靳嘉致真没谈？"

"我不会早恋的。"

"行，希望你说到做到。"

靳嘉致站在住院部楼下，戚佳雪只知道在哪个医院，不知道是哪一层哪一间病房。

艾伽下来取外卖，电梯门刚打开就看见了靳嘉致。

他一身校服，身姿清瘦挺拔，实在是鹤立鸡群，让人一眼就能看到。

下一秒，他们的视线就撞在一起。

艾伽走过去，停在他面前，像今天什么都没发生一样，口气如常地开口："站这儿当门神？"

靳嘉致将手里的馄饨递给她。

艾伽看了眼笑起来，故意道："可我已经点外卖了，现在就是下来拿的。"

他抿了下唇，不说话了。

艾伽往门外看了眼，看见外卖小哥站在两米外，神色焦急。

她快步往外走，刚走一步，就被他拉住。她回头，见他神色执着。

"真点了外卖。"她扬了扬下巴，"喏，就在那儿；再不去拿，小哥要被超时罚款了。"

她挣扎着跑出去将外卖取来。

她拎着袋子，冲靳嘉致招了招手："出来啊。"

靳嘉致跟着她，走到了住院部旁边的长椅。

艾伽坐下来，打开外卖，她今天没什么胃口，所以点了份加酸加辣的酸辣粉。

她打开后，伸手将靳少爷手里的包装盒也打开。

她早就看见了他买的是她最喜欢的馄饨，这家馄饨店因为是本地老夫妻做的，不做外卖只能自己去买。

艾伽仰头："那我要吃馄饨的话，酸辣粉怎么办？总不能浪费粮食吧。"

他扫了眼红彤彤的粉："我没吃晚饭。"

艾伽点点头："行。"

她知道靳少爷不吃辣，也没想到靳少爷会给她送晚饭。她吞了口馄饨，侧头瞧他，想知道他要对这碗特酸特辣的酸辣粉如何下口。

他竟然真吃了一口。

艾伽惊讶得睁大眼睛，果然下一秒他猛地咳嗽起来，辣椒呛得他脸都烧红了。

他们没有水，也没饮料。艾伽将手里的馄饨递给他："喝一口汤压一下。"

靳嘉致喝了一口后，才察觉这是艾伽喝过的。

他嘴唇红艳，眼睛里也蒙了层泪水。

艾伽当然也没忍住："干吗？我吃过的你不能喝？嫌弃我？"

他收回目光："不是。"

"那是什么？"

他静了一秒，又抬眸，问："你一定要我说？"

艾伽扯了下唇，抢过碗，连吞了两口馄饨，才含糊："不说就不说呗。"

靳嘉致又夹了一筷子酸辣粉，要入口时，艾伽将酸辣粉和馄饨换了："行了，一会儿别胃疼直接去急诊，你带来的馄饨我也吃了一半，剩下的你吃吧，咱就别给医生姐姐们添麻烦了。"

靳嘉致"嗯"了声，很乖地吃着她剩下的馄饨。

两个人都没说话，耳边只有车鸣声和风声。

艾伽吃饭的速度很快，她又要兼职又要照顾老人还得上课，平时时间很赶，吃饭都挤出时间吃的。

靳嘉致望着她鼓起来的侧脸，咀嚼时一动一动的，很像小兔子。

"奶奶怎么样了？"

"没啥事了，过几天就能出院了。"

靳嘉致沉默了几秒："我能去看看她吗？"

"别去看了。她看到你来又得开心，那心脏刚消停会儿，别再激动晕过去。"

艾伽吃完最后一口起身将垃圾扔了，回来就催靳嘉致回去："赶紧走，医院没事少来，你妈今天气得不轻，你再不回去她估计得给你果子吃。"

靳嘉致"嗯"了声，又说："你别怕她。"

"我怕什么？"

艾伽被风吹得低头拉外套拉链，靳嘉致只能看着她头顶的发璇，他没回答这个问题："她阻止不了我什么。"

她手上动作一顿，声音有点闷："知道。"

（7）

一周后，艾奶奶出院，艾翰彬老实了大半个月，一直在家悉心照顾。

艾伽白天上课，晚上和周末跟着周唯宁到处赶场拍摄，忙得晕头转向。

戚佳雪连着大半个月没抓到她人，竟然在刷微博时看到了她的广告推广。不止戚佳雪刷到了，不少同学也看见了。

"艾伽真成网红了？"

"长得好真的是可以当饭吃啊，真羡慕。"

"那个圈子可乱了，谁知道发生了什么，不然长得好看的人那么多，为什么艾伽那么快出头。"

"对啊，我听说潜规……"

"砰！"

戚佳雪将手里的书猛地摔到桌子上。

那几个窃窃私语的女生回头看了她一眼，脸色不明地闭上了嘴。

过了几秒，那几个女生又聊起来。

"没做怕什么人说啊。"

"身正不怕影子斜。"

"敢做就敢当。"

戚佳雪站起来直接上去扇了说话最难听的那个，对方捂着脸，不敢置信道："戚佳雪，你干吗？"

戚佳雪黑着脸："你说说艾伽她做什么了？你思想龌龊别强加在艾伽身上。"

那女生显然也不是好惹的，众目睽睽下被扇了，脾气也上来，立马还手。

戚佳雪战斗力十足，用力推了那女生一把。

班级里的人看打起来，急忙过来拉架。

路存见情况不对连忙去隔壁七班叫艾伽。

艾伽正趴在桌子上补眠，桌上放着靳嘉致给她买的牛奶。

听到路存的声音，她睁开眼眉头皱起来："说清楚点，戚佳雪和谁打起来了？"

路存说："程桃。"

艾伽不认识，但众所周知戚佳雪是个软包，能让她打起来，肯定是发生什么大事了。

艾伽、靳嘉致、季时安都去了八班，还没进门，就听见戚佳雪大着嗓门在喊："你还敢不敢乱说话了，眼红病去医院好好治，别给你艾姐身上喷脏。"

那个叫程桃的头发被戚佳雪揪着，不服软地张牙舞爪要去抓戚佳雪。

艾伽面无表情地走过去，将程桃的手拍掉。

"戚佳雪松手。"

戚佳雪才不肯，季时安走到她身边劝她："你想被请家长啊。知道你英勇，赶紧松手吧。"

戚佳雪不情不愿地松开手。

程桃狠狠剜了艾伽一眼，骂了句。

艾伽挑了下眉，勾唇笑起来："刚刚怎么说我的？说给我听听。"

程桃一直就看艾伽不爽，本来还有所顾忌，现在破罐子破摔："说你怎么了，你一个穷学生，怎么就能去做模特，才拍了几套图啊，就成网红了。这世界是公平的，你现在付出了什么，迟早要还回来的。"说到最后，她忍不住大喊，"艾伽你好脏啊。"

戚佳雪破口大骂："你胡乱说什么脏话。"

靳嘉致眼神一下子冷了，连本来笑眯眯的季时安脸色都变了。

当事人艾伽脸上的笑意不仅没减还深了几分，她漫不经心地扫了程桃一眼，根本不在意她的话："就这？"

程桃一愣，脸色鄙夷地说："你还真是不要脸。"

艾伽感受到她的气急败坏，轻笑出声："你叫程桃是吧？"

"其实你说什么，我都无所谓，我听过比这更难听的话。你看你连骂人都不出众，又有什么能让人记住的呢？"艾伽咬字习惯和一般人不太一样，尾音总是轻飘飘让人觉得又傲又冷，"你不觉得自己可悲吗？见不得人好，只能妄加推测。戚佳雪打你，我都替她手疼得不值得。"

程桃气得脸一会儿红一会儿白。

班级里的人都在笑。

季时安唯恐天下不乱，还在那儿火上添油，故意揉了揉戚佳雪的手："以后这种人就别打了，现在手疼了吧。"

有人叫了老师来。

艾伽、靳嘉致、季时安几个外班人在里面格外显眼。老师一眼就明了教室里刚刚发生了些什么，但既然现在没事了，就也不再追究，只说："都做什么呢？没听见上课铃？"

"你现在就跟着唯宁姐？"晚自习放学，戚佳雪和艾伽手挽着手，一边下楼一边闲聊。

艾伽"嗯"了声："也不算吧，她人挺好。"

戚佳雪："那要有空的话，我能去看你拍摄吗？我还没见过呢。"

"行啊，就是很枯燥。"

今晚有个拍摄，艾伽立刻就要走。

两个人走到校门口，戚佳雪第一眼就看见了周逾生。

他换了辆机车，这辆比之前的更酷。天气冷了，他穿着黑色的夹克衫，酷得要命，引得一圈人在围观。

戚佳雪胳膊捣了下艾伽："他来接你啊？"

艾伽看了一眼又收回视线，不太在意："嗯。"

戚佳雪嘟囔了一句，又笑嘻嘻道："我欣赏他。"

艾伽笑着屈起手指敲了她脑袋一下："行了，我真来不及了。"

周逾生看见艾伽，伸手将头盔扔给她。

艾伽熟练地坐到车后座。

鱼贯而出的学生默契地和他们隔开，有色的目光却一秒都不移开。

机车发动的轰隆声打破古板校园的宁静。穿着校服的少女和满身野性的男人，明明很矛盾可又充满禁忌。

"艾伽胆子还真大啊，那男的谁啊？"

"之前不是传和靳嘉致吗？"

"和靳嘉致是假的吧，单纯关系好。"

…………

靳嘉致和季时安路过，错肩而过时，季时安冷冷地扫了那几个男生一眼。

他们走后，那几个男生又开始说了。

"艾伽换了位置，还有了新人，你没看见靳嘉致的脸色啊，比这夜还黑。"

…………

"戚佳雪。"

戚佳雪被季时安吓了一跳，回头瞪他："叫魂啊。"

"艾伽最近到底在做什么，你知道吗？"

戚佳雪瞟了眼靳嘉致："在努力打工凑钱。她想给艾奶奶做那个心脏手术，好像需要挺多钱的。而且她是美术生，以后画室集训什么，都需要钱。"

季时安听得眉头直皱："艾伽真挺不容易的。"

今天的拍摄不顺利，折腾到第二天早上快六点才结束。艾伽将妆卸了，看见周逾生还在休息处的沙发上等她。

"生哥。"

周逾生睁开眼，抬眸看她。

她手里拿着纸巾，脸上还有未干的水珠，脸色差得要命。

"结束了？"

"嗯。"艾伽看了眼时间，"走吧，我请你吃早饭。"

周逾生揉了下脸，扯了扯嘴角："走，我知道这附近有一家很好吃的粥店。"

艾伽挑眉："我六点五十分的早自习，必须到，我可是好孩子。"

他笑起来："知道了，好孩子。"

那家很好吃的粥店叫"老辜家砂锅粥"，艾伽在"老辜家"这三个字上多看了几秒钟。

姓辜的人不多，她认识的就一个。

艾伽正这么想，一推门就看见了在里面帮忙的辜雨。

微愣间，两人的目光已经相交。

辜雨脸上闪过无数种情绪，从无措到自卑再到愤怒，但这一切在她看清艾伽身边的人后变得玩味起来。

"坐啊。"周逾生扫了眼一直站着的艾伽。

艾伽笑笑坐下后就没再看辜雨，她打了几个哈欠，随便点了个做得最快的粥。

等粥的时候，她歪头看向周逾生。

老实讲，她能理解戚佳雪欣赏他什么。

如果说戚佳雪迷靳嘉致那是小女生虚荣心对学霸的天然崇拜，那她对周逾生就是浪漫救赎主义在作祟。

"周逾生。"

艾伽很少叫他名字。

周逾生靠在椅子上，抬眸看她。

"你比我也没大几岁吧？"

"三岁，怎么？"

艾伽不假思索地说："我喜欢比我小的。"

他俩都是聪明人，一个眼神一个小动作就能推敲出对方的心里是怎么想的。

更何况他这种段位的人，早就知道艾伽对他不感兴趣。艾伽拿他也当作普通同事，或许比普通同事好一点的普通朋友。

周唯宁天天拿这事嘲笑他，说他压根儿没什么魅力。

昨晚去接她，是周唯宁说她晚自习放学太晚了，去拍摄现场肯定来不及。说周逾生闲着也是闲着，在奶茶店等小妹妹，不如乐于助人干点好事。是在这样的前提下，艾伽才同意的。

她看起来懒懒散散，像一只慵懒的猫，仿佛只要足够耐心舍得下血本，就能引她上钩。但忘记了，猫其实最怕生，而且领地意识十足，任何一个人都无法随意闯进。

周逾生嗤笑一声："你还能再不走心点吗？"

艾伽也笑起来，掀起唇反问："你就走了？"

（8）

艾伽说请客，吃完粥，她去买单。

辜雨在柜台前，报出金额："六十六块八。"

艾伽扫完码后，被辜雨叫住。辜雨嘴角抿着，眼神有些凶，没有一点在学校里温柔知性的影子。

艾伽大概知道她要说什么。

"你不许在学校里说我家里是开粥店的，也不许说在这里看见我。反正今天早上你所看到的一切你都当作没发生，我也不会说你和周逾生一起来吃早饭。"

内容不出所料，艾伽不大在意地应着："行啊。"

辜雨狐疑地看了她几眼："你不骗人？"

艾伽语调懒懒的："骗你？我这么闲？"

两人的对话到此为止。

辜雨看着店外。

艾伽在对面小超市买了瓶冰可乐，在脸上滚了滚，然后打开一口气喝掉。

辜雨的目光在艾伽全身上下扫了扫，最后停留在艾伽的眼下，那是疲倦不堪的黑圈圈。

艾伽不会一夜都没回家，和那个看起来痞子一样的男人在一起吧？

"辜雨你知道吗？艾伽今天早上是坐机车来上学的。"阮念雯看了看四周，声音更轻点，"匿名墙上都疯了，昨晚她就是坐同一辆机车走的，所有人都在猜他俩昨晚是不是在一起过夜了。"

辜雨正在写题的动作停止，她回头看了看靳嘉致。他坐在座位上和季时安闲聊，多数是季时安说，他偶尔应一声。

艾伽趴在他身后的桌子上睡得很沉，偶尔有同学走过小心要撞到桌子，他好像后面长了眼睛一样，在撞到的前一秒，稳住桌子，避免对方吵醒艾伽。

辜雨心口泛酸地转回头，问："很多人都知道了吗？"

"肯定啊，反正我们年级的应该都知道了。"阮念雯想到什么又有些失望地叹了口气，"可惜没证据，不然艾伽这次肯定栽了。奶茶店兼职的事，和靳嘉致的传闻，还有最近她成了网红，上课都没精打采，老师对她意见已经很大了。如果这次能求锤得锤，艾伽不仅风评完了，估计连学校都要给她处分，毕竟是和校外的小混混欸。"

辜雨双眸微闪看向阮念雯："那要是喜欢艾伽的男生呢？知道这些，他们会怎么想？"

阮念雯想了想："这得分人，对自己有要求的人，肯定觉得她堕落觉得她不自爱；要是那种猥琐的说不定还觉得她随便更好追呢。"

"真的吗？"

时间飞快地过，叶子从绿变黄再变红，落了一地，被无情地扫走。

试卷一张一张，考试一次一次，天气也变得格外寒冷。校服外都套上了厚厚的冬装，元旦快到了。比起期末的恐惧，元旦的假期来得更加让人没有抵抗力。

放假前两天，长荣的传统是由学生组织的元旦晚会。

辜雨是主持人，林风本来让艾伽也报个节目，但艾伽直摇头，说自己四肢不勤五音不全。

林风眉头直皱："你可是咱班门面，现在还是小有名气的网络红人，没节目说不过去。"

"别了老师，我真不行，要不我现在给你唱一段你听听？"艾伽说完，泰然自若地给他唱了一首热门歌曲。

林风听完，沉重地点点头："行，你走吧，老师不为难你了。"

但靳嘉致没那么好运气，林风给他安排了个钢琴自弹自唱。

晚会从下午就开始，季时安坐在观众席感叹："又到了一年 N 度靳少爷发挥魅力专场。"

看着旁边的艾伽，他痛心疾首地摇头："你怎么就不懂欣赏呢。"

周唯宁正在微信上和艾伽说有个网站元旦直播，问她去不去。

艾伽不想去，跨年的日子想留给重要的人。

她回完信息，往台上扫了眼。靳嘉致穿了套黑色的西装，头发也用心打理了一番，矜贵地坐在钢琴旁，专注弹琴的样子真像是童话书里的小王子。

小时候学校只要有重要的事，抑或大小典礼，校长老师都会像献宝一样让他上台表演。后来长大了些，小少爷脾气大了，这种限定事件就成了一年一次。

今年的他比去年长大了些，长高了些，以前稚嫩的面孔也变得凌厉帅气起来。原本不知人间疾苦不懂风花雪月的气质，这一年好像被染了几分红尘的喧嚣，让他多了几分真实的张力，只要一个眼神就让人心动不已。

全场的聚光灯都笼罩在靳嘉致身上，屏息期待里，他好看的手指敲下第一个音符。全场心跳都静止，他的动作也突然停下，闪闪的目光在观众席找到一个人。

他双眸很黑，目光很深，在那人身上定格了两秒，然后动作起，音乐继续，唇贴着麦克风唱出了今晚最温柔的歌。

众人以为他高在云端不知什么叫爱，只需要接受众人虔诚的崇拜就足以。

可他千万万里只想要一颗心，如歌词唱的：

"今天今天星闪闪……当晚跟你在这里……交出的心早已失去……"

靳嘉致的声音偏低又有些冷，唱这种致命温柔的歌，有种别样的反差。像是少年第一次爱人，笨手笨脚不知如何是好，只知道要把自己的全部哪怕最重要的心都送出来，不求回报。

艾伽后面的女生听哭了，小声抽泣着和旁边的朋友说："靳嘉致是不是真的有喜欢的人啊，感觉他好像特别特别喜欢那个人。"

明明是高不可攀的人，明明是那么优秀的人，为什么也能这么卑微。

"我想了很久，还是觉得告诉你比较好。那天我在我家店里看到了艾伽和那个男的早上一起来吃早饭，那时候才早上六点。"

礼堂后面的小花园里，晚会还没结束，辜雨主动找靳嘉致来这里。她将准备了很久的话说了出来后，发现靳嘉致并没有什么变化。

她有点着急，急切地拿出手机，翻出那天偷偷拍的照片，却不小心露出了之前的照片。

她慌张地看了眼靳嘉致，见他脸色没变，下意识就觉得他看见了。

"我没骗你，我家和艾伽家的方向根本不同，她要是回家的话，不可能一大早在那里。"

礼堂里传来震耳的音乐声，上一个舞台剧结束了，这个是高二的街舞。再过三分钟主持人就得上台互动，辜雨脑子里记得整个晚会的流程，目光还落在靳嘉致身上。

他不大在意，态度也冷淡，低头冷声问她："还有吗？"

辜雨一愣："还……还有什么？"

靳嘉致手机响了，季时安问他去哪儿了。

"没有，我就走了。"

他走了几步，辜雨在他身后大声问："艾伽她根本就不是什么好女孩，靳嘉致你为什么要对她那么好？"

靳嘉致的脸立刻沉了下来。现在是黄昏，云层厚重，风特别冷，天气预报说是寒潮来临，今年的元旦会是十年来最冷的。

辜雨的脸被冷风吹得没有知觉："你身边明明有很多选择，有更好的人，你为什么要……"

靳嘉致打断她的话："你吗？"

她看到靳嘉致脸上的轻笑，身体抖了一下。

辜雨没见过这种表情的靳嘉致，清风朗月的气质不见了，变得说不出来的坏，嘴角的笑嘲讽又轻薄。

靳嘉致将她的反应尽收眼底，反唇相讥："你现在和艾伽谁比较坏？"

辜雨说不出话。

"别站在上帝视角看别人了。"

季时安的微信他没回，现在电话打了过来，靳嘉致接通，和电话那头说："回来了。"

说完这二个字，他就挂了。

他没再看辜雨，往大礼堂走。

辜雨过了两秒才反应过来，现在看到的靳嘉致，是他为了艾伽的喜好特意伪装出来的。人人都以为靳嘉致是猎物，却没想过他是把自己装成猎物的。

辜雨不敢置信地看着他渐远的背影，不甘心地问出最后一个问题："你不怕艾伽发现你的真面目吗？"

靳嘉致脚步又停了下来，回头面无表情地扫了她一眼："不会。"

他说："我藏得深，而且能藏一辈子。"

第四章

[原谅我存心对你宠坏]

（1）

他可以忍住不告诉她。

也可以忍住看着她辛苦，不去插手她的生活，让她维持住自己的自尊。

但这一切都是基于，她是在他身边，在他的世界里，不逃离的前提下。

如果是这样，为什么可以是别人，而不是他？

靳嘉致在回到礼堂前恢复了表情，坐到季时安身旁。

他的目光不着痕迹地越过季时安，看向右边的艾伽。她心不在焉，一只手撑着下巴，一只手划拉着手机。

偶尔有什么大的动静，她才懒懒抬头扫一眼。

他静静地看了她许久，黏稠而绵密的昏暗光线里，最容易藏匿他的视线。等她察觉到看过来时，他又收回，如别人一般在看节目。

你说靳嘉致他到底有多少耐心，能这样隐忍着一天又一天地等着那个人。

"今年元旦怎么过？"戚佳雪是他们班大合唱的主唱，刚刚换完演出服回来，她坐在艾伽旁边，声音不大不小正好让他们都能听见。

季时安来了点兴趣："去野营。"

"大冷天的谁跟你去野营。"戚佳雪将一个音乐节的海报放到艾伽眼下，"去吗？"

艾伽看了看上面的名单，不是很感兴趣："你想去？"

戚佳雪突然扭捏做作地笑起来，凑到艾伽耳边跟她咬耳朵："我想和周逾生去跨年，你帮帮我。"

"别，我刚和他说清楚，现在又帮你，太不是人了。"

戚佳雪眼睛亮了亮："真的？你之前不已婉拒了吗，怎么又拒绝一次？我可怜的生哥啊。"

艾伽听到后面用手敲了下她脑袋："你悠着点，别把自己陷进去。"

"哼，你以为谁都和你似的，在意一个人还讲大道理。喂喂喂，掐我干吗？"

注意到四周的目光，艾伽磨牙警告："你小点声。"

戚佳雪眨了眨眼睛，故意看了眼靳嘉致，但不说靳嘉致，话题往别的地方扯："你现在偶像包袱这么重啊，我看微博和抖音，你粉丝都几十万了，这吸粉速度绝了，我听说都有人在学校门口堵你了。"

季时安睁大眼睛："真的假的？"

艾伽哼了声："没那么夸张。"

几个人一人一句地瞎聊，到元旦晚会结束，都没商量出跨年夜怎么过。

戚佳雪是条真汉子，晚会结束还没到七点，她收拾好书包，谁都没说，就去周逾生的职校门口蹲人去了。

戚佳雪到职校时，职校已经放学了，她给周逾生发信息他没回。

她有些轴，今晚怎么都想看到周逾生，当面亲自约他跨年。

校门口有几个男生站在那儿，他们瞧见戚佳雪身上的校服，起哄地凑过来："哟，还有长荣的妹子来我们学校等人，和哥哥说说谁那么荣幸？"

戚佳雪咬着唇，给周逾生打了个电话，他估计在忙，没接。

那伙人见这情况，更来劲了："说呀，学校人还没走完呢，说个名字，万一哥哥认识呢，还能帮你找找。"

戚佳雪犹豫地看了他们几眼，挤出了三个字："……周逾生。"

"哇，现在连长荣妹子都来找周逾生。"

"哈哈哈……"

有个头发染成火焰鸟的男生，看了会儿戚佳雪："看你挺有意思的，我带你去找周逾生吧。"

戚佳雪狐疑地看着他，眼里都是不信任。

火焰鸟脾气来了："嘿，你这人，怎么长荣的都这么高傲看不起职校的吗？我还能把你卖了不成？"

“那好吧。”

火焰鸟拍了拍摩托车的后座：“上来吧。”

周逾生也有差不多的摩托车，她不知道具体有几辆，看过的两辆都比火焰鸟的要帅。

长荣没有男生骑这种车，但在职校附近有很多。戚佳雪上了车后问：“骑摩托车是你们的潮流吗？”

火焰鸟骄傲地哼出声：“对啊，男的骑车多帅，风驰电掣，小妹妹一看就‘啊啊啊’尖叫。”

这个戚佳雪同意，周逾生骑车确实帅到她尖叫，但这火焰鸟，算了，还是不打击他普通且自信的心了。

她在微信上给周逾生留言，说去找他了。

等周逾生看见已经是半小时后了，他在球场上打篮球，压根儿就没看手机。

等打完球休息的时候拿起手机，他发现全是戚佳雪的信息和未接来电。他喝了口水，目光盯在最后那条来找他的几个字上，问身边的人：“刚看到有个短发的小姑娘来找我没？”

“哟，生哥最近身边还有短发的妹子？”

“别废话，有没有？”

“没啊，你最近不是心情不好，不高兴见妹子嘛，谁问我都没说你在这儿打球。”

周逾生眉头皱起来，给戚佳雪回拨了电话，但刚响了几声就被挂了。

他眉头皱得更深，又拨了一次，这次响得更短，只响了一声就被挂了。

周逾生切回微信界面。

【周逾生：刚刚一直在打球没看见信息，你去哪儿找我了？没看见你。】

他往回翻了翻聊天记录，

【周逾生：现在还在我学校门口吗？】

周逾生等了五分钟，戚佳雪没回。他觉得事情有些不对。

这时，迎面走来两个人，一边走一边八卦：

“刚刚校门口红毛带着一个穿长荣校服的妹子走了，真行啊，他那德行都能追上长荣的了？”

“骗来的吧，他不就是能忽悠嘛？好学生估计都心思单纯，没经过事，压根儿不知道社会险恶。”

周逾生停下脚步，叫住他俩。

这学校里没几个人不认识周逾生。

"生哥叫我们什么事啊？"

周逾生直接问："长荣妹子怎么回事？"

"就校门口，有个穿长荣校服的女生，在那儿站了会儿，然后上了红毛的摩托车，往东边开去了。"

"红毛是谁？"

"不熟，好像叫姜茂，我有个哥们儿和他关系还行，说他人品差。"

周逾生听到这儿，脸色变得不好："把红毛给我找出来，然后把长荣妹子给我完好无损地带回来。"

东边有个快被淘汰的商业广场，平时人流量不大，再往里面开一点，有一条偏僻的小巷里都是些廉价的群租房。

红毛将戚佳雪带过去，不用脑子想，都知道他要干什么。

…………

"生哥，红毛不接电话啊。"

时间不等人，周逾生快步走到车棚拿车："直接过去。"

…………

戚佳雪坐在便利店外的椅子上，哭了五分钟，终于停了下来。

季时安看着面前空掉的三盒冰激凌，嫌弃地将餐巾纸捂到她脸上："擦干净点。你真行啊，随便什么人你都跟着走，要不是我，你今天就完了。"

晚会结束，他就见戚佳雪一个人溜走了，还以为她要干什么大事，没想到单枪匹马来找那个小混混。

季时安就不明白了，她脑子里想什么呢。

那红毛说什么，她就信什么，屁颠颠地上了人家车。

到了门口才知道怕，要不是他及时出现，冲着那红毛就是一脚，拖着她就跑，她哪能在这儿连坑他三盒最贵的冰激凌，在冷风里吃得干干净净。

"你再说，你再说我咬死你。"戚佳雪用力擤鼻涕，威胁的声音里还带着浓厚的鼻音。

她其实上车前就知道这红毛不是好人，但就是脑子一抽，指望着万一呢。

事实证明，她就是个大傻妞。

好在，季时安出现了。

戚佳雪回想刚刚的一幕，那红毛油腻的手拉着她，她就觉得恶心。好在季时安速度超级快地冲了过来，她都还没反应过来，就被他拉着跑了。

"季时安。"

季时安没好气："又要吃什么？"

戚佳雪抿了下唇，有些不自然地说："今天，多谢你啦。"

他俩见面不是吵就是打，互相排挤拆台才是日常，现在这种好声好气的情景几乎没有过。

空气都静了两秒。

季时安慢半拍抬眸，视线碰到戚佳雪眼泪汪汪的眼睛。他鸡皮疙瘩起了一身，连忙又抽出几张纸巾，挡住她的眼睛。

他干咳一声，心里慌慌的，怪不是滋味："哭完没？以后长点脑子，我们有脑子的不一定时时刻刻都在你身边。"

戚佳雪拿开纸巾："你今天怎么会出现的？"

他怎么可能说一路都跟着她，于是用声音大证明自己有底气："你运气爆棚，正好遇到帅哥我恰好路过。"

"你声音那么大干吗？凶什么凶，救了我就这么了不起啊？"

"可不就是了不起嘛！"

"怎么，要我跪下来哭着感谢你吗？"

"行啊，赶紧的。"

就在他俩针锋相对吵得不可开交时，季时安的手机响了。

他拿起来看了看来电显示，是艾伽。他接通："怎么了？"

艾伽说了什么，季时安看了看戚佳雪："她没事了，我英雄救美，她现在好好地在我对面准备用冰激凌撑死自己。"

季时安："知道了，挂了。"

戚佳雪抬头："艾伽啊？"

"嗯。"

戚佳雪找出自己的手机，发现没电了，于是去便利店借了个充电器出来。开机后发现，周逾生和艾伽给她打了无数个电话。

"估计是周逾生看见消息没看到我，我手机又没电了，所以找艾伽的，艾伽又找你。"

季时安"嗯"了声："周逾生知道你被红毛骗走，他说帮你出气了，还说以后这种地方你少来。"

戚佳雪肩膀塌了下去，沮丧地"哦"了声。

"我觉得周逾生说得没错，你就应该少来。你就算要来，好歹也打听他下课时间吧。赶在放学后人走光了，蹲学校门口，你不就是等着人来骗吗？"

戚佳雪被他说烦了，语气也差起来："你没完没了是吗？"

季时安闭上嘴，态度又软下来，准备好声哄她几句。

放在戚佳雪面前的手机突然振了下，季时安视力好看见是条新信息，他有些烦自己为什么视力这么好，清楚地看清了每一个字。

【周逾生：行，那不见不散。】

他目光往上移，在对面女孩的脸上停了下来——刚刚那些落寞、难过、不耐烦都不见了，只剩下欣喜，眼睛亮闪闪的。

季时安觉得自己更烦了，心里也烦。

他们什么时候约好的？约的什么？什么不见不散？

这浑蛋周逾生，给一巴掌再赏一甜枣，够可以的啊。

（2）

艾伽在戚佳雪家楼下等她。

周逾生给艾伽打电话的时候，她正在家陪奶奶一边看电视，一边画网上客人的头像。听到他说明白这事，她立刻就赶了过去。

她赶到时，红毛已经被收拾了一顿。

周逾生见她还穿着家里的棉袄睡衣，低头藏了下勾起的嘴角："他说还没来得及做什么，就被一个同样穿着长荣校服的男生踢了一脚，人被半路劫走了。"

他对长荣的人不熟，问艾伽："你估计那人是谁？"

艾伽第一个猜的就是季时安，戚佳雪看起来大大咧咧，跟谁关系都不错，但真正走得近的就他们几个。

果然，她给季时安打了个电话，人确实是他救走的。

"在我朋友那儿，没事了。"艾伽看向周逾生，"今天给你添麻烦了。"

周逾生扫了红毛一眼："是我不好，在我的地盘，有人还不长眼欺负你朋友。"

艾伽明白这事也不能怪周逾生，但人家给这个面子，她也不能不搭理："别你来我往瞎客气了，改天你请戚佳雪吃冰激凌就行。"

至于红毛……艾伽看了他几眼："就你要欺负我姐妹的？"

红毛已经被教育到服帖了，连忙认错："我以后再也不敢了，真的，这次是我的错，都是我的错。我给您姐妹买一箱冰激凌，不，一车冰激凌。"

艾伽点点头："行，买好了放长荣校门口，告诉门卫转交给我，我帮你给，你别再出现。"

艾伽不喜欢和这种人待在一起，解决完事情就准备离开。

周逾生跟在她身后，看着她笑。

艾伽低头看了看身上穿的，斜眼扫他："笑个屁。"

"挺可爱的。"

"得了。别拿你骗妹子那套放我身上，没用。"

周逾生笑得更大声，过了好一会儿，说："要我送你回去不？"

已经走到公交车站，艾伽指了指标牌："我坐公交车。"

"穿睡衣坐公交车也挺别致的。"

艾伽的目光终于看向他："你没话找话没完了？"

周逾生不和她兜圈子了："你那姐妹什么情况？"

艾伽在研究每一路车的路线："就你想的那样？"

见她毫不在意的样子，周逾生觉得自己真挫败。"行啊。反正各凭本事呗。"

26 路，可以到四季苑。

艾伽看向马路，正好车来了，她冲周逾生扬了扬下巴："我走了啊，再见。"

周逾生看着艾伽上了车，见车里的人看见她，露出别样的神色，而她毫不在意地找了个位置坐下来。

他转头往回走，几个兄弟在不远处看着他。

"生哥，你最近心情不好，就是因为这个妹子吧？"

另一个说："长得真不错啊，穿个棉袄睡衣都这么美丽脱俗，生哥你眼光可以啊。"

周逾生骂了句脏话："你们就在那儿看半天？"

"对啊，看你吃瘪，看妹子对你冷若冰霜，哈哈哈，可有意思了。"

这人刚说完就被周逾生踹了一脚。

几个人走了一会儿，有个憋不住话的又说："生哥，不行就算了，咱别一棵树上吊死。"

"就是，那个妹子一看就没有心。"

"我也觉得，那妹子一看就是只爱自己的。"

周逾生听了会儿，含糊道："是吗？"

像是问别人，又像是问自己。艾伽她真的只爱自己吗？

戚佳雪和季时安是打车回来的，戚佳雪看到艾伽，立刻奔过去抱住她，"呜呜呜"委屈个不停。

艾伽拍了拍她的背，看了季时安一眼。

季时安特别不理解女孩子之间这种黏黏糊糊的感情："你俩干什么呢？"

戚佳雪回头呛他："你懂啥。"

季时安摸了摸鼻子："饿吗？一起去吃夜宵，还是我走让你俩过二人世界？"

艾伽说："都行。"

三个人走出去。

戚佳雪非要去吃一家很贵的日料店，艾伽面无表情地看着她："你让我穿着睡衣去吗？"

戚佳雪这才发现，艾伽穿着睡衣。她眼睛红起来，"嘤嘤嘤"哭个不停，抱住艾伽："我太感动了，还是艾伽你最好，关心我关心到连衣服都来不及换。"

季时安在旁边翻了个巨大无比的白眼。

最后他们就在附近找了一个小吃店，季时给靳嘉致打了个电话，问他来不来。

季时安笑道："艾伽在呢，你真不来啊？"

靳嘉致那边声音很杂，有人声，还有摔东西的声音。季时安听见了，下意识就问："你爸妈回来了？"

"嗯。"

季时安："那你还来吗？"

靳嘉致看了眼一片狼藉的客厅："来。"

季时安坐在戚佳雪面前，给靳嘉致留了个艾伽对面的位置。

艾伽没什么胃口，要了份绿豆沙，看着戚佳雪吃。

"你不是才吃完三份冰激凌和一份炸鸡吗？为什么还能吃得下？"季时安

无语地看着桌上的秘制鸡爪、泡泡小馄饨、酒酿小圆子、奶糖布丁。

戚佳雪对他夸张又小气的态度抱怨已久，开始揭他伤疤："你知道你为什么这么讨人厌吗？"

"为什么？"

"就是因为你嘴贱。"

季时安懒得和她计较。

小店铺门口挂了串风铃，门被推开有铃声响。

艾伽是他们中第一个看见靳嘉致的，在他还没进来前就看见了。他穿着黑色的羽绒服，头发有些乱，下巴埋在衣领里，路过的女生情不自禁地回头去看他。

他脸色不太好，明明没什么表情，但艾伽就是知道他心情很差。

但很神奇的是，他推开门走进来时，就完美地伪装起来，让人看不见他真实的情绪。

靳嘉致在艾伽对面坐下，季时安将菜单移到他面前："这顿你请。"

"为什么？"靳嘉致的话是和季时安说的，但他抬眸看了艾伽一眼。

因为艾伽一直盯着他看，视线相交，她还在看，一点都没收回。

"戚大小姐今天受惊，我已经请过一顿了，这顿算你的。"

靳嘉致没什么意见。

季时安已经在微信上和他说了一遍今天发生的事。

靳嘉致看向戚佳雪，语气很温和："现在心情好些了吗？"

戚佳雪受宠若惊，小鸡啄米一样点头："好多了好多了。"

艾伽还在盯着他看。

靳嘉致又将视线对上艾伽："怎么了？"

艾伽嘴角弯了弯，指尖敲了下菜单："点这个，桂花糖粥。"

他目光没动，也不出声。

季时安听见了："他不吃甜的。"

艾伽知道他不吃甜的，却漫不经心道："吃了甜东西，心也甜。"

过来点单的阿婆用方言问还需要点什么。

靳嘉致同样用方言答："糖粥。"

艾伽扬唇笑，季时安愣了一秒也笑。

靳嘉致没看他们，就在一旁很安静地听他们聊天。

等粥上来，艾伽余光瞥见靳嘉致吃了第一口眉头就皱起来，吞咽得也比平日里要艰难。

甜腻黏糊的口感，他真的很讨厌。

艾伽觉得他不会再吃第二口，但他又挖了一勺，放进嘴里继续僵硬地吞下。

"喂。"

在他吃第三口前，艾伽出声制止了他。

靳嘉致抬眸，那两个人也都看过来。

艾伽没在意地勾过那碗粥，吃了口："没放毒药啊。"

靳嘉致的古怪规矩最多，他的东西最不喜欢别人碰。季时安和他铁兄弟这么多年，都没有和他喝过同一杯水。

气氛停滞了几秒。

戚佳雪先"扑哧"笑出声："都说他不爱吃你还逼他吃。"

艾伽又吃了一口，唇半含着勺子，将问题扔给靳嘉致："我逼你了？"

靳嘉致伸手将她面前的那份绿豆沙拿过来，喝了一口。

朴实的绿豆味缓解了口中的甜腻，他这才回答她的问题："没。"

戚佳雪和季时安对视了一眼，看到了对方眼底的震惊。

两人疯狂用眼神对话——

戚佳雪：啊啊啊啊怎么回事啊。

季时安：我也不知道啊。

戚佳雪：啊啊啊啊我好想尖叫啊。

季时安被呛了下，咳了几声，戚佳雪嫌弃地瞟了他一眼。

季时安：你那什么眼神？

艾伽和靳嘉致没注意到他俩惊涛骇浪的眼神戏，他们所有感知都集中在对方身上。

"这个不甜吗？"

靳嘉致："不甜。"

她"哦"了声，慢条斯理地勾起唇："那你多喝点。"

他问："明天想好怎么跨年了吗？"

"和重要的人一起呗。"

音落，两人又对视了两秒。

小吃店很小，只能放下两三张桌子。墙壁因为年久失修，白色的墙皮都凸起来了。房顶上的暖色调灯泡被烧黑了一圈，阿婆一个人在后厨忙，炉子上白烟袅袅，空气里都是甜的。

店里没空调，靳嘉致身上的羽绒服没脱，他低着头，半张脸都藏在衣领里。

过了半响，他声音很轻："去听钟声吧。"

新年去寒山寺听钟声是苏城的传统，每年那一天不仅寺里，连附近的街道都会挤满人。钟声敲响的那一刻，祈福爱人新年如意。

艾伽没出声。

他看过来，声音清晰地又问了一遍，语调弱化了许多，尾音都缠着温柔。

靳嘉致在问她："好不好？"

"不好不好，周逾生答应我去看跨年音乐节了，我就不去了，你们去吧。"戚佳雪道。

季时安现在一听这个名字就炸："戚佳雪，你脑子坏了还没好啊？"

"你管得着吗？"

两人刚休战没多久，又吵起来。

靳嘉致只在等一个人的回答。

那个人说好。

（3）

12月31日这天，戚佳雪起了个大早，七点不到就打电话将艾伽叫来她家，让艾伽给她出谋划策，音乐节要穿什么。

艾伽坐在她床上，抱着枕头困得眼睛都睁不开。

"这件怎么样？"

艾伽掀起眼皮："今天气温零下，你确定要穿短裙？"

戚佳雪不以为然："要想美，露大腿，这可是我第一次和周逾生看音乐节。"

"但你会被冻死的，少女。"

戚佳雪顿了下："你说得对。"

还好，朴素的高中生衣柜里的衣服并不多，不然按照戚佳雪的性格得选个三天三夜，就这也是折腾了三个小时才结束。

选好衣服后，艾伽开始给她化妆做发型。戚佳雪的要求格外多，但艾伽一点都没嫌麻烦。

他们四个中，靳嘉致的父亲是著名建筑师，有个十分有名的建筑师事务所，他母亲是知名策展人。季时安家有本地最大的连锁家装公司，季时安和靳嘉致一开始能玩在一起，就是因为父母有业务往来。而戚佳雪家家境虽然不如前两位，但父母也都是外企高层，比起前两家的父母忙碌不着家，戚佳雪家家庭关系和谐。

戚佳雪从镜子里看艾伽，忽然问："你今晚打算穿什么？"

"随便。你闭上眼睛。"艾伽拿着眼影盘和刷子，在给她画眼妆。

"这怎么能随便？"戚佳雪睁眼争分夺秒地瞪了她一眼又闭上，"你和靳嘉致到底怎么样了？"

"就那样。"艾伽放下眼影盘，拿起睫毛夹，"睁眼。"

"哦哦。"戚佳雪睁开眼盯着她，见她脸色一点没变，有点失望，"你这人怕是小鹿在心里跳死了，脸上也不会有什么变化吧。"

艾伽手一顿："也不是。"

"啊？你小心我的睫毛啊。"

在戚佳雪的大呼小叫中，她说："也会脸红。"

戚佳雪睁大眼睛盯着艾伽，可她再怎么看，艾伽都不肯再说什么。

为什么脸红，因为什么事脸红，是靳嘉致吗？

送走浑身都是粉色泡泡的戚佳雪，艾伽回家准备跨年晚餐。

寒山寺敲钟在夜里十二点，考虑到今天会堵车，两人约着晚上十点从家里出发。

艾奶奶这次出院回来，身体比之前更弱了些。艾伽尽量抽空将所有家务都做了，艾翰彬少爷命，就算现在落魄了也有一身臭毛病，但这几个月老实了不少，艾伽勉强看他顺眼了一些。

"奶奶，我们今晚吃蟹粉豆腐、芙蓉虾仁、松鼠鳜鱼、樱桃汁肉，再来个荷塘小炒和三鲜莼菜汤好不好？"

艾奶奶坐在沙发上戴着老花镜在织围巾："不需要这么多，吃不完就不新鲜了。"

艾伽笑嘻嘻道："今天这个日子，您就让我露一手。"

艾翰彬坐在一边玩游戏，抽空说了句："妈，你就让她做。"

苏城人晚餐时间早，下午五点就开席，七点不到已经吃完了。

艾伽刷完碗筷，洗了个澡回到房间，打开衣柜，选了一套衣服，换上后又脱掉，穿回平时的卫衣。

晚上八点的时候，她给在看跨年晚会的奶奶切了份水果放在茶几上。

晚上九点时，今年爆红的爱豆团体冒着严寒穿着小裙子，在边唱边跳。

艾奶奶看得眉头直皱，感叹："真够不容易的。"

艾翰彬扫了眼看向艾伽："现在这么多选秀节目，你要不要去试试？总比做那种不入流的网络模特好。"

"不去。"艾伽有点烦他，"我什么都不会去丢人现眼干吗？我不会一直做模特的，还是画画适合我。"

艾翰彬也就那么一说，他心里也觉得艾伽只会走美术这条路，以后出来接他们的班。

晚上九点二十分的时候，艾伽看着手机屏幕上映出的自己的影子，在想要不要化个妆。

突然，手机振起来，"戚佳雪"三个字在屏幕上疯狂闪烁。

她接起来调侃："戚大小姐还有空给我打电话，现在不应该是音乐节最嗨的时候吗？"

戚佳雪的声音带着浓厚的哭腔："艾伽，周逾生没来，我在门口等了他快两个小时，我不知道还要不要等下去，天好冷，他为什么不来？"

音乐节的位置偏，在市郊的一个岛上，从戚佳雪家过去，地铁转公交车得两个多小时。

艾伽眉头拧起："周逾生没去？"

"嗯，电话也打不通。艾伽你说他不来，为什么还要答应我？"

艾伽问："音乐节什么时候结束？"

"晚上八点开始，凌晨两点结束，我们约好七点半在门口见。"戚佳雪吸了吸鼻子，偏执地又问了一遍，"艾伽，他为什么不来？"

艾伽头疼得要死，她怎么知道周逾生脑子抽什么风，为什么突然放鸽子。

她得先稳住戚佳雪："你想继续参加音乐节，还是先回来？"

"我想和周逾生一起参加音乐节。"她补充道，"你知道的，我期待了很久。"

艾伽知道，就是知道才觉得周逾生够浑蛋的。

"知道了，我帮你去找周逾生。戚佳雪你先进去，别在门口傻等。如果找到他，我押着他去，如果没找到他，我去接你回来。"艾伽进房间，抱着羽绒

窃窃晚风

服往外走，"今天是这一年的最后一天，你开心点，别把不高兴的情绪带到新的一年，这样不吉利。"

电话那头静了几秒，戚佳雪"嗯"了声，说："好。"

艾伽先给周唯宁打了电话，问她知不知道周逾生在哪儿。

周唯宁正在酒吧，听了好一会儿才听清艾伽问的是周逾生："不知道啊，那小子狐朋狗友很多的，跨年这种场合，他怎么可能还记得我这个姐姐。"

艾伽抿着唇，再开口时语气很软："唯宁姐，你能帮我找下他吗？"

周唯宁听出点重要性来："有事？"

"嗯，他放了我闺密鸽子。"

"你等着，我给你找。"

得到周逾生的位置，是在十分钟后。

周唯宁给她发了个定位，然后发了个语音："这小子，中午就跟人喝多了，又喝了一下午，估计早忘了。人我给你找到了，随便你怎么收拾。"

艾伽看着地址，是家 KTV，离她家不算远。

她赶过去，找到包房，里面男男女女十几号人，酒瓶倒了一地，烟味也冲。

看见突然闯进来的艾伽，所有人都盯着她。

艾伽没在意他们，径直找到周逾生。

他喝得有点多，脸上潮红，是他身边的女生先看见的艾伽。

那女生抬眸扫了眼艾伽："你谁啊？"

"艾伽。"

女生"啊"了声。

艾伽又说："我是艾伽。"

周逾生听见了，视线看了过来，发现眼前的人真的是艾伽，问："你怎么来这儿了？"

艾伽嗤笑："还不是你放鸽子，我家闺密可等着你呢，敢情你在这儿潇洒。"

周逾生拍了拍脑袋，仿佛才想起来有这事。

"真喝忘了。"

艾伽懒得和他掰扯："现在记起来就行，赶紧起来，我带你过去。"

走出包厢时，整个屋子都在嘘。

KTV 的大门，正好是两栋楼中间，穿堂风冻得让人发抖。

艾伽低头查了查路线，发现打车去音乐节不堵车，而且比起地铁转公交车用时少了一个小时。

她直接用打车软件叫了辆车。

周逾生斜靠在墙上，目光盯着艾伽。他其实醒了一点，脑子特别清醒，只是身体还歪扭着。

艾伽叫完车后不久，来了通电话。

艾伽盯着来电显示愣了一瞬。

可能是酒精带来的慢半拍，让周逾生眼前发生的事情都迟缓起来。

周逾生眯起眼，细细看着她的表情，从她表情里看到了让他羡慕的东西。他知道此时跟她通电话的人是谁。

艾伽接通说："不去了。"

靳嘉致在电话那头不说话。

艾伽知道靳嘉致生气了："出了点事，这次是我不对，对不……"

"艾伽。"

艾伽歉意的话还没说完，周逾生突然叫她，她转过头看他。

周逾生走过来，指了指路边那辆开着双闪停下来的车："是那辆车吗？"

艾伽看了眼车牌号，点头。

突然，电话那头传来靳嘉致冰到彻骨的声音："你跟谁在一起？"

"走吧。"

周逾生走得东倒西歪，到她身边时更是要倒下去。艾伽下意识拉了他一下。

她清晰地听见，电话那头的那个人呼吸声骤然重了些。

艾伽心口猛地一跳。

"艾伽，你现在和谁在一起？"

静了几秒，风冷得吓人。

艾伽说："周逾生。"

（4）

只间隔了一秒，她解释："是帮戚佳……"

电话被挂了。

她却恍惚中好似听到了季时安的声音：

"靳嘉致，你去哪儿啊？"

艾伽察觉什么似的回头，却只看见了季时安的身影，连靳嘉致的影子都没看见。

季时安用运动会冲刺五十米的速度追了八百米才追上靳嘉致，他气喘吁吁，好一会儿才将气喘平。

"你干吗啊，你不是准备了很久吗？现在不去了吗？艾伽怎么说？"

靳嘉致的脸比这寒潮里的风还冷，他紧抿着唇，不肯说一个字。

季时安叹了口气："艾伽估计就是你命里一劫，也就她能把你气成这样。你说你图什么，非要上赶着找罪受。"

他俩站在风口，头发被风吹得乱七八糟，鼻尖和脸也被冻红。

看他这模样，季时安又笑出声："少爷，咱是看到了，但这样负气就走是不是也太对不起咱这期待很久的小心脏了？您不是很聪明吗？我都看得出艾伽跟周逾生没情况，肯定是有原因的。"

靳嘉致终于说了一句话："有原因就能牵他了吗？"

季时安贱兮兮地笑："我就知道你心眼小。"

他拍了拍靳嘉致的肩膀："那能咋办，肯定有原因啊。"

季时安突然想起来什么："不对啊，戚佳雪不是约周逾生去看音乐节吗？这都几点了，他怎么会在这儿？不会是他放戚佳雪鸽子，艾伽过来捉他吧？这也太人渣了吧。"

季时安越说越觉得自己分析得对，连忙给戚佳雪打了个电话。

戚佳雪那个小可怜，还执着地等着呢，有人来问，她倒豆子一样，又将苦水倒了一遍。

"少爷，这下明白了吧。"

靳嘉致脸色好了点，还是不愿意说话。

车上，周逾生忽然开口："就他啊。"

"什么？"艾伽给靳嘉致发完消息，侧头看向周逾生。

他笑了笑，高深莫测地说："藏在心里的软肋。"

艾伽一怔，扭过头不再理他。

"你原来好那口啊。"

"哪口？"

"好学生乖乖仔。不对，"周逾生突然笑，"斯文败类、假模假样、表里不一、装腔作势，这类成语还有哪些？"

艾伽皱起眉，目光变得不友善起来："不会用成语就别用。"

"你别被蒙蔽了，男人看男人才最准的，那人没那么简单。"

她警告的语气："周逾生。"

"这就生气了？我不也没说什么嘛。"

周逾生酒彻底醒了，他第一次看到这样的艾伽。她听到自己被说得再不堪也没皱过眉头，居然受不了别人负面评价一句靳嘉致。

"他比我还渣呢，你别不信。"

艾伽轻笑一声，态度冷淡："你没资格说他一个字，更没资格跟他比。"

周逾生被气笑："艾伽，你完了，你真的瞎了眼。"

艾伽不再搭理他。

一个多小时的路程，两人再也没说过一句话。

到了音乐节现场，艾伽将周逾生扔下车就准备走人，想了想又不放心周逾生这个人渣，索性跟蹲门口的黄牛买了五十块一张的票，跟他们一起进去听。

听了一会儿，她就觉得烦。

又冷又难听，台上的人她一个都不认识。

还好，戚佳雪被这一闹也没心情再听，三个人又打道回府。

这一晚上可真够折腾的。

艾伽感叹着，打开家门，钥匙顺手放在鞋柜上。

艾翰彬还在客厅，桌上堆了不少酒瓶，他也喝多了。

艾伽今晚不想再应付另一个酒鬼，想避开他回房间。艾翰彬却不放过她。

"你还是女孩子吗？这么晚回来？有没有家教？"

艾伽被当头一训，她耐着性子，想多一事不如少一事。

"不还没过十二点吗？"

艾翰彬指着墙上的钟："还差十分钟。艾伽你是不是觉得你特牛，是这个家的救世主，天天都在心里骂我吧，想着怎么摊上我这个父亲。是不是觉得我拖你后腿了，让你配不上靳嘉致了？"

艾伽深呼吸一口，面无表情地看着醉得不轻的艾翰彬。

"你跟你妈一个德行，嫌贫爱富，我还风光时跟在我屁股后头天天说爱我，

126

结果我稍微遇到点不顺，稍微落魄了些，就立马把我甩了，去跟那个狗屁初恋。你以为你妈真爱那个初恋吗？不就是看人家在国外发展得好，是什么建筑学院名誉院长。其实算个屁，上学的时候那人根本不如我，要不然当初她能跟我？"

艾伽冷漠地打断他："你说完没？说完让我进去睡觉。"

艾翰彬本就控制不住脾气，被她这冷漠的态度一激，更加狂躁起来："你给我滚，一天天摆着个脸，我是老子你是老子？没老子，你都不会活着，你给我滚。"

艾伽看了他一眼，转身就往门外走。

艾伽闷着头走了几步又停下来，脑子里乱糟糟的，今天真的发生了太多事。

明明是跨年夜，明明是节日，为什么会过成这样。

小区里十分寂静，没有一点节日气氛，不知是因为这是年代久远的员工宿舍楼，还是住户大多是老人。

艾伽仰头看着头顶的这片天，黑漆漆的，没有一颗星星，连月亮都被云层遮住了。

还有一分钟就是新的一年了。

她新的一年会更好吗？

最后十秒的时候，她手机忽然响了。

艾伽低眸看着备注的名字，犹豫了两秒，接起。

靳嘉致的声音随着寒山寺新年的钟声一起响起，他说："艾伽，新年快乐。"

艾伽愣了下，转身往后看去。

他正站在身后两米外，穿着黑色的羽绒服，不知在那儿站了多久，脸被冻得又红又白。

"新年快乐。"

她给靳嘉致发了消息，他没回。艾伽还以为他在生气，好一阵又要不搭理她，根本没想到他会出现在这里。

她奔过去，在他面前站定，目光盯着他的脸："你冷不冷啊？"

"冷。"

"那你在这儿傻站着干什么？"

靳嘉致望着她，眼睫眨了下："说好一起听钟声，不能食言。"

"欸。"艾伽忽然想到什么，"那刚刚我回来时你就看见我了？"

"嗯。"

"那怎么不叫我啊？万一我没下来怎么办？"

靳嘉致没说话，双眸看着她。

艾伽想明白了，如果她没下来，他还是会打这通电话，和她说新年快乐，只是不会告诉她，他就在楼下，和她在一起，看同一片天空。

艾伽仰头盯着他忽然笑起来，糟糕透了的心情突然好了。

夜还是很冷很冷，天空还是很黑很黑，依旧没有星星，但刚刚被层层云朵挡住的月亮现在露了出来，发着皎洁又温柔的光。

可她无心去看，她眼前的这个人，比月亮还要好看成百上千倍，不，是成千上万倍。

她要守着这颗明月，谁都不可以玷污他，哪怕她自己都不行。

"我忘带钥匙了。"

艾伽找遍身上所有的口袋，想起自己开门后随手将钥匙放在了鞋柜上，而她出来时被气得忘了这茬。

靳嘉致看着艾伽，艾伽也看着他："血的教训告诉我们，离家出走要记得带钥匙，不然没回头路走。"

艾家的灯已经熄灭了，估计艾翰彬发完酒疯就自己回去睡了，压根儿忘了有她这么个女儿。

艾伽跺了跺被冻得发麻的脚："你说现在怎么办？"

靳嘉致："回我家。"

"你爸妈大过年的也不在家啊？"

"嗯。"

艾伽眼珠子转了转："好像只有这个办法了。"

两人一前一后，脚步声重叠地走在空荡无人的街道上。

艾伽忽然停了下来。

靳嘉致也停了下来。

她目光直勾勾的，带着坏，故意逗他："孤男寡女，你不会对我做什么不好的事吧？"

"不会。"靳嘉致低眸，"我不会做伤害你的事。"

"万一我会呢？"昏暗的路灯下，艾伽见他神情认真，"开玩笑啊，那么认真干吗？”

他目光很深，语气也深："没关系。"

风声呼啸而过，她没听清："啊？"

"我没关系。"

因为是心甘情愿，甚至主动将刀递给你。

艾伽："什么没关系，我有关系。"

两人又继续走起来，走出小区，穿过马路，进入他家小区。

在单元楼那棵树下，艾伽又停下来。

她莫名去看这棵树，想起那几年每年新年他们都会在楼下放烟花，那时候还没烟花禁放，逢年过节可热闹了，家长会答应他们一个新年愿望。

艾伽拉住靳嘉致的衣袖："你新年愿望是什么？说一个我可以帮你实现的，你爸妈都不在家，就姐姐来帮你兑现。"

她指尖很冰，偶尔能碰到他手背上的肌肤，其实他的更冰。

树影被灯光照得斑驳，她就在那棵树下，整个人暖洋洋的，不真切。

靳嘉致看着女孩的笑脸："抱一下我。"

艾伽愣了下："你就这点出息啊。"

"嗯。"

"这有什么难的。"艾伽嘟囔着，就伸手用力抱住了他。

她埋在他怀里，脸蹭着他的羽绒服。过了几秒，她声音有些闷："你怎么不问我有什么新年愿望？"

他听话地问："你有什么愿望？"

"当然是希望我们缺爱的靳少爷新的一年可以收获满满的爱。"

"这不好实现。"

"怎么不好实现？我们靳少爷不是人见人爱吗？"

她笑得太好看，太有感染力，他也跟着笑起来。

她说的都对，靳嘉致点头："嗯。"

"你还承认了。靳嘉致，你还真是一如既往的自恋。"

他不想要人见人爱，只要眼前的你满满的爱就足够。

(5)

元旦假期一过，就开始了紧张的期末复习。高一这次期末是全市统考，各科老师更是打起十二万分精神，进行变态复习。

直到考完，学生们才觉得又活过来。

寒假也并不轻松，卷子、练习册堆得比山还高，美其名曰还说预防他们心玩野了。

艾伽一如既往忙着拍摄赚钱，有空就待在家陪奶奶。

戚佳雪期末成绩不错，终于逃过了补习班，跟着父母出国旅游了。

季时安没逃掉，他家里想他大学出国读，所以为了能申请到更多更好的学校，将他的课程安排得很满。

靳嘉致家的安排其实差不多，但今年寒假却格外沉寂，连靳嘉致本人都不常出现，仿佛突然人间蒸发一样。

艾伽直到春节都没看见靳嘉致，掐着点给他发了个"春节快乐"他也没回。问季时安也问不出个所以然来，她还想靳嘉致是不是发生什么事了。

但等到长荣开学那天，他又如往常一样，出现在校园里，除了比之前更瘦了一些，没有什么区别。

新的学期新气象，不变的是每周周五的周考和雷打不动的月考。

艾伽总觉得这学期的靳嘉致特别沉默，他虽然本就话少，但不是这样的。

他特别忙，被各科老师抓着准备竞赛，连课都不常上，不是在实验室就是在竞赛组里。

"没事吧，我看他挺好的，我听老陈（数学老师）天天炫耀呢，说靳嘉致今年肯定能进省队。"

课间，季时安回头和艾伽闲聊："你说我要不要也去试试竞赛？我感觉挺帅的。"

艾伽翻了个白眼："你又犯什么病？？"

"干吗只有我们靳少爷能去啊？"季时安忽然摸着下巴笑，"栗念瑶，怎么样？"

艾伽跟不上他的思路："什么怎么样？"

"名字啊，是不是一听就是个美女？"

同桌苏欣怡听说过栗念瑶："高二的级花，很厉害的学霸，去年好像失利了，没进到省队。"

"学霸那就更看不上你了。"艾伽乐于打击他，"她看上靳嘉致的概率比较高。"

季时安挑眉，嗅到什么，盯着她："那你不伤心啊？"

"滚。"

艾伽余光看到辜雨，忽然问："她和咱们班长是一个类型吗？"

季时安正是上头期，语气夸张："根本没得比。"

苏欣怡比较公道："不一样的类型，辜雨是楚楚可怜，栗念瑶是温柔优雅。"

艾伽撑起下巴："那她有的忙了。"

辜雨确实挺忙的，但她忙碌的对象并不是栗念瑶。

艾伽没过两天又被叫去办公室，这次不是林风的办公室，而是教导主任的。陪着她一起进去的正是她的班主任林风。

艾伽不知道前因后果，听着教导主任训了半天才明白怎么回事。

说她和职校小混混在谈恋爱，还夜不归宿，作风不检点，并且还一一列举了她在校内校外的不良事例。

艾伽态度很好地听完："校规没规定学生不能成网红、不能兼职吧？"

教导主任一愣："是没有。"

"那我有什么错？"

"什么？"教导主任被她的态度弄得眉头微皱。

艾伽深吸口气看向教导主任："老师，我没有做任何违反校纪校规的事，请您相信我。"

林风在一旁再三帮她保证，教导主任才勉强相信，让她先回去。

艾伽想了想这事觉得有点奇怪，自元旦之后她和周逾生见面都少，怎么还会有这种传闻。

回到教室，班级里同学看她的目光都变了。

之前也有过这类传闻，那时大家最多是学习之余的谈资，但这次明显不同，眼神里有鄙夷、厌恶，甚至都避开她。

苏欣怡刚将匿名墙的帖子翻给她看，戚佳雪就从隔壁跑过来了。

艾伽看了看，帖子上贴了几张照片，分别是周逾生晚上来学校接她，早上送她来学校。这都被贴过，但有几张新的，是在粥店门口和在粥店里用餐，照片还带到了墙上的钟，清晰地拍到了"06:09"。

艾伽看向斜前方的辜雨，辜雨坐得端正，并没有参与别人的讨论，认真地在做题。

除了这些，还有她和周逾生跨年夜在 KTV 门口的照片，拍得很暧昧，真像是亲密抱在一起。

发帖人说故事的能力很强，凭借这几张照片，就能串起来，将她塑造成一个为了钱和小混混勾搭在一起，贪图人家人脉混成网红的故事。

戚佳雪满脸着急："艾伽，你还笑啊，好多人都信了，而且这个人好多新照片，感觉在故意整你。"

"嗯，这么费尽心思，她对我还真执着啊。"

戚佳雪都快急死了："那现在怎么办啊？"

"我想知道，她突然发疯的原因是什么。"辜雨有不想曝光的秘密，在她手里，为什么要这么想不开来招惹她？

事情越演越烈，匿名墙上每天都有新照片，每天都有新故事，甚至不少人跟风编故事，一份真里夹着九分假，但在别人眼里就成了真的。

说她霸凌女同学，说她耀武扬威，说她和男生说话发嗲和女生说话就变成另一种声音……

第二天，艾伽来学校，班级里除了苏欣怡、季时安，其他人已经都不和她说话了。

艾伽从卫生间出来，几个女生准备进去，本来说说笑笑，看见她立刻将笑脸收起。

"勾引男生就算了，还欺负威胁同班女生，真不要脸。"

"人品真差，长荣有你这种人，真是对不起千年学府的名声。"

"学校怎么回事，还不把她开除。"

艾伽乐了，给她们提建议："要不你们联名上书？"

实验楼三楼的走廊尽头。

七班今天下午第一节是物理课，下课后辜雨没走，因为她看见了一个人。

靳嘉致百忙之中抽空来找她，这里很空旷，除了他俩没有别人。但靳嘉致还是没有完全看她，声音更是冷漠："把帖子删了，并发一篇道歉声明，把事情说清楚。"

辜雨望着他，他身上的不近人情让她无比受伤。纠结了许久，她问了一直想问的问题："那时候你为什么要帮我？"

靳嘉致终于看向她，天空晴转阴时，他明白了她问她这个问题的含义。

辜雨不喜欢他的眼神，让她觉得自己好像渺小到微不足道。她永远忘不了

窃窃晚风

那个阴雨绵绵的雨夜，他的一个举动都是她心里私藏一辈子的温柔。

"那时候的我被孤立被欺负，是你让我走出来的。"

他声音很淡："我没有让你成为她们。"

辜雨情绪崩溃地大喊："只有这样我才能不被欺负，才能站在你面前。"

云很厚，阴得厉害，好像要下雨了。

辜雨激动地证明自己没错："我不变得和她们一样，怎么能战胜她们啊。"

靳嘉致没再说话，他知道太多屠狼少年最后变成恶狼的故事。

辜雨不知道他的想法，只觉得他偏心过甚。她和艾伽有什么不一样呢，她们家里都穷，甚至都虚荣。

"你天生就那么厉害，那么光芒万丈，所有人都围着你转，你怎么知道我过得多辛苦。你眼里只有艾伽，明明她和我根本没什么区别，我们都在努力活着，都是不完美的。为什么你能包容她所做的任何事情，却逼着我去道歉，凭什么？"

"她不会。"雨在这几秒突然倒灌下来，从实验楼回去的学生没防备被淋了个正着，靳嘉致看见艾伽也被淋湿了，她撑着校服外套带着苏欣怡在跑。

他烦闷的心情好了点："她从来不会做这种事，她知道照片是你拍的，她有说吗？这就是你和她的不同。"

靳嘉致说完准备走，想到什么又停下脚步："如果那天看到你的是她，她也会帮你。这和圣母心无关，只是有个最基本的共情能力。我每次看着她都在想一个问题，人和太阳的相对位置是不是不那么容易改变的。你所认为的光芒，可能都只是我在追光。"

雨越下越大，天彻底黑下来。风很潮，空气很潮，她的心和眼睛也很潮。

辜雨站在原地，看着靳嘉致越来越远的背影，脑子里是他最后的几句话。

她没明白。

但她知道，那个雨夜让她一见钟情的男生，永远不可能是她的了。

又或者，从一开始，他就是别人的。

（6）

这件事最后以辜雨在匿名墙发表道歉声明而结束。

日子又恢复到以前一样，靳嘉致忙着竞赛，艾伽在网红圈越来越有名气。她自己心里有数，现在钱存得差不多了，就会将兼职的频率降下来，多练习画画和刷题。

一晃眼，居然又期末了，时间总是经不起推敲，眨眼即逝。

夏天又来了。

烈日当空，蝉鸣声不绝，讲台上老师讲的课依旧让人昏昏入睡，坐在窗边的艾伽，被阳光晒得心不在焉，正在削铅笔。长荣虽然不是艺术高中，但对于艺术生还是很重视，有负责专业课的老师还有课程，期末了也得交作业上去评分。

铅笔削到一半时，教室的门突然被敲了下。

艾伽抬头看了眼，全班的目光都看了过去。

没有生机的闷热下午，因为一个很久没出现的人重新注入了活力。

靳嘉致也看了过来，越过众人，目光落在了她身上。

分神的瞬间刀片刺进肉里，指尖蓦地一痛，血珠滚了出来，艾伽收回视线连忙抽出纸巾捏住伤口。

"初赛已经结束可以回来上课了？"看到靳嘉致，老陈在讲台上问。

靳嘉致略微点头，走回自己的位置，路过时看了眼艾伽被纸巾包着的伤口，又抬起眸看了眼她。

艾伽没看他，专心地在看黑板上的题。

下课铃终于响起。

她快速站起身来，捏着伤口往外走。

靳嘉致也跟着走了出去。

两人的目的不同，一个去了卫生间打开水龙头简单地冲洗了一下伤口，另一个去了楼下的小卖部。

校园里的大槐树正值花期，茂盛的枝丫蔓延到三楼的走廊上。艾伽跑过的时候蹭到长出来的树枝，稍稍一动，白色的花瓣落了下来，细碎的花瓣和少女融为一体，带着夏天特有的香气。

靳嘉致就在她身后，他的目光从她的脸上慢慢移到她右手的食指上，伤口外露还发白，依稀可见深处粉红色的肉。

"艾伽。"他突然叫住她。

艾伽愣了下，然后慢慢抬头看他。

四周人群嘈杂，今天格外热，高温逼得人心情烦躁，知了没完没了地叫着，背后的汗似乎更黏稠了些，但这一瞬间，大脑似乎停止运转，艾伽现在看着他，才发觉原来他们已经快两个月没见了。

"干吗？"

靳嘉致从口袋里拿出一个东西，就站在那儿动都没动，将东西丢给她。

艾伽下意识接住，是创可贴。

她手指不自觉用力捏着创可贴，抬头看去，他又将目光落到别处，错身越过她，回了教室。

仿佛刚刚的一切都没有发生过一样。

靳嘉致在教室里待到了期末考试结束，正式进入暑假后，他又不见了踪影。季时安说他天天被关在学校刷题准备联赛，说完自己也被送去上雅思，谁都在忙碌。

高二分科，他们四个都选了理科。

艾伽和戚佳雪一个班，靳嘉致和季时安还在七班，高二的节奏明显比高一快多了。

9月中旬的时候传来靳嘉致进了省队的消息，校门口挂上了横幅，但他人没出现。

老陈说他现在在参加京大的金秋营，已经签约无条件约，上京大已经是板上钉钉的事情。

他言语之间都是自豪，台下的同学们十分羡慕，这才高二刚开学，金字塔顶尖的人已经完成了两年后的梦想。

苏欣怡小声说："靳嘉致真的好厉害啊。"

艾伽点点头，她撑着下巴，思绪有点散。靳嘉致当然厉害，从小就是他们仰望的人。

"你想上什么大学？"苏欣怡问她。

艾伽说："京大啊。"

苏欣怡笑笑："我也想，谁不想啊，但我这种小虾米还是有自知之明的，保证自己考上一本就好。"她想到什么，"京大的美院是不是很好啊？艾伽你画画那么好，肯定能考上的。"

艾伽收回思绪，低头做题："我也觉得。"

高二寒假时，靳嘉致在冬令营进行决赛。艾伽结束拍摄回来时，路过四季苑。她远远看向那栋楼，发现他家的窗户是黑的。

艾伽觉得奇怪，总觉得他们家的关系好像一年比一年差，之前还能偶尔看到他的父母，这两年好像几乎没见过。

靳嘉致好像自从高中以后就是一个人在生活。

"你过年还回来吗？"

季时安打电话过来时，靳嘉致刚下飞机。机场外倾盆大雨，他戴着耳机站在行李区，手上动作不停地在刷地图动态和打车等候时长。刷了几次，地图上所有的路都是红的，等待的时间也越来越长。

他拧起眉："已经回来了。"

"啊？今年不去陪你爷爷奶奶？"

季时安对于他家的事知道得比较多，靳嘉致父母早就面和心不和，逢年过节也不打照面，靳嘉致这几年过年都在国外爷爷家过的。

"不去。"

季时安想到什么："你不会是想和艾伽一起过吧？"

靳嘉致抿了下唇，没出声。他看到订票软件上，另一个站点有动车票回苏城。只不过距离这儿需要坐四十分钟地铁，他立刻买了下来。

季时安知道自己猜对了："她今年挺乖的，兼职虽然忙但课上得也挺认真的。"

靳嘉致"嗯"了声，说："她一直都很乖。"

"啧，行了，我不想听。"季时安摸了摸身上的鸡皮疙瘩，"你不是不打算学理科吗？干吗还累死累活去拼奥赛？"

"我有强迫症。"

"啊？"

靳嘉致等到行李，拖着行李走到机场专线的地铁入口，不咸不淡地继续说："做什么都要做到最好，拿到第一。"

"那你打算和艾伽就这么不远不近地耗着吗？"季时安感叹，"你真是不容易，这么久了还没熬出头。"

机场线本就人多，因为雨天的缘故，更加拥挤，大包小包将车厢塞得满满。

靳嘉致站在靠车门处，车窗上的玻璃清晰地照出他的脸。他旁边有几个女生，拿着手机在偷拍他，动作有些明显。他没在意，结束和季时安的通话，打开微博，刷了下艾伽的主页。

这是她的营业号，名字叫"阿伽"，她画画营业也是用这个号，懒得很。

她更新的频率不高，除了更新推广的产品，偶尔会拍几张照片和扔几张最近的画上来。

靳嘉致给她设置的是特别关注，哪怕没更新，他每天也会看一遍。

很巧，他刚打开系统就推送了新消息，艾伽刚发了一张她拍的照片。

昏暗的巷子里，她站在唯一的一盏路灯下，怕冷地穿着长长的羽绒服。

好久没见，她头发长长了不少，发丝随意散着。四周太暗，她逆光站着，看不清她的脸，只能看见她仰头笑着的眼睛和嘴角。

靳嘉致看了会儿，将照片保存了下来。他想了想，又将照片设置成微信聊天的背景图。

"你也喜欢阿伽呀？"站在旁边的女生不经意看到了他的操作，下意识就问了出口。

靳嘉致看了她一眼，点了下头。

"我也好喜欢她，我感觉她好有自己的风格。现在的网红啊，特别有替代性，好像每个人都千篇一律的，但是阿伽不一样，她有种特别的调调，独一无二。而且她画画超级好，听说是专业的美术生，我也好喜欢她的画风哦。阿伽真的是个超级宝藏的小仙女。"说起自己喜欢的博主，女生滔滔不绝起来。

靳嘉致耐心地听着。

女生意识到自己话多，连忙止住，又好奇地问他："你欣赏阿伽什么呀？"

"欣赏她整个人。"

女生愣了一下，笑起来："哇，那你真的很欣赏阿伽了。"

他很诚实地道："嗯。"

女生还问："你什么时候开始关注她的呀？"

她本来以为阿伽这种博主，粉丝都是女孩子，没想到眼前这个看起来淡淡高冷的男生也会喜欢阿伽。

其实从他一进地铁，她就注意到他了，因为他实在是太出众了，虽然围巾遮了半张脸，但露出来的眉眼已经足够精致漂亮。

她身边的朋友还说要不要试试隔空投送向他打个招呼，但搜索了一圈，发现他并没有开。

她俩正面对面互相发消息，研究怎么搭讪，她就看见了男生打开了阿伽的微博主页。

啊，原来这种看起来无比清高的帅哥也是喜欢网红美女的。

于是她找到了话题。

可和她想象中的不太一样，他对阿伽好像不是简单的对网红的欣赏。

男生说起阿伽时神情明显不一样，对，本来冰冷的表情柔和了许多，眼睛里似乎也带着爱意的小星星。

"九岁的时候。"

她回神："啊？"

等她还想再问，他却拎着行李箱下车了。

她拽了下同伴的手，不可置信地问："他刚刚说的是九岁的时候吗？"

"嗯。"

"那他们是现实中认识的啊。"

"应该是吧，感觉他年纪不大，可能和阿伽是同学？"

忽然，同伴刷到什么，连忙将屏幕移来。上面是一个男生穿着校服的照片，新闻的标题写着"喜讯，长荣学子在中国数学奥林匹克冬令营（CMO）中获得金牌，并入选国家集训队"。

"刚刚那男生是照片上的这个吗？"

女生迟钝地点点头："是的。天哪，现在学霸都长这么好看的吗？"

"我更后悔刚刚没厚脸皮去要联系方式了。"

"别想了。"

（7）

飞机转地铁，地铁转动车再转地铁才终于到达。

靳嘉致拖着行李箱，走到了佳安新村，快到艾伽家楼下时，他看到了一个人，不知为什么要出现在这里的人。

…………

"艾伽。"

周逾生刚离开，艾伽便听到一个熟悉的声音。

靳嘉致？

艾伽有些意外，她抱着手里刚刚周唯宁让周逾生送过来的年货跑过去。

靳嘉致脸色阴晴不定地看了看她怀里大包小包的东西，视线又看向她的脸。她不太爱笑，但只要一笑就特别好看，眼睛弯弯的，又甜又勾人。

真烦她对别人笑。

他离开的这段时间，又有多少人出现在了她身边？

靳嘉致皱起眉，心口又酸又涩。他一向理智，再难的题目，再复杂的关系，都能看清理清。只是面对她时，再聪明的人都会变蠢。许多事情，他明白，但他就是看不清。

艾伽看到他似乎很惊喜。

靳嘉致一瞬不瞬地盯着她，隐忍的情绪终于失控。

"我实在忍不住了。"

他张口才发觉自己声音哑到撕裂，但他不想再顾虑什么。他知道界限在哪里，也知道什么更重要，但是这种感情没分寸。

四周突然静了，万物都停滞了。

艾伽仰头看向他，语气如常："你这么沉不住气？"

她说完，靳嘉致就笑起来："他接你上下班，接送你上下学，陪你拍摄，陪你吃早餐，这些我都忍了。艾伽你讲不讲道理，你说让我等一等，我等了。但你知不知道我有多嫉妒，他做了所有我想做的事情。为什么他可以这样在你身边，我不行。"

冬令营地点在长沙，靳嘉致闭营后订了最早的一班飞机。可人算不如天算，到达城市下暴雨无法起飞，晚点了六个小时。飞机到了后因天气太恶劣车也打不到，他搭地铁转到另一个火车站，才坐上车赶了回来。

他第一时间就想见她，可却看见了周逾生在她家楼下，两人有说有笑亲昵的画面。

靳嘉致脸色白得可怕，眼下的黑眼圈更是骇人，他情绪明明是封闭的，但还是让人能感觉到他难过又愤怒的复杂心情。

苏城的雨也刚停，他们脚边就是水洼，寒风里夹着潮气，更加冻人。

艾伽知道他气什么，立刻解释："你误会了，是唯宁姐让他送来的东西。"

她抿了下唇，看向他，对他说她和周逾生的关系："我们只算是朋友。"

其实她没懂靳嘉致在气什么，他真的压抑太久了，许多事情忍太久。今天的事情只是一个契机，他很少说有多喜欢她，也很少能和别人谈起。今天在地铁上还是第一次向外人说起，连季时安都是自己发现后主动来和他调侃。

可他不说，她知不知道这个不说有多难。

瑟瑟的冷风一阵一阵，吹得树叶"唰唰"作响。寒冬的夜晚，小区里十分空荡，风声回荡，有种孤寂感。

靳嘉致消瘦冷白的脸被吹到红，在这样的寒夜里更让人心疼。他漆黑的双眸看了艾伽一眼："谁要和你做朋友？"

艾伽眨了下睫毛。

下一句，他的话锋更加讽刺起来："他还是我？"

她还没回答，靳嘉致就冷着脸走了。

这天是这一年最冷的一天。

今天以后，他们也变冷了。

窃窃晚风

第五章

[祈祷今夜星星永不熄灭]

(1)

"离婚可以,我不需要房子车子,我要事务所上市后 20% 的股份。"

除夕夜,靳嘉致家客厅内只开了一盏不太亮的台灯。向宛之和靳修晔面对面坐在餐桌两侧,桌上没有年夜饭,只有一份冰冷的离婚协议。

靳修晔皱着眉:"说点现实的。"

"怎么不现实,事务所现在是上市关键时刻吧?如果这时候放出你和你秘书的婚外情,应该很受影响吧?"向宛之的声音十分冷静,她已经从丈夫出轨的事实里醒过来,她受过高等教育,一向自视过人,现在虽然感情挫败,但她更知道如何为自己争取更多。

"事务所是我和你一起创办的,按照现在的比例,上市后你持股 52%,我从你的里面分不到一半,已经很厚道了。"

两人谈得不投机,靳修晔态度强硬,其他的都无所谓,但在持有股的比例上,他不肯让步。

一起生活这么多年,向宛之自然知道他的弱点在哪儿。

"我倒是无所谓,就是你家秘书的肚子能等吗?"

向宛之说完这句话,靳嘉致打开房间的门,走到冰箱拿了一瓶矿泉水。他没什么表情,似乎这对因为离婚撕破脸皮,为了利益互相攻击的人不是他父母一样。

靳修晔看了眼靳嘉致："竞赛那种东西，适当参加就行了。签了京大为什么不和我商量？我计划是让你出国。"

靳嘉致淡淡地扫向他："你的计划和我无关。"

"你这是做什么？不去教育资源最好的地方发挥你的作用，反而在国内浪费时间。"

向宛之嗤笑一声："你不是马上就要有一个孩子了吗？你换个人培养呗。"

靳嘉致不参与他们的话题，他俩这种情况，已经持续两三年。

他懒得理。

他刚要走进卧室，向宛之叫住他。

靳嘉致回头看她。

"你看你无论怎么做，你爸也不会满意，他的心和爱早就不在这里了。"

静了一秒，靳嘉致忽然勾唇笑，他的眸光被冷色调的灯光衬得更冷："你也一样，你俩挺配的。"

他们夫妻俩，哪个不是拿他做商品？

需要的时候，将他放到货架上炫耀；不需要了，就将他扔到一旁，多看一眼都觉得没必要。

你看，谁还记得今天是除夕。

靳嘉致将自己扔到床上，目光呆滞地看着天花板。

手机一直在响，一条接着一条都是拜年的信息，他没去看。

他觉得真是没劲，期待了很久的春节也不过如此。

高二下学期，艾伽和靳嘉致没说过一句话，偶尔在校园里碰到，都将对方当作陌生人。

季时安几次欲言又止，他心里觉得靳嘉致苦，却又无法埋怨艾伽。

到了夏天刚放暑假，艾伽就去画室集训了，整个暑假都不见人影。

春去秋来，寒来暑往，高三很快就到了。学校又进行了一次分班，这次靳嘉致和艾伽又分到了一个班。

比起其他人紧张的高三，早早拿到顶级大学入场券的靳嘉致轻松了许多。

可能不是轻松，而是他迎来了迟来的叛逆期，他好像彻底放弃了自己。

"艾伽，你最近都在外地集训吗？"

艾伽接到戚佳雪的电话时距离高考还剩不到两百天，她在海城集训还没结束。

戚佳雪好像慌得要命，天塌下来了似的。

艾伽在卫生间洗笔，问："怎么了？"

戚佳雪鼻音很重，哭道："艾伽，靳嘉致好像不一样了。"

"怎么不一样了？"艾伽擦了擦手，"是不是高三压力太大了，谁都会变得有点……"

"不是的，艾伽，靳嘉致他三天没来上课了，学校今天给了处分通告，特别严重。你不知道，前两天摸底考成绩出来，他从高中开学以来第一次不是第一，不仅不是第一，而且还掉出了百名榜，甚至连去年的本科线都没摸到。他不在家里，季时安也找不到他。"

艾伽一整个暑假都在外地集训，和他们许久没见了，自从去年寒假的那场不欢而散的吵架后，就没再联系，根本不知道他发生了什么。

"暑假的时候，他就有点不对劲，天天和季时安在外面玩，玩到后面季时安家里都着急让时安收心，靳嘉致家里却没管他。艾伽，你说靳嘉致到底发生什么事了？哪怕他签了京大也不能这么放松啊，他还是要参加高考，得考到本科线啊。"

艾伽手指抠着手机壳，声音很低："我也不清楚。"

戚佳雪情绪崩溃，大哭起来。她本来就很情绪化，几个朋友在她心里高过一切。她想起今天路过教室办公室，听到老师们的对话，他们说靳嘉致再这样下去可能连普通大学都考不上，还说天才都容易这样，哪个环节不对了，就突然崩盘。

她嗓子发哑地问艾伽："你说靳嘉致，他是不是要毁了……"

"不会。"艾伽立刻反驳，手指抠手机壳的频率却变快，她的心乱糟糟的，且她在外地，根本不知道到底是什么情况，"靳嘉致怎么可能会毁掉，他就应该是天之骄子。"

戚佳雪抹了抹眼泪，"嗯"了声："你说得对，我们都可以平庸，但靳嘉致天生就该高高在上。我去想办法找他，艾伽你也想想办法。"

"好。"

打完电话，艾伽整个下午都集中不了精神，画板就在面前，可怎么下笔都不对，连老师都看出她心神不宁。

晚上时，她给戚佳雪打了个电话。

戚佳雪刚下晚自习，和季时安在一起。她声音很没精神，又细说了下这几个月发生的事情。

艾伽抓到一个关键点："他家出什么事了吗？"

"他爸妈好像离婚了，他爸好像出轨被曝光了。你上网吗？当时热搜都爆了，顶尖建筑事务所内幕不雅照，都传疯了。"

艾伽突然想起，八月有放几天假，她回家了一趟，当时好像看见了靳嘉致。

"我在画画准备艺考，每天都像在军训。"

戚佳雪"唉"了声："然后他妈直接搬走了，他爸也不回来，他家就只有他一个人了。说起来他也挺可怜的，我和季时安听到过他妈骂他，说他除了会考第一，其实一无是处，冷血又自私。"

说到这儿，戚佳雪觉得可笑："考第一这事，不本来就是他们要求的吗？我们谁不知道，靳嘉致的爸妈眼里只有成绩，好像靳嘉致就是他们炫耀的工具一样。如果我是靳嘉致，我早疯了。"

艾伽浑身发软，眼前浮现那晚的靳嘉致。

她总觉得自己忽略了什么，那天她赶着和奶奶逛街，所以擦肩而过时连余光都没给他。

戚佳雪仔细地说着经过，她听不进去，最后只听到戚佳雪叫她，用一种不敢置信的语气："艾伽！"

"啊？"

戚佳雪看着一条街外的那个人，喉咙被风吹到干涩。

"靳嘉致可能真的变坏了。"

艾伽待不住，当晚和老师请假说要回家一趟，老师苦口婆心说距离艺考没多久，不能在这种关键时刻放松。

她眼尾很红，老师被她吓到，从来没见过她这个模样。

"怎么了，是家里发生什么事情了吗？"

艾伽点点头："老师，两天，两天后我肯定回来。"

老师不好再说什么。

艾伽飞快地跑回酒店。海城离苏城不远，但交通不是很方便，高铁票已经没有了，她买了最近的大巴票。

五个小时的路程，从天黑到天亮，她赶在早自习之前，赶到学校找到戚佳雪。

戚佳雪惊呆了，跑过来抱着她就哭。

"别哭了，人找到没？"

戚佳雪给她买豆浆和包子，正在付款的手顿了一下："找到了。"

艾伽拿过包子咬了一口："变坏了是什么意思？"

戚佳雪眼里都是失望："你知道我昨晚在哪里见到他的吗？"

"哪儿？"

"网吧楼下。"戚佳雪声音拔高，"艾伽，他完全像变了个人，他身边都是小混混，他还给他们买东西，做他们的钱包。"

艾伽抿着唇，不信道："不可能。"

"真的，季时安也看到了，他去找靳嘉致，靳嘉致根本不搭理他，季时安气得打了靳嘉致一拳，却被靳嘉致身边的混混给打了。"

"不可能，别编了。"

"真的。"戚佳雪眼泪又要掉下来，她真的难过，"我不想他这么堕落，可是艾伽我们到底要怎么救他？"

艾伽三两口将包子吃完，又一口气把豆浆喝了："网吧地址发我。"

她真不信靳嘉致会做这些事，他出了名的干净，他再放弃自己也不会变成那样的。

艾伽拿着地址找到那家网吧，想进去找，可是被前台用不到十八岁不得入内的理由阻挡在外。

她看着前台："你这儿这么正规？"

前台气笑了："怎么了小妹妹，你说说我这儿哪里不正规了？"

艾伽不跟对方抬杠，她往四周看了看："就这一个门？"

"嗯。"

艾伽点点头，就在楼下等着，一等就等了一天，她给靳嘉致打了无数电话，他都不接。

戚佳雪又给她发了学校对靳嘉致新一轮的处分，他向来是老师们的宝贝，要不是真的过分，学校哪舍得这么对他。

【戚佳雪：怎么办，艾伽，靳嘉致要再不来上学，是不是真的会被退学啊？】

【艾伽：知道了。】

她蹲得腿都麻了，楼上下来几个染着黄毛，一看就流里流气的小混混。

"这妞不会也是来蹲靳少爷的吧？"

"这才几天，这些女的真花痴。"

其中一个上前来，踢了踢艾伽的脚："喂，妹子，别等了……"

艾伽抬起头。

几个小混混看见她的脸，被惊艳到。

她皱眉问："靳少爷，是靳嘉致吗？"

"对。"

"别蹲了，今儿他不在。"

艾伽眉头皱得更深："他在哪儿？"

那个小混混盯着她，心痒痒的："别找他了。人家是靳爷，眼高于顶，就算下凡也看不上别人，不如跟我，你看看哥哥我长得也不差啊。"

艾伽脸沉下来："他真跟你们混？"

"这话说得，我们可都是靳爷的死党兄弟。"

艾伽心情不能用恶劣来形容，她脸色黑得能滴水，又问了一次："他在哪儿？"

小混混还以为她质疑他们和靳嘉致不熟，随口就答："家呗。"

艾伽站起来，往马路边跑，拦住一辆出租车，飞快地赶到靳嘉致家。

她在大巴上五个小时都没睡着，脑子里都是戚佳雪那句——"靳嘉致可能真的变坏了。"

怎么可能呢，他可是明月，怎么可能会被玷污。

十一月末的苏城，温度已经很低，晚上风很凉。

艾伽走得匆忙，随便套了件衣服，连一件厚外套都没拿。

下了出租车，她脸熟，小区的物业没拦她。她跑得很急，路两边的落叶打下来，刮到脸上也不觉得疼。

这么多年了，这个小区从当初的新贵楼盘熬成了老牌豪宅。她在这里长大，和他一起长大。

艾伽用力敲了敲他家的门，怎么拍都不开，惊动了对门 301 的邻居。

对面门打开时，她有一瞬间的恍然。

"小姑娘别敲了，他们好像出去了。"

艾伽快速眨眼："他们？"

"是啊，好像一男一女，和你年纪差不多。"

艾伽脑子"嗡嗡"地点了下头，心跳得很快。她走下楼梯，准备在单元楼门口等他。

她心里有千万种预设，甚至给戚佳雪发了信息，问靳嘉致是不是谈恋爱了。

戚佳雪还没回，他回来了，身边跟了个女孩，是辜雨。

靳嘉致看见她很平静，甚至冷淡："你怎么在这儿？"

艾伽盯着他，又看向辜雨，忽然笑了，不知是对他失望太多，还是觉得自己太过可笑。

她本想无论他多浑蛋，打他一巴掌，不行就多打几巴掌。

可眼前的靳嘉致……

她知道了，戚佳雪说的变了。

他还穿着和平日一样风格的衣服，但整个人太颓了，眉宇之间又丧又冷，骨子里浸出一种让人心寒的坏。

辜雨对她的到来十分意外，脸上的表情变了又变。

靳嘉致低头和辜雨说："你先走。"

辜雨犹豫地看了艾伽一眼，又将目光停留在靳嘉致身上，十分不舍。

艾伽气笑了。

树下只剩下他们两个人。

"靳嘉致，你知不知道你在做什么？"

靳嘉致无所谓地"嗯"了声。

艾伽看了他几秒，控制着自己的脾气："我知道你心情很差，你做什么都行，你能不能别这样。"

"哪样？"他突然问。

她仰头看着他，发现自己已经不记得他什么时候变得这么高了。

他扯唇露出几分嘲讽的笑意："我又不是那种品行端正的好学生，你不是知道吗？"

"所以你就逃课，去网吧，和小混混为伍，还谈恋爱？"

不知道为何，听到最后三个字，靳嘉致的表情变了一下，流露出一丝受伤。

艾伽不明白，以为自己看错了，只记得他再不回学校，就要被退学。

"你现在谈恋爱你幼稚不幼稚？"

他每次都很奇怪地抓错重点："你觉得我喜欢她？"

艾伽不知道，也不想知道："你以为你现在的爱情能天长地久吗？你别那么……"

她这次确定不是看错了，他整个人都散发着受伤的信息，脆弱得好像一碰就碎，半年前的意气风发仿佛被一夜之间蒸发殆尽。

艾伽心又软了，无论他做什么都应该被原谅，本就应该人人都爱他。

"靳嘉……"

他望着她，眼底都是她看不懂的情绪。

"我爱一个人，就会一辈子。"

他说得太认真了。

风都静了下来，两人僵持了几秒。

靳嘉致觉得烦，想要走。

艾伽拉住他："你明天去上学。"

他不耐烦："你凭什么管我？"

艾伽话比脑子快，理所当然地回："我怎么不能管你？"

他回头垂眸看她，笑了："你是我的谁？"

顿了一秒，他的目光还盯着她。

"说说看。"

（2）

"嘉致，人走了。"辜雨从单元楼里走出来看着靳嘉致。

靳嘉致静了两秒，皱眉："叫我全名。"

辜雨愣了下，抿了抿唇，眼里都是不甘心："她根本就不知道你真实的模样。你想过吗？她如果全部都知道了，她能接受吗？她会不会离你更远？"

艾伽就是身在福中不知福，她算什么东西，凭什么啊。

她攥着手，目光紧盯着面前的人。

她知道靳嘉致没来上课，专门请假来找他。为了能跟着他，她又撒了谎，说她和父母吵架，离家出走无家可归。

为了增加可信度，她还自己打了自己几巴掌，让脸上有印迹。自从那次匿名墙后，她一直很老实，不做小动作，专心上课。她渐渐明白靳嘉致说的不同，她在努力让自己变好。

可她还是不明白——

148

"我比艾伽差在哪儿？"

她问完，靳嘉致突然笑了："我也想知道我差在哪儿。"

四周的风更大了，明天也许会有一场暴雨。

他仰头看着头顶，眉眼被夜幕笼罩得更冷。

气氛停滞了几秒，他忽然问："你还离家出走吗？"

辜雨一愣，明白了他的拒绝，狼狈地走了。

靳嘉致一点反应都没有，慢吞吞往楼上走。

家里空荡荡的，空气都泛着冷，他没开灯躺在沙发上，手机在裤子口袋里振个不停，他觉得烦，扔在茶几上。

消息不停地在屏幕上刷新。

靳嘉致没看，他闭上眼，在想今晚能不能睡着。

风更大，将窗户吹得丁零当啷，就在他宣布睡眠失败，准备去找药时，门铃又响起。

靳嘉致没开门，对面的邻居被敲得不胜其扰又打开门，看见还是艾伽。

"小姑娘，已经大半夜了，你能不能别折腾了？"

艾伽态度良好地道歉，又是鞠躬又是说对不起。

邻居被闹了几次，脾气不太好："你再这样，我叫物业了。"

艾伽也很苦恼，可她必须要见到靳嘉致啊。她在想是和对方沟通还是直接叫开锁公司比较好。

就在这时，身后的门打开了。

靳嘉致伸手拎住她后领，稍稍用力将她拎进来。

下一秒，关门，把邻居气了个够呛。

艾伽下意识伸手去够他的手，过一秒才说："你怎么不开灯啊？"

靳嘉致将她放下，冷淡道："停电了。"

艾伽"哦"了声："辜雨呢？"

他没说话。

"不会睡你房间吧？"

她说着就要摸黑去找，手腕被扣住，黑漆漆里看不见他的表情，可是能感觉到他声音里的情绪："你来干吗？"

"我没和奶奶说我回来了，今晚住你家。"艾伽忽然抓住他，又俯身靠过来。

靳嘉致鼻息间都是她的气息："干什么？"

艾伽终于碰到他的额头："别动。"

她更靠近了些："你发烧了。"

靳嘉致被按在沙发上。

他什么都没做，只用目光看着她："是吗？"

"嗯。"艾伽起身，坐到他身边，"家里有药吗？"

"没有。"他停了下补充，"烧不死。"

艾伽不和他计较，刚刚她被他气得跑到小区门口时，接到了戚佳雪的电话。

戚佳雪说没听说靳嘉致有谈恋爱。

她被凉风吹得冷静下来，看见辜雨走了，又转头回来。

"你去哪儿？"

艾伽刚站起来，又被靳嘉致捉住。

"买药啊，趁现在还没关门。"

靳嘉致掌心很烫，指腹捏住她，有点痒。

艾伽怕药店关门："放手。"

他顿了下："有药。"

艾伽动作停了下来，忽然问："停电也是骗我的？"

"对。"

四周静了静。

艾伽摸到墙上的开关摁了下，房间瞬间变得亮堂。

她没去看靳嘉致，直接去找药。

找到药，她又去厨房烧水，五分钟后，将热水和药都放在了靳嘉致面前。

"我是从出生就和你定下婚约，和你一起长大，你说我是你什么人？"

艾伽看着他，语气很轻。

她这人长相偏冷艳，性格又洒脱，向来没心没肺惯了，从来没有和谁这么软着说话。

靳嘉致抬眸看她，眸光很淡，神情和之前截然不同。

窗外终于下起了暴雨，客厅的窗户没有关，雨水顺着风刮了进来，有一滴水落在他眼角的位置。

这是这几个月来艾伽第一次这么认真地看着他，她觉得自己好像又踩进了他的陷阱里。眼前的人怎么可能是靳嘉致，他恰好长了和靳嘉致一样的脸。

窃
窃
晚
风

似乎看透了她，靳嘉致突然笑了，随后他坐直身体，整个人瘫在沙发上，变得没什么精神。

艾伽低眸将药递过去："先吃药，退烧了，明天去上学。"

他无所谓地扯了下唇："行啊。"

艾伽听到他答应了，心稍稍放了下来。

她看了看时间，催他去洗澡睡觉。

画室的同学见她今天不在都在发信息问她怎么回事，她回了几个人。靳嘉致看见其中一个名字，脸色沉了下来，将浴室的门一摔。

艾伽一愣，心里告诉自己，要哄要哄，靳少爷现在情况特殊得哄。

第二天一早，艾伽醒来时已经七点了，自己明明定了闹钟。

她皱眉，掀开身上的毯子。

她昨晚睡在客厅的沙发上，但是她身上有毯子吗？

艾伽没在意，全部心思都放在靳嘉致身上。她推开他卧室的门，房间里是空的，被子和枕头都放得很平整，像从来没被睡过一样。

她低头，给戚佳雪打电话："靳嘉致去学校了吗？"

早读已经开始了，戚佳雪偷偷跑出来接的电话："你等等啊，我去他们班看看。"

艾伽在家里转了一圈，心七上八下的。

她第六感很不好，觉得不太对劲。

"没来啊。"

"什么？"

艾伽停下脚步，终于知道哪里不对劲了。靳嘉致昨晚根本就没有睡觉，或许不是早上出门的，是昨天半夜就出门了。

戚佳雪重复："靳嘉致没来学校，教导主任来啦，我先挂了啊。"

艾伽说了句"知道了"，又跑去昨天那家网吧，不顾前台的阻拦，在里面找了一圈人，没发现靳嘉致。

"我说妹妹，你到底找谁，天天来这儿闹。"

艾伽抿着唇静了一会儿。她黑眼圈很重，脸色很不好。网吧里什么人都有，有人故意伸脚绊她，艾伽嗤笑，眼都没抬，直接踩了上去。

男生疼得龇牙咧嘴，站起来要找艾伽麻烦。就在这时，门口突然来了几个人，穿得很潮，头发染得嚣张，有说有笑的。

其中一个黄毛认出艾伽，吊儿郎当道："靳爷，这就是昨天来找你的妞，我说得没错吧，长得很不错。"

艾伽猛抬头，顺着声音看过去。

四周都是键盘的敲击声，还有各种音效，空气里泡面的味道、烟味混在一起，难闻得要命。她脑子里"嗡嗡"作响，眼睫微颤，眸光却一瞬不瞬地看着他。

靳嘉致在那群人当中，漫不经心的模样，表情又冷又坏。今天雨没停，气温一降再降，他烧还没退，现在脸色发白，让他有一种冷漠又脆弱的美感。

他闻言，心不在焉地扫了眼："也就那样。"

黄毛起哄："眼光这么高。人家可痴情得很，昨天等了一天，今天又来。"

艾伽不管面前的局面，直接走到靳嘉致面前："你跟我出来。"

他抬眸，眼神很冷漠，看她像看陌生人。

"你昨天答应我什么了？"

他轻笑："我说什么你就信啊。"

艾伽："对。"

他笑得更讽刺。

靳嘉致的几个同伴听到她的话笑成一团。

周围更吵，人声嘈杂，刚刚被踩的男生，一副不好惹的样子要来找艾伽算账。

他刚要挨到艾伽的肩膀，就被靳嘉致冷眼扫过来，动作一顿。下一秒，浑然不知的艾伽用力扯着靳嘉致往门外走。

今天是阴雨天，风里夹着小雨，这条街又脏又破，她放开他，向隔壁的便利店老板娘要了一杯热水，将口袋里的药拿出来，递给他。

靳嘉致看着没接。

艾伽也看着他，她忍了两天的气，整个人都快爆炸了。

她一直告诉自己要忍，要好好劝他，但他真的太过分了。

靳嘉致不懂，她见到他和那群不三不四的混混在一起时的冲击有多大。

"你知不知道你在做什么？学坏好玩吗？你就这么容易学坏吗？"

他突然抬眼看过来："我就是这样，以前那样都是装的。"

"你别瞎折腾了。"

艾伽听不得他说这些不着边的话，她的手机快被画室的老师打爆了，让她

窃窃晚风

152

赶紧回去，距离美术联考没几天了。

她抿着唇看了靳嘉致片刻，将水和药放在地上，转身就走。

"我再也不管你了。"

（3）

黄毛从二楼下来，左右看了看，语气轻佻："那妹妹呢？"

靳嘉致转身猛推了他一下。

黄毛没防备，一下子撞在墙上，疼得要命："你干吗啊？"

"你对她放尊重点。"

靳嘉致弯腰拿起水杯和药。

黄毛按了按肩膀，刚要发脾气，看到靳嘉致的脸色，情绪反而没了。

他蹲在靳嘉致旁边："说都不让说，护这么紧，人还不是被你气走的。"

"昨天那么冷，她穿那么少在这儿蹲了一天，一整天哦。今天气成这样还不忘给你带药，这妹妹真的不错哦。"他瞥了眼靳嘉致，"我说你明明在乎得要死，给人家脸色干吗？这么装累不累？"

靳嘉致将药吞了，喝了口水，含糊问："我怎么在乎了？"

黄毛一副过来人的架势，歪着嘴笑："你要不要去找个镜子照照，看看自己什么样子，人家走了，你魂都没了。"

艾伽在手机上购买了动车票，找了最近的地铁站。她握着手机，看着路线图，对电话那头的老师说："我买了下午四点的票，晚上七点就能到海城，6号的联考肯定没问题。"

画室老师很不放心："告诉我班次，我去火车站接你。"

艾伽"嗯"了声，将动车号发了过去。

上车后，她给戚佳雪也发了微信，戚佳雪估计在上课一直没回。

动车在快到海城的时候，艾伽的手机突然疯狂振动起来。

车上信号不好，她接了总是听不到声音。因为暴雨原因，车本就晚点，到了中途，又有一段塌方维修了一段时间。

现在已经距离本来预计到达的时间，晚了三个多小时，她以为这么多电话是戚佳雪和老师担心她到没到海城。

车终于到站，通话终于顺畅。

"艾伽，你在哪儿？你奶奶被急救车接走了。"

艾伽脚步一滞，身后的人撞上她，见她不动，骂了句脏话，不顺气地走了。

"全世界都在找你，你到底在哪儿，怎么才接电话啊？"

戚佳雪不知在哪儿，声音特别空旷，连回声都被她听得一清二楚。

艾伽转头要了最快回苏城的票，售票员说没了，只能到最近的平城，然后再转车。

她点点头，拿过票就往检票点跑。

戚佳雪在电话那边说："你别急，奶奶现在在手术室。"

艾伽怎么可能不急："奶奶这一年都很稳定，怎么突然这样了？"

"你爸前几天回来了，好像闹得挺不愉快的。"戚佳雪顿了下，"具体情况我也不知道，听我妈说两人吵了一架，救护车就来了。"

艾伽静了很久没出声，戚佳雪有点害怕，咽了下口水："你先别乱想，万一没什么事，你也知道人年纪大了，总有些小病小痛。"

艾伽"嗯"了声，没说别的。

她最明白奶奶的身体情况，那个手术估计不能再拖了。

刚挂了戚佳雪的电话，画室老师的电话紧跟着进来。

"艾伽，还有一周就联考了，你到底怎么回事？又请假？"

艾伽天赋很好，又特别能吃苦。画室集训不便宜，老师知道一些艾伽的情况，她知道这个孩子，一般不是特殊情况，不会这么任性。

"老师，我会去联考的。"

到了苏城已经深夜十一点，雨还没停。

艾伽出了出站口，就看见站在门口的靳嘉致。他什么都没说，将外套披在她身上，带着她上了车。

他说："还是心脏的问题，现在抢救过来了，还在昏迷很危险。"

艾伽猛地攥住靳嘉致的手，靳嘉致拍了拍她的背："会没事的。"

"他呢？"

"叔叔也在医院。"

"让他滚。"

靳嘉致没作声，只专注地看着她。

她眼下的黑眼圈比白天看见时还要深，他忍不住用指腹在她眼下轻轻揉了揉："饿吗？"

"不饿。"

艾伽被他一问，脑子里容出一丝空隙："你吃药没？"

靳嘉致指腹很烫，从碰上她肌肤的那一刻，她就感受到了。

艾伽眉头皱得更深，靳嘉致心跳快得吓人。

他嗓子很哑："吃了。"

见她一副不相信的样子，他声音更哑："真的吃了。"

"到了医院，你也去看医生，别管我，然后明天去上课。"艾伽真的有些累了，"靳嘉致你听话，好不好？"

车内暖气开得很大，车窗上都是白雾，司机在听交通台的广播，没有闲心注意他们。

靳嘉致"嗯"了声，白天的叛逆、冷漠、漫不经心、堕落全部不见了。

"我明天去上课。"

艾伽不让靳嘉致陪着，上了电梯。

艾奶奶的堂妹任奶奶见到艾伽，愣了下："不是没让人告诉你吗？"

任奶奶和她们住得近，艾伽在外地集训的时候，她没事就住过来顺便照顾艾奶奶。

艾伽没说话，看了看奶奶，然后抬眸扫了眼艾翰彬："出来。"

艾家本来没那么拮据，艾爷爷和艾奶奶本来都是大学教授，特别是艾爷爷，还是知名的建筑设计师。

艾伽出生的时候，艾翰彬还是认真工作天天画图纸，是业内看好的新锐设计师。也不知道从哪年开始，他突然对设计这行不感兴趣了，非要投身金融，一开始从事相关专业也小有成效，后来胃口越来越大，反而栽了个底朝天。

还好，艾家家底厚，禁得住他这么作。但他并没有因此收手，本来岌岌可危的婚姻因妻子出轨结束，他一心想着证明自己，反而越赔越多。

艾伽冷眼看着艾翰彬，她已经不记得他曾经文质彬彬的样子了，好像每次见他，他都情绪起伏很大，永远都在不得志，永远都在要钱。

"你是不是觉得奶奶身体好，经得住你一次又一次折腾？上次奶奶晕倒还没让你醒过来吗？"

艾翰彬脸色很不好，他和艾伽也快一年没见了，这一年他酗酒，虚胖了不少，精神也颓。

"你就这么和父亲说话的？"

艾伽嗤笑："你也配做父亲？"

她长得其实和艾翰彬很像，都说女儿像父亲，她不仅长得像，连画画上的天赋也和他一样。她再讨厌艾翰彬，这点还得感谢他。

"你和奶奶因为什么事吵起来？钱吗？家里没钱，你难道是准备再把设计院的宿舍房卖了？"

艾翰彬皱起眉："你什么都不知道，别管大人的事。"

艾伽最烦他这嘴脸："那你别要钱。"

"啪！"

医院走廊里，艾翰彬怒急攻心地甩了艾伽一个巴掌。

任奶奶打开病房门正好看到这一幕，她跑上前，推了下艾翰彬，抱住艾伽："你给我滚。"

隔壁病房的人和医护站的医生护士听到声响都聚了过来——

"这里是医院。"

艾翰彬看了眼艾伽，任奶奶闷头拉着艾伽往病房里走。

她们坐在床边的凳子上，任奶奶握着艾伽的手，把今天发生的事情说了出来："你爸投了个股票，势头不错，赚了点，他想加仓但没钱，来找我们，你奶奶刚听就……"

艾伽皱了皱眉，突然问："老房子的房产证和我之前给奶奶存的那张卡都放好了吗？"

任奶奶愣住了："还放在家里。"她对上艾伽的眼睛，拉着艾伽的手更用力些，"你爸爸……他不会吧？"

"你回去把家里的银行卡、房产证和户口本全部收好，今晚我在这儿守夜，你回去休息。"

任奶奶惦记着她画室那边的事。

艾伽安慰她："没事的，我画得好，少练习这两三天耽误不了什么。"

任奶奶点点头，摸了摸艾伽的脑袋："你这些年，真的受苦了，我和你奶奶都知道。她现在最大的心愿就是希望你考个好学校了。"

艾伽一路上都没哭，看到奶奶虚弱地躺在床上也没哭，听到这话眼眶立刻红了起来。

"我不辛苦。"

"你奶奶她知道你一直在打工,去画室集训的钱也是自己赚的,除了这些还每周都往她钱包里塞钱。这些本来不用你操心的,你还那么小,但她不忍心说,怕说了你更难受。"

艾伽伸手将任奶奶脸上的眼泪抹掉:"我都快成年了,哪里小了。是奶奶太辛苦了,身体不好还瞎操这么多心。医疗费是您付的吗?一会儿我给您,本来我不在就够麻烦您的了。"

"不麻烦,你奶奶也是我姐姐,大家一家人。医保报了大部分,其他的你爸爸付了,你别担心。"

艾伽点头,她心不踏实,给任奶奶叫了个车,催任奶奶赶紧回去休息。

送任奶奶上车后,艾伽在医院楼下的超市买了个包子,啃到一半眼泪掉了下来。

她不敢哭,她知道自己是奶奶唯一的精神支柱,她不能倒。

她吃完包子,用冷水冲了下脸,回到病房坐在奶奶身边,查了下银行卡里的余额,之前为了换瓣手术存了十五万。

医生刚刚找她聊了会儿,说病情恶化,手术难度增加,让她做好心理准备。

还说老人年纪大了,不受罪的话,药就得用好的,但好的药基本上医保都是不报的,让她再多准备些钱。

艾伽高二下学期基本上就没怎么接活,她想考京大美院。这个学校专业分高,文化分也高,难考得要命。她钱得得差不多就把自己扔在画室里。

但现在……她得想办法赚钱。

艾伽打开很久没上的微博,看了看商务私信,她一个个回过去,问人家是否还需要约画。她还给微信上那些之前找她拍照的厂家也问了问。6号联考,考完她就有空了。

做完这些,她还是睡不着,这两天加起来她睡了不到六小时,脑袋特别疼,就是睡不着。

她忽然想起靳嘉致,她搜了下靳嘉致父亲的名字靳修晔,页面里跳出来的都是不堪的新闻。

她见过靳嘉致的父亲,不苟言笑的模样,他是建筑业内著名的大师,有自己的建筑师事务所。艾伽能和靳嘉致有娃娃亲，还是因为他是艾爷爷的学生。

这些视频和照片，哪怕经过马赛克处理，也不堪入目。

新闻上写靳修晔还与该女子育有一子，本来已推进到一半的公司上市工作也暂停下来。

婚内出轨？还生了孩子？

怪不得他们总不在家，艾伽还以为他们工作忙。

她的目光转到发生的日期上，8月11日。

那她8月底画室放了两天假回去时，看见的靳嘉致，他是已经知道这些事情了吗？

8月11号？

艾伽翻出通话记录，手指在屏幕上往下滑……

找到了。

8月11号，23点27分。

他给她打过电话。

那时候她在干什么？

（4）

艾伽想了想，那天她在海城集训，应该和平时一样？

她指腹摩挲着手机边缘，脑子里的画面越来越模糊，整个思绪也慢了下来。再有意识时，是隔壁床的家属来了，她才发现天已经亮了。

任奶奶在家煮好早饭，一大早坐了第一班早班车来到医院。

她将一个包塞到艾伽怀里，神神秘秘道："所有的证件和银行卡都在里面。"

艾伽看任奶奶严谨小心得像特工接头一样，哭笑不得："就放您家好了，我爸总不至于去您家闹事。"

外面又在下雨，这个城市好像一年四季都多雨。温度低迷，衣服越换越厚，艾伽身上还穿着靳嘉致昨晚给她的，他的外套。

任奶奶看了眼还没醒来的艾奶奶，问艾伽："你几号回去？"

艾伽抿了下唇，今天已经2号了，说："奶奶醒了就走。"

任奶奶眉头皱起来，脸色不太赞同。

艾伽知道她担心什么，说："我不会耽误联考的。"

病房里的卫生间，有人在用，艾伽走到公共卫生间洗了洗脸。擦干净脸，她没立刻回去，靠在窗边看了几分钟，样子有些呆。

手机突然振了下，她低头看，是靳嘉致发来的。

【靳嘉致：在学校了。】

艾伽嘴角淡淡勾起。

【艾伽：烧退了没？】

【靳嘉致：退了。】

他今天话突然多了，没话找话。

【靳嘉致：要写三千字检讨。】

【艾伽：不用在国旗下讲话时当着全校读吗？】

【靳嘉致：要。】

【艾伽：又要祸害人了。】

【靳嘉致：不会。】

艾伽还在打字，准备戏弄他一番。

他的消息却先跳了出来。

【靳嘉致：我很乖，只要一个人。】

他发完过了一秒又撤了回去。

艾伽目光没动，手指在屏幕上打了两个字"谁啊"，过了会儿又删掉。她又打"有喜欢的人了"又删掉，最后犹豫了半天，直接将屏幕按黑，放进口袋里。

中午时，戚佳雪、季时安还有靳嘉致都跑来医院，还穿着校服。

艾伽看见他们，问："高三了，不上课乱跑什么？"

戚佳雪抱着她胳膊撒娇："今天周六，上午课已经结束了。"

任奶奶看见他们来，倒是很高兴，让他们将艾伽带出去，散散心。

四个人在医院附近的一家打边炉店坐了下来，戚佳雪莫名其妙地没坐在艾伽身边，坐在她对面。

艾伽看了眼戚佳雪，戚佳雪眼都没抬，在看菜单。

靳嘉致很自然地坐在了艾伽身边，艾伽看了他几秒，又将视线移到季时安身上，发现季时安脸上有伤，想起前几天季时安去找靳嘉致被打的事。

她勾着唇嘲笑起来："你有什么用？"

季时安用了两秒才反应过来，瞪了她一眼："我当然没你有用，有人为你要死不活，有人又因为你立刻死而复生。"

靳嘉致在桌下踹了他一脚，他眉头一跳连忙闭嘴。

一时没人说话，气氛被他搞得有点奇怪，季时安干咳两声："奶奶会没事的。"

戚佳雪忍不住火大地直接往他背上拍了一巴掌："不会说话就闭嘴。"

艾伽"哈哈"笑起来，她本来心情很差，但看到他们几个，忽然一下子松了口气。

靳嘉致一直在看她，也淡淡地笑了。

这顿饭吃得很开心，戚佳雪和季时安一直在活跃气氛，将她这半年不在发生的事情一件件地汇报。

"那个路存不知道你去外地集训了，还天天来等，傻得要死还怪执着的。"

"季时安前几天又闹笑话，自恋得要死，还以为有人对他有好感，哈哈哈。"

季时安按着戚佳雪的脑袋："你别以为你没把柄在我手里，你之前是被谁骗，最后是谁救你于水火的？"

"就做了一次人，你要说多少次？"

两个人说着说着又吵起来，艾伽笑着将视线放在他俩身上。

靳嘉致结账时，戚佳雪坐到艾伽身边，双手抱着她，将下巴放到她肩膀上。

"你好像瘦了。"

艾伽在看私信消息，随意地"嗯"了声："你胖了。"

戚佳雪哼唧了两声："感觉你这两年真的吃了好多苦。"

艾伽动作顿了下，目光扫了眼戚佳雪："别来这套，说事。"

戚佳雪"哈哈"笑了两声，凑近艾伽和她咬耳朵："我确定你那个藏在心底不让全世界知道的人是谁了。"

艾伽眨了下眼睛，还没反应过来。

靳嘉致结完账走回来，戚佳雪笑得更加暧昧："喏，他来了。"

艾伽下意识抬眸，视线对上靳嘉致的眼睛。她心猛地一跳，字还没打完，就将信息发了过去。

戚佳雪笑得不加掩饰，艾伽收回目光，抿了下唇："安生点。"

"哦。"戚佳雪乖了一秒，"你好能装啊。"

说完，她就跑去找买冰激凌的季时安，店里只剩下艾伽和靳嘉致。

靳嘉致看向她："外套穿上。"

艾伽将外套穿上，一前一后往店外走，推开玻璃门，两人在店门口等戚佳雪和季时安。

他忽然递过来一片压片糖，应该是结账时顺手在柜台拿的。艾伽伸手拿去，指尖碰到他掌心，突然抬眸去看他。

他视线没收，也还在看她："戚佳雪就想逗你开心，说什么你别放心上。"

同一时间，她说："你烧什么时候退的？"

靳嘉致一愣："真退了。"

她将压片糖的包装撕开，含在嘴里，没理他。

靳嘉致伸手扯了她一下，让他俩从肩并肩变成面对面，距离也近。

艾伽另一只手在口袋里摸，不知上次的药还在不在。忽然，他附身靠过来，她没发觉，下一秒脑袋就被他脑袋碰了下，就一秒，他就起身。

艾伽手摸到锡铝纸包装的药板，下意识扣住。他们站在两栋楼之间，穿堂风特别冷，气温跌到快个位数，可艾伽觉得自己快烧起来了，脸烫得吓人。

就这样烫了两秒。

靳嘉致才问："是不是不烧了？"

"嗯，不烧了。"说完，她又说，"你好脆弱啊。"

她也在降温天里吹了一天的风，她一点事都没有。

靳嘉致"嗯"了声，望着她眼睛说："是啊。"

四周又停滞下来，耳边只有风声，她将下巴埋进外套里，只属于靳嘉致的味道钻进呼吸里。艾伽又想到那通没接到的电话，想起靳嘉致的父母。她想了想，终于将从想见到他第一面就对他说的话说了出来。

"他们不要你，我要你。"

艾伽垂眸，不去看他，继续说："你别不上学了，你也别说那些气话了，我有点怕。"

她其实真想过，之前干净的好学生是不是靳嘉致装出来的，可一个人一装能装这么多年吗？她更愿意相信，人是多面的，他之前愿意将那一面展现出来，现在因为太过被打击，所以展现了另一面。

艾伽手心都被攥出汗："我不是讨厌，也不是不接受，只是在我心里，你就是明月，谁都不能玷污，你自己也不行。"

话落，他不出声。

艾伽被风吹得全身都凉透了，跺了跺脚，四处看了看："戚佳雪和季时安怎么还没回来？这么冷的天吃什么冰激凌啊。"

"你家，奶奶……"靳嘉致抿了下唇，"我可以……"

艾伽打断他："你自己家的事搞明白没，还想帮我？"

靳嘉致唇抿得更紧，神色很认真："你知道我在说什么。"

"我知道，放心，如果撑不下去，天塌了，我第一个找你求救。"

戚佳雪和季时安走了两条街还没找到卖冰激凌的，戚佳雪火气上来："你脑子有病吗？吃什么冰激凌，现在走了这么久都找不到。"

季时安无语地看了她一眼："你懂什么。"

两人终于在一家拐角的便利店找到了冰激凌。买完出来，戚佳雪接到艾伽的电话，说她回医院了。

戚佳雪翻了季时安一个白眼："都是你，我和艾伽都好久没见了。"

季时安"喊"了声，将手里的冰激凌分给她。两个人没心没肺地坐在店外的露天椅子上，一边吹着冷风，一边吃冰激凌。

戚佳雪望着天，忽然说："我们四个这样其实挺好的。"

季时安"嗯"了声，戚佳雪来了点文艺细胞："你看我们一起长大就是缘分，要是没艾伽，我可能都不会和你、靳嘉致关系这么好。都是缘分。"

她踢了下季时安的脚："你说呢，高三没剩多久了。"

季时安看了她一眼："我们就很好，我们一起长大，什么都知道。"

因为一起长大，所有的缺点你都知道，再丢脸的样子你都见过，甚至连父母家庭的不堪你都明白，所以还有什么可以假装的呢？

所以在需要时，第一个想到的一定是你。

（5）

12月6日，美术联考。

这天温度低到可怕，艾伽背着画板跟着画室的人一起坐车过去。

地址在苏城市中心的一个体育馆，艾伽一点都不紧张，应该说她很少有紧张的时候。

下了一夜的雨，天亮了都没停，反而越下越大，树叶被打得"唰唰"作响，路面上都是积水。

坐在她隔壁的同学，一边紧张地深呼吸，一边和艾伽搭话试图缓解紧张感。

艾伽将耳机里的音乐音量调低，侧头看向对方，笑着帮对方解压。

上午考完素描和速写，有两个小时的休息时间。

艾伽跟着同学们一起在附近的店吃饭，偶然间却看到了艾翰彬。她没在意，拧开瓶盖喝了口水，还没咽下，下一秒猛地站起来拉开面店的门往外跑。

艾翰彬的胳膊上别了一块黑色的布……

她脑子里"嗡嗡"作响，伞也没拿，快速跑过去拉住艾翰彬。

艾翰彬没防备被她拉住，回头就看见全身湿透的她，他的脸色从惊讶到强装平静。

"你怎么在这儿？今天不是考试吗？"

奶奶住院的附一医院离这体育馆只隔两条街。

艾翰彬问完想起来："哦，在东体考的。赶紧回家换个衣服，下午还有一场色彩对吧？"

艾伽没动，眼睛盯着他胳膊上别的那块黑布。她眼眶瞬间红了，泪大颗大颗地往下掉，全身发抖，哭得停不下来。

她都将时间安排好了，从明天开始赚钱，可以很快赚到钱的，以后就不怕突然交不上手术费了。

可……她昨晚走的时候，奶奶不是还好好的吗？

艾翰彬将伞举到艾伽头顶，拍了拍艾伽的背："回去考试，下午色彩好好考。"

"我怎么好好考啊。"她现在手抖得连笔都拿不稳。

"奶奶是凌晨五点突发没抢救过来，是奶奶让我别告诉你。艾伽，之前都是爸爸不好，爸爸做错了很多事，也对你关心不够，态度也不好。爸爸知道自己没出息好高骛远，你怎么恨爸爸都没事，你放心爸爸这次不会再要钱了，会把事情处理好，你就算下午发挥不好也得去考，你底子好，基础分不会差，加上上午考的，总分不会太低。不行我们后面还可以参加校考，你要是下午不去，联考不合格，你校考参加不了真的没办法了。

"你为联考吃了多少苦，去参加集训花了多少钱，艾伽你自己最清楚。"

艾翰彬从小对这个女儿就没相处过多长时间，但他心里还是爱她的，他也是学美术出生，知道这需要付出多少。

"艾伽。"艾翰彬给她拦了一辆出租车，"听爸爸的话。"

艾伽被他塞进车里，车子刚开过一个红绿灯，她疯狂拍了下车门，让司机停下来。

风大雨大，马路上人潮交织，每个人好像都有归处。

只有她不知道要怎么办，她感觉天塌了。

艾伽跑回体育馆，湿着衣服神不守舍地考完色彩，然后不见了。

艾翰彬发现她不见时是晚上九点，距离考完已经过了四个小时。

他给艾伽打电话怎么都打不通，想了想给靳嘉致打了电话。

靳嘉致当时还在上晚自习，当着老师面跑了出来。他直接去隔壁班将戚佳雪和季时安都叫了出来，找人这种事，必须人多。

戚佳雪一听急死了。

季时安比较稳重，看向戚佳雪："你知道她能去哪儿吗？"

戚佳雪脑子现在一团乱，摇摇头："我不知道，这两年她不是上课就是打工，要不就在家画画，艾伽哪有时间去别的地方啊。"

靳嘉致紧抿着唇："先找吧。有消息联系。"

他先去了她之前打工的地方，没找着人，又在小区附近找了一圈。天太黑了，雨一直下，积水越来越深。他站在小区附近的一个小卖部门口，店里的电视里在播报本地新闻，说这是近年来最大的一场雨，请市民尽量减少出行，千万不要蹚水。

小卖部的老板认识他，见他全身都湿了，友好地问他要不要进来躲雨。

靳嘉致摇了摇头，他想了想问："有见到艾伽吗？"

对方摇了摇头。

这时，手机响了。

屏幕上显示时间是，23点27分。

来电提示——艾伽。

靳嘉致冰凉的手指划开接通，她的声音在雨夜里脆弱无助，用尽最后的勇气向他求助，她说——

"靳嘉致，我的天塌了。"

他握着手机的手微微发抖，过了两秒，他艰难地吞咽了下口水，声音无比哑，却慎重又认真：

"那我做你的天。"

艾伽就蹲在靳嘉致家的楼下，靳嘉致看见她时真觉得自己蠢透了。

什么地方都找了，为什么就忘了这里。

他将艾伽带回家，帮她放好热水，不容拒绝地将她推了进去，又回到自己房间，拿了一套干净的衣服。

"衣服我放在门外，你洗好了自己拿。"

等听见她的回应，他才走到客厅去给艾翰彬打电话，告诉艾翰彬找到了艾伽，然后又给季时安和戚佳雪发了消息。

半个小时后，靳嘉致听见卫生间的水声还没停。

他敲了敲门："艾伽，你洗好了吗？"

里面没人回应。

他皱起眉头，心又揪起来："你不说话，我进去了。"

水声停了。

她声音虚弱地透了出来："……洗好了。"

艾伽穿好衣服出来，靳嘉致拿着浴巾，坐在她身后给她擦头发。

她身体紧绷，过了很久，说："我考砸了。"

"奶奶走了，我还没用地考砸了。"

靳嘉致放下浴巾，看着她。

艾伽低声道："你那时候是不是也是这么绝望，我还没接你电话。"

靳嘉致忽然说："艾伽，逃跑吧。"

她愣了下，仰头看向他："我想带你一起逃。"

他静默了下，笑了出来。

他明白艾伽的意思，他俩其实是一样的。

雨今夜是不会停了，他家还是很冷，开了暖气也觉得冷。

空气里是木棉花的香气，艾伽觉得这味道很熟悉，后来才想起，这是她一直用的沐浴露。

但这几分钟里她没记起，她看着他，又说："可是我们谁都逃不了。"

那几天总在下雨，处理完奶奶的后事，艾伽第二天就回校了。

她大半年都在外地集训，功课落下来不少。

艾伽的座位在靠墙的最后一排，桌子上和桌肚里都是卷子。她将卷子各科分类好，安静地拿出课本听课。课间时，她更安静，不是在睡觉就是在发呆。

美术联考的成绩在两周后出来，艾伽没合格。

班主任将她叫到办公室谈了很久，让她好好复习，最后这一百多天再努力下，说不定靠文化分也能考上大学。

艾伽点点头，很平静。

十二月底了，彻底是冬天了。树叶掉了一地，学生们的校服外都套上了羽绒服。

艾伽低着头在走廊上走着，被急着去卫生间的同学撞了下，对方嘴里还在背单词，回头急急说了句对不起就跑了。

艾伽愣在原地。

这一层都是高三的班级，现在明明是课间，可走廊上却几乎没有人，教室里也很安静，课桌上堆着高高的书，大家不是在做题就是在背单词课文。

每间教室的黑板旁都有一个高考倒计时，好像所有人都在争分夺秒地珍惜时间，除了她。

艾伽收回目光。她趴在走廊的栏杆上，撑着下巴，仰头看着阴沉的天。

戚佳雪从对面的教室出来，正好看见艾伽，她觉得艾伽这次回来后变了。

变得沉默了很多，连话都不爱说，好像连笑都不会。

靳嘉致好像也变了，但除了更沉默，他好像又没变，成绩重新回到年级第一，又变成了老师同学口中的完美学神。

仿佛前段时间的颓废慌乱只是个插曲，要不是处分还贴在公告栏上，戚佳雪都怀疑那一切是不是她在做梦。

戚佳雪很担心艾伽，她知道艾奶奶对艾伽有多重要，可想安慰又无从开口。她问过季时安也问过靳嘉致要怎么办，季时安说没办法只能靠艾伽自己想通。

戚佳雪急了："可现在是高三啊，没有那么多时间，这样下去万一艾伽没学上怎么办？"

季时安沉默了。

两个同学从戚佳雪身后走过——

"我刚刚从办公室回来，听说艾伽美术联考没过。"

"她不是网红插画师吗？美术联考也能没过吗？"

"网红又不需要专家评，她本来就画得一般吧。"

…………

戚佳雪一怔，再抬头看过去，艾伽已经回班级了。

她往七班跑去，艾伽课桌上还放着最新一次联考的卷子，成绩惨不忍睹。

戚佳雪咬了下唇："艾伽。"

艾伽抬头，教室另一边的靳嘉致也听见了戚佳雪的声音，视线看了过来。

戚佳雪拉住艾伽的手，十分认真地说："再努力一下好不好，我想和你一起上学。"

静了几秒，艾伽只是看着她，表情没有变化，也没说话。

戚佳雪着急，声音大了点，叫她名字。

"艾伽！"

又过了两秒，艾伽说："好。"

(6)

高三教师办公室，老刘见靳嘉致又来找他。

"你就这么执着？"

靳嘉致点了点头。

老刘叹了口气："算了，你只要保证你成绩能一直保持，不然……"

靳嘉致："我保证。"

老刘摆了摆手，让他走。

隔壁桌的老师问："什么事啊，这么为难？"

老刘摇头，看着靳嘉致的背影笑了笑："换位置。"

"这又不是什么大事。靳嘉致现在成绩回来了，他上个本科线不随随便便，京大可早就等着他了。"

老刘又叹了口气，"嗯"了声："是不是什么大事。"

但那小子什么心思，他心里能不明白？他看了看这次年级排名，又看了看艾伽的各科分数。

"希望有用吧。"

回到班级，靳嘉致就将课本都搬到了艾伽旁边的空桌上。

她之前一直不在，所以她的位置一直是单独在角落里。

艾伽正在写卷子，见他搬过来，微微皱眉："你干吗？"

靳嘉致将她卷子全部拿了过来，头都没抬："管你。"

艾伽愣了下，随后扯唇笑了笑。

高三和高一的氛围不同，靳嘉致虽然还是万众瞩目的天上月，但大家忙着学习，换座位没有引起太大的骚动。

而靳嘉致本人就像他说的那样，全方位地管她。

"错了，还有你写题的速度太慢了。"

艾伽刚写了一个公式，卷子就被靳嘉致用笔敲了下，她抬眸看向他。

靳嘉致没看她，拿着铅笔，笔尖在题目上画了画，将题干画出来："我再讲一次，其实这个知识点你知道，只是题出得有些绕，你拿到题先分析一下出题者的心思，就不会用错公式。"

他讲完发现艾伽没动，便看向她。

四目相对，他先移开，嘴角抿了下，然后说："现在别看。"

他声音很低，艾伽没听清，她"啊"了声凑近些，却被靳嘉致捏了下脖子，注意力又回到题目上。

该死的数学题。

一天二十四小时，除了晚上回家和去卫生间的时间，其他所有时间艾伽和靳嘉致都在一起，被他全方位地管着。

戚佳雪和季时安有听过传闻，但在亲眼见到时还是大呼震撼。

晚上，学校食堂。

今天又做了套卷子，艾伽做得不怎么样，靳嘉致给她全部讲完才来吃饭，时间有点晚了，食堂里没几个人。

艾伽有气无力地用筷子戳着面条，她最近没什么胃口，人也瘦得厉害。

靳嘉致总是逼她要吃完三分之二，她虽然反抗，但最后还是很听他的话。

靳嘉致坐在她对面。

见她单手撑着下巴，没什么精神，他认错："刚刚我是凶了点。"

艾伽筷子顿了下，抬眸扫了他一眼："你也知道。"

他"嗯"了声："你考得太差了。"

她嘟囔："我笨也不是今天才笨。"

到了高三，学校对仪容管得不是很严，艾伽懒，头发总是随便扎一下。她埋头的幅度有点大，皮筋更松了些，头发散下来。

靳嘉致伸手将她发丝拢住，自然地别在她耳后。

"一分没进步，底气倒挺足。"

艾伽撇了下嘴，刚要反驳，季时安和戚佳雪端着餐盘在他们身边坐下。

"我天，这是什么情况啊？"季时安抵了抵靳嘉致，小声问。

靳嘉致皱了下眉，眼神警告他："没情况。"

季时安挑眉，声音更小了点："那你们这是？"

靳嘉致情绪不太高："别问了。"

季时安"哦"了声。

戚佳雪发现艾伽旁边放着一个本子，她打开看了看，被上面密密麻麻的字惊到。

"这是错题集啊？"

艾伽点头。

戚佳雪认出字迹，惊讶地看向靳嘉致："你整理的？"

艾伽替他回答："就是我们靳学神整理的。他现在堪比我私人家教，只可惜我这个学生朽木不可雕，让靳老师脸上无光。"

靳嘉致不搭她的话，视线盯着她碗里几乎没动的面条。

艾伽"哎"了声，拿起筷子认命地吃了起来。

戚佳雪和季时安对视一眼。

吃完饭，艾伽有点犯困，说先回家洗个澡再去教室上晚自习。

靳嘉致说和她一起。

艾伽看了他一眼，小声说："控制狂。"

戚佳雪和季时安直接回了教室。

冬天天黑得早，才六点多天色已经昏暗成一片。校园里路灯年久失修，很暗。艾伽的家距离学校不远，坐公交车只有三站路，走路也只需要十五分钟。

艾伽一路上打了好几个哈欠，路也不好好走，多亏靳嘉致在旁边不时拉着她。

到单元楼的门口，艾伽又走了回来，叫住两米外的靳嘉致，在他目光中走近了些。

这学期还有半个多月就结束了，离高考更近了，黑板上的数字越来越小，空气里都是备考的味道。

今晚风特别大，吹得树叶乱飞，头发也乱飘，她仰起头看着他。

"靳嘉致，你是不是怕我没学上？"

靳嘉致垂眸盯了她几秒，点了下头："嗯。"

艾伽"哦"了声，静了几秒，又问："你是不是真的决定了要上京大？"

"嗯。"

"为什么啊？"

靳嘉致看着她说："京大的法学院全国第一。"

"原来你想做律师啊。"

"嗯。"

艾伽笑了笑："知道了。"

下一秒，她十分认真地告诉他："我会和你上一个学校的。"

这是很早很早就做好的决定。

从那以后，艾伽再也没在学习上叫过苦。靳嘉致再凶，她都笑笑，然后用力记住，尽量下次不会再犯。期末考她进步很大，连一直没有进步的物理都有不小的起色。

老刘的脸色终于好看了些，路过他们座位时，偶尔还会对艾伽笑。

寒假终于来了，新年更近了，这一年终于要过去了。

艾伽的寒假和在学校没什么区别，睁开眼就是靳嘉致和做不完的卷子。

"今天除夕，能不能别做卷子了？"艾伽吞下最后一个水饺，和靳嘉致商量。

饺子是早上靳嘉致过来煮的，艾翰彬过年没回来，估计知道艾伽不想见他。他往艾伽支付宝发了个大红包，那是他这半年的所有收入。

艾伽看了金额，没退回去，也没跟他说话。

靳嘉致的情况也差不多，他那个家有和没有一个样。整个寒假，不是靳嘉致来艾伽家，就是艾伽去靳嘉致家。

戚佳雪和季时安来过几次，将两人学习小组变成四人小组，学习完还嘲笑他俩都是小可怜。

艾伽将吃得干干净净的碗递给靳嘉致，他看了看她，最后妥协地点了下头，拿着碗去厨房洗。

艾伽知道他把自己逼得很紧，更知道他有多累。他几乎压榨了他所有的时间在辅导她学习，帮她归纳总结，帮她纠正错题，还要帮她找到最适合她的学习方法。

戚佳雪每次围观都十分震撼，和她咬耳朵说，这种程度的一对一补习，在外面不会低于三百块一小时。

不用戚佳雪说，艾伽自己也知道。

"那我们去哪儿玩？"艾伽走到他身边，突然笑起来，"你之前堕落那阵，除了网吧还去哪儿了？"

他脸上表情变了下，将碗上的泡沫冲干净，弯腰将碗放进碗柜里。

艾伽这一阵才发现他做起家务来非常熟练："我说少爷，你怎么这么贤惠啊？上得厅堂下得厨房的，这不符合你人设。"

靳嘉致面无表情地扫了她一眼。

艾伽"哈哈"笑起来："别生气嘛，这是你优点。"说着又故意长叹一口气，"哎，戚佳雪知道又要惋惜了，她从你女友粉变成妈粉后就十分操心你的终身大事，生怕你被谁糟蹋了。"

靳嘉致被说得脸色一阵白一阵红，抿着唇要发脾气。

艾伽笑得更加夸张，变着花样闹他。

靳嘉致被她闹得无可奈何："想好去哪里了吗？"

艾伽摇摇头，看着靳嘉致让他想，她眸子亮晶晶的，特别让人心动。

靳嘉致想了想："要放烟花吗？"

"要。"

"吃完晚饭再去放。"

"那我们现在做什么？"艾伽怕他说无聊的话就做题，连忙补充，"反正不做题，你答应的。"

靳嘉致低头笑："买衣服吧，过年不能没有新衣服。"

艾伽"嗯嗯"两声表示赞同，穿上外套就拉着他出门。

两人坐公交车到附近的商场，大概所有人的想法都和靳嘉致一样"过年不能没有新衣服"，所以商场里都是人。

艾伽等了半个小时才拿到奶茶，她塞给靳嘉致一杯，两人又挤进人潮里。

她有点后悔半小时前，拒绝了他要去本地最高端购物中心的请求。

"看上哪件我给你买，就当是这段时间给靳少爷的工资了。"

艾伽热情地拉着靳嘉致，恨不得每家店都进去逛。靳嘉致长得好，天生的衣架子，她拿着衣服在他身上比画，觉得每件都好看，每件都想给他买。

买到第三件的时候，艾伽忽然想起什么："你必须得穿，不要总穿那些国外大牌，能将这种普通小店的衣服穿出高定感，才能证明少爷你的魅力。"

四周太吵，她怕靳嘉致听不见，这些话都是踮着脚在他耳边说的。

她注意力都放在衣服上，没意到两人靠得有多近。他垂眸看着她，睫毛很长，遮住了很温柔的眼神。

"会穿。"

艾伽心情大好："那再买两件。"

她又催着他去试衣服，然后心满意足地抱着一摞衣服去收银台和老板娘砍价。

靳嘉致站在她身侧看着她，觉得掌心很痒，心口更痒。

（7）

晚上，戚佳雪在微信上和艾伽聊天，得知他们晚上要去放烟花，无论如何也要跟着去。

她不仅自己来了，还将季时安也拉来了。艾伽一开门，戚佳雪就咋咋呼呼抱怨她见色忘友。

"你俩真行，放烟花这种事居然不叫我。"

艾伽嫌她烦："差不多得了啊。"

戚佳雪见好就收，四个人研究了半天，发现他们所在的位置附近全是烟花禁放区，最近的都得去别的区。

戚佳雪看了看手机，怕太晚了她妈打电话催她，便说："赶紧的，我今天必须放烟花。"

季时安点头："那行，买都买了，不放多可惜。"

春节晚会开始的时候，他们在每家每户的热闹声里出门。老小区就一点好，人情味特别足，楼下的邻居阿姨见到他们几个，还热情地抓了一把糖塞给他们。

季时安抱着袋子，觉得靳嘉致有哪里不一样，多看了两眼："哟，新衣服啊？"

窃窃
晚风

172

靳嘉致翘了下嘴角："嗯。"

他见靳嘉致这表情，回头看了眼艾伽："艾伽买的？"

"嗯。"

"行啊。"

靳嘉致安静了两秒，季时安以为他不会说什么的时候，听见他的声音："有点像做梦。"

季时安不敢相信："不会吧，这才哪儿到哪儿。"

"自从她回来上课后，每一天我都觉得像做梦。我有时候在想，这样挺好的。"

"我说兄弟，你这样都这么自卑的话，我可咋办啊？"

他们走到路边，戚佳雪和艾伽在后面走得慢，叫的车还没到。

靳嘉致的视线看向艾伽，过了两秒又收回："真的，你不知道我有多怕。什么身份都行，只要在她身边就好。"

过年期间的街道很空，他们在路边随便找了个无人处。

烟花在天空绽放时，靳嘉致低头笑着看向艾伽，他双眸很亮，比一万颗星星还要让人心动。艾伽仰着头视线和他相交，她心跳得很快，身边戚佳雪抱着胳膊跳着大叫好漂亮，她配合地点头，目光还是落在靳嘉致身上。

她多么希望今夜的烟花永不熄灭，让她可以看到少年的心。

"现在才九点多，我们就回去吗？"

戚佳雪这人胆小归胆小，但又不想回去被七大姑八大姨围着。车路过一家KTV时，她拉着艾伽大叫："我们去唱歌吧，我就和我妈说今晚陪你，她肯定会同意的。"

季时安表示没问题，靳嘉致没出声，戚佳雪盯着艾伽，艾伽被她看得点了点头。

除夕夜店里没什么客人，见他们来还要包夜，还送了他们果盘和软饮。

戚佳雪兴致很高，拉着艾伽不停地点歌。

音乐声响起，她将麦克风塞到艾伽手里。

艾伽唱歌很不好听，可能上天对她的外貌偏心太过，所以让她五音不全。好在她音色特别好，有味道和故事感。

靳嘉致靠在沙发上，抬眸看着艾伽。

包厢里光线昏暗，暖气开得很足，她外套脱了，穿着一件白色的毛衣，头发散在耳后，素面朝天。

她很宠戚佳雪，戚佳雪唱不好就拉着垫音，她笑着配合。

这种纵容，让靳嘉致有些嫉妒。

"艾伽真的很容易让人喜欢。"

靳嘉致看向季时安，季时安的视线也在艾伽身上。戚佳雪口渴，艾伽将桌上的水递给她，还帮她将瓶盖拧开。

"戚佳雪就不知天高地厚了。"

靳嘉致低头抿唇笑。

戚佳雪估计长了千里耳，听到季时安说她坏话，立马跑过来拽着他一起唱歌。

艾伽坐到靳嘉致身边，她扫了靳嘉致一眼："少爷大过年的，来都来了，你不唱一首？"

靳嘉致拿起桌上店里送的软饮喝了口，刚入口，眉头就皱了起来。

"怎么了？"

靳嘉致喉结滚了下，终于将甜腻的液体吞了下去："太甜了。"

艾伽静了一秒，看着他的表情笑了起来："都这样，要是不喜欢就喝可乐，这种人工兑的都是色素和糖精。"

靳嘉致脸一阵红一阵青，似乎很难咽下去。

艾伽离他更近了点，手举到他唇边："要吐出来吗？"

他身体僵了下，连忙错开视线："不要。"

艾伽"哦"了声，没移开，反而好奇地拿起他喝过的那杯尝了下，想知道到底多难喝。

她不懂现在靳嘉致的状况有多糟糕，他心理防线逐步降低，她这样的举动让他更加难以克制。

靳嘉致往后靠到沙发上，怕他的情感外泄会吓到她，想躲到安全范围内。但她没意识到，也靠了过来。

他忍耐了下："没。"

艾伽："说实话，我今天不会生气。"

靳嘉致目光更烫了点，他下意识地要问艾伽，你为什么要生气？

但话到嘴边，他突然胆小起来："真没。"

"那你上次说的只属于一个人，那个人是谁？"

靳嘉致忽然毫无预警地抓住她的手腕。

艾伽没防备，身体被他拉得更近了。

他手没松："没有真心话这个环节。"

艾伽愣了瞬，哼了一声。

戚佳雪的声音从音响里传来："你俩在干什么？"

艾伽猛地推开靳嘉致，推完觉得此地无银三百两。

靳嘉致倒在沙发上没动，她皱了下眉，又上前去看："你不会一口倒吧？"

戚佳雪和季时安也过来了，三个人对视一眼，都从对方眼里读出两个字——离谱。

艾伽将靳嘉致扶到沙发上躺好，拿过放在一边的外套盖在他身上。

零点的时候，靳嘉致放在茶几上的手机响了，屏幕上显示着"妈妈"两个字。戚佳雪看向艾伽和季时安，艾伽按了两下将通话拒接。

艾伽："他不想接。"

戚佳雪先"嗯嗯"两声，又狐疑地看向她："你怎么知道他怎么想的。"

她掐了下戚佳雪的腰："你那么多问题干吗？"

"喂！"戚佳雪怕痒，连忙躲开，话题居然被她这么糊弄过去。

第二天早上，靳嘉致第一个醒，他睁开眼时，包间里晃着的氛围灯没关，他下意识用手遮了下，过了几秒才适应。

然后他才看见，艾伽靠着他就睡在他旁边。他下意识停止了动作，呼吸也放轻，目光也温柔，生怕吵醒她。

包间里乱七八糟，昨天不知道闹到几点才睡，候选歌曲已经播放完，此刻正在放店里的默认音乐。戚佳雪和季时安睡在旁边的沙发上，横七竖八的。

又过了十分钟，艾伽醒了。

她睡眠不好，习惯性早起，刚要起身，发现脖子扭了，动作僵在那儿。忽然，一只手捏了下她的脖子，动作很温柔，但太冰了，她下意识打了个寒战。

靳嘉致碰到她的肌肤才知道这么冰："很冷吗？"

她摇摇头，看了眼手机，已经快七点了，退包间时间要到了。

艾伽踢了踢戚佳雪和季时安："起来，赶紧的。"

靳嘉致搓了搓手，让手指快速升温，还去帮她捏："早饭吃什么？"

"想吃小馄饨。"

他"嗯"了声："大年初一应该吃水饺。"

那两个人叫不醒，艾伽又踢了两脚，回头瞪他："那你问我干吗？"

靳嘉致低声笑。

季时安和戚佳雪终于醒了，四个人一起走了出去。

戚佳雪她妈已经在打电话找她回去了，季时安家也是。

艾伽点点头："那你们回去吧。"

太早了不好叫出租车，他们站在地铁站内，戚佳雪见地铁来了，回头问她："那你俩呢？"

一直没说话的靳嘉致出声："去吃小馄饨。"

艾伽看了他一眼。

送完两人，艾伽查了半天附近的店，都被告知今早关门。

她低头踢了下靳嘉致的脚尖："不吃了。"

"嗯？"

"你回去给我煮饺子吧。"

靳嘉致说了声好，从外套里拿出一个红包，塞到艾伽口袋里："压岁钱。"

"给我干吗？你又不是我长辈。"艾伽看了他一眼，"我还比你大两月。"

"我有钱。"

艾伽"喊"一声，但没把红包退回去。

地铁又来了一班，他俩走进去，关门的时候，提示音在让乘客注意安全。

艾伽拉靳嘉致坐下来，在他耳边说："新年好啊，弟弟。"

靳嘉致愣了片刻，目光看着她侧脸，笑了。

"新年好啊，姐姐。"

第六章

[我要将你拯救，逃离以往荒谬]

（1）

高三的假期十分的短，春节过去没几天，就开学了。第二学期的气氛更加紧张，每个人心里都只有高考这一件事。

从冬到春，高温的苏城又来了，昏热又黏糊起来。厚厚的外套又换成了短袖，教室里空调徐徐在吹，高考终于结束了。

傍晚六点时，烈日晒了一天，忽然下起雨。

艾伽走在考生的最后面，她没有伞。到校门口时，戚佳雪冲过来将伞举到她头上。

"走吧，彻底解放了，去庆祝下。"

艾伽拉着她小心避开地上的水洼，没注意有一滴雨丝，顺着风落进眼睛里。

很痒，她揉了下，刚准备回答。

戚佳雪性子急，又说："餐厅都订好了，就在学校附近，我已经通知过季时安和靳嘉致了。"

艾伽："走吧。"

快到店门口时，戚佳雪突然说："今天估计是告白日。"

"什么意思？"

"高中三年都被老师家长看着不准谈恋爱，今天高考终于结束了，可不得抓紧机会告白。我忘了和你说，我叫了周逾生来，我打算再试试。"

艾伽拉开店门的手一愣："周逾生也来？"

戚佳雪理所当然："不来我怎么告白啊？"

季时安正好出现在他们身后，正在收伞，劈头就问："告什么白？"

"关你什么事。"戚佳雪勾着艾伽先进去，一边走一边小声说，"你要不要和靳嘉致……现在都高考完了，总不至于耽误他了吧？"

艾伽沉默了两秒，不置可否，见季时安的身后跟着周逾生："你先把你自己折腾清楚吧。"

靳嘉致还没到，季时安说他被老师叫走了。季时安抬眸扫了眼周逾生，有点不爽："你怎么来了？"

戚佳雪连忙护着："我叫的，你吃你的，多管闲事干吗？"

季时安看了她好几眼，不可思议地又看向艾伽。

艾伽点点头："就是你想的那样。"

季时安翻了个白眼，压低声音骂："真是病入膏肓啊。"

这一桌，花痴的花痴，生气的生气，艾伽认命地开始点菜。

菜点完，戚佳雪多要了几瓶啤酒，悄声和艾伽说："壮胆。"

艾伽看着她没出声。

季时安又翻了个白眼，嘲讽一笑。

菜都上齐了，靳嘉致还没到。

中途，周逾生出去接了个电话，戚佳雪连忙喝了两口啤酒追了出去，留下艾伽和季时安大眼瞪小眼。

季时安心情不爽："她傻，你不拦着吗？"

艾伽无所谓地耸肩："总不至于被卖了，有些事得自己撞完才明白。"

季时安"嗤"了一声。

十分钟后，戚佳雪红着脸和周逾生一前一后回来。

戚佳雪坐回她身边，凑近用气音说："我成功了。"

艾伽目光一顿。

"周逾生说可以试试，艾伽，我现在感觉自己是最幸运的人。"

戚佳雪声音特别甜，抱着她蹭来蹭去："我把我的好运分给你！你快点去和靳嘉致说啊。"

艾伽没说话。

晚上七点三十分，雨势更大了。

天差不多黑透了，整个城市被笼罩在一片白雾里，街道上闪耀的霓虹模糊不清。

靳嘉致还没来。

艾伽怕戚佳雪太开心，把啤酒都喝完，收了过来，自己喝了一些，多数都被季时安喝掉了。

身边戚佳雪和周逾生在聊天，戚佳雪声音太腻了，艾伽听得都有点醉。

周逾生的目光看过来："艾伽，你准备上什么学校？"

戚佳雪真的喝多了，肚子里藏不住话："她要和靳嘉致一起去京大。"

季时安想都没想就说："你怎么可能考得上。"

艾伽动作一顿，戚佳雪先不高兴："你什么态度？"

艾伽勾唇："你就等着看呗。"

突然，放在桌上的手机振动起来，她拿起一看。

靳嘉致。

艾伽心跳好像快了一点。

她本可以就在这里接的，可莫名地推开餐厅的门，下一秒夏夜凉飕飕的风就灌进裙子里。

她站在屋檐下打了个喷嚏，才将电话接起。

身后的店音响开得有些大，透过玻璃门还隐隐传来，艾伽将手机贴得更紧了一些。

靳嘉致的声音传过来："我这里结束了。快到了，你们结束了没？"

艾伽往后看了眼那三人的修罗场："等你来买单。"

靳嘉致笑了声："有没有良心啊。"

艾伽说了声没，又停顿了几秒，耳边只有籁籁雨声。她踩着碎雨，深呼吸了一下："靳嘉致，我今天有事情想和你说。"

七点五十八分，雨小了点。

艾伽站在原地，对着雨珠发呆，翻来覆去在想戚佳雪刚刚和她说的话。

她在琢磨一会儿要怎么和靳嘉致告白，虽然平时没皮没脸惯了，但关键时候，她还是有点害羞。

突然电话响了，是艾翰彬。

接通的那瞬间，艾伽下意识抬头往街口看过去，视线里那个熟悉的人身边多了个女人的身影。

"艾伽，你考得怎么样？我这半年赚了点钱，要不爸爸送你出国？"

她皱起眉没说话，走到路边让自己看得更清晰点。没注意到身边有个擦肩而过的人，对方忽然停下脚步，回头看过来。

两人亲昵地抱了下，耳边声筒里传来艾翰彬的声音，是对女人的嘱咐："进小区注意安全。"

那个女人笑了下，亲了下艾翰彬的脸。

艾伽僵住了。

"艾伽？"

艾翰彬觉得奇怪。

"这孩子怎么挂了？"

晚上八点零三分，雨停了。

有个人从身后拿过她的手机，未经允许，将电话给挂了。风很凉，鼻息间都是他身上的气息，是冷感的薄荷味。

艾伽抬起头，脸上的表情还没来得及收拾，就这么难堪地看向了他。

四周寂静，一直播放的歌曲也停了下来。

靳嘉致垂眸看过来，过长的睫毛挡住了目光的含义。他没说话，将手机放回她手里，转身要给她留下一片安静的角落。

他了解艾伽，她不爱让自己的狼狈和伤口被别人看到。

"靳嘉致。"

艾伽拉住了他。

她长发湿漉漉的，连同看他的眼神也湿漉漉的，是少见的示弱。

靳嘉致一愣，转而温柔地笑："怎么了？"

气氛凝滞。

艾伽的手机在响，艾翰彬又打了过来。

她没管，只看着靳嘉致问："上次说好的逃跑还有效吗？"

他"嗯"了声，往里面看了眼："账单还没结。"

艾伽："让他们自己结。"

靳嘉致："好。"

他本来也不想结账。

艾伽牵着他的手，踩过满是水洼的地面，穿过无人的街道，停在一家二十四小时营业的便利店门口。她跑进去又抱了几瓶啤酒出来，他们坐在街边的长椅上。

雨后的空气凉，身后是绿化带，小飞虫在路灯下转啊转，刚停的蝉鸣声又响起来。

艾伽安静地坐了会儿，突然猛地拍了下自己的腿，赶走烦人的蚊子。

靳嘉致坐在她身旁，很静地看着她，忽然问："要哭吗？"

艾伽愣了瞬，摇摇头："不会因为他掉眼泪。"

说完，她看向靳嘉致。

靳嘉致的脸被树影遮了一半，却没遮住温柔，艾伽声音低下来："我是不是很没用？还在乎那种人。"

"不是。"

靳嘉致知道艾伽对艾翰彬的感情很矛盾，这么多年虽然艾伽表现得都很讨厌他，但心里还是在乎的。

他帮艾伽将啤酒打开，易拉罐上有水珠，他擦了下后才递给艾伽。

艾伽盯着他的动作，脑子里突然想起了今晚最初的目的。

戚佳雪眼里的少女情怀，让她嫉妒，艾伽不想做用酒壮胆的胆小鬼。

她接过酒没喝，对上靳嘉致的眼睛，猝不及防就问："我们能谈吗？"

他抬眸，静了一秒："谈什么？"

艾伽喊了声，目光收回来，盯着地面："你别明知故问。"

靳嘉致用力抿了下唇，明显吞咽了下，喉结滚动。

他还没出声，艾伽有点急，视线又移回来对上他的。

"你……"

他打断她，说："能谈。"

艾伽"哦"了声，站起来："那行，走吧。"

靳嘉致看向她："去哪儿？"

"回家。"艾伽按亮手机给他看时间，"挺晚了。"

靳嘉致没说话，跟在她身后。

两人一前一后走了会儿，艾伽停下回头找他。

"你要不愿意就算了。"

"没有。"

艾伽点头，又"哦"了声："那你一直走在我后面干吗？总不会是在害羞吧？"

路灯下，他头更低了点，看不见脸，艾伽眼尖地发现他的耳尖红了。

忽然，所有的坏心情都消失了，她转身继续往前走，嘴角情不自禁在笑。

（2）

第二天一早，艾伽还没醒，戚佳雪的电话就打过来了。

"你还在睡啊？"

艾伽睁眼看了看时间，刚过九点，又闭上眼睛："说重点。"

"我预约好密室逃脱和剧本杀，我们上午密室逃脱，下午剧本杀，然后晚上去吃烤肉怎么样？"

戚佳雪兴奋得要命，艾伽被她吵得眉头皱起："你活动这么多？"

"快起床，我还叫了季时安和周逾生。"戚佳雪停顿了一秒，"也叫了靳嘉致，他说不去。"

艾伽顿了下，睫毛缓缓睁开："我也不去。"

戚佳雪不满："为什么啊？"

她语焉不详："有点事。"

"好吧。"

挂了电话，艾伽又睡了会儿。

中午十二点多又被敲门声吵醒，艾伽爬起来打开门，见是靳嘉致又走回房间倒在床上。

今天气温很高，卧室里空调冷气开得很低，窗帘没拉开，光线很暗，她睡裙被卷起了些，露出大片肌肤。她本人没察到，头埋在枕头里。

靳嘉致站在空调风口，冷热交替，一时没适应，皮肤上起了小小的颗粒。过了一秒，他微微俯身，伸手将她裙子拉好。他指尖不小心碰到她腿上的肌肤，才知道自己的温度有多高。

艾伽被烫得轻颤了下，抬起头反应慢半拍地回头看他。

靳嘉致也在看她，他眼睛生得极好，睫毛又长又密，从上往下看过来时，眸光有种难以言语的深情和少年人特有的青涩和忧郁。

艾伽到嘴边的话又咽了下去，她眨了下眼睛，脸颊的温度提高，昏暗里脸红了也看不清晰。

两人对视着，靳嘉致先直起身，目光没移开，口吻如常："饿吗？"

她吞咽了口水，含糊道："还好。"

他"嗯"了声："想吃什么？"

"随便。"说完，艾伽觉得自己有点敷衍，又说，"都行。"

靳嘉致点点头，视线在她身上停留了一秒："我出去等你，你换衣服。"

"好。"

门关上了，艾伽在床上愣了愣才站起来，拉开衣柜。

五分钟后，她打开门。

靳嘉致靠在门对面的墙上。见他伸手，艾伽下意识愣住。

靳嘉致没抬头，直接将她压在衣服内的头发拢出来。艾伽下意识抓住他的手，问："出去吃吗？"

"嗯。"

今天的太阳大得让人睁不开眼，艾伽走出小区才发现他们的手没松。本来没觉得有什么，现在注意力集中过去，掌心有些潮，她没忍住缩了下，下一秒被抓得更紧。

艾伽抬头，正巧对面开过一辆电瓶车，他将她拉近了些："看路。"

"哦。"她将目光收回，总觉得有哪里不对劲。

公交车来了，现在不是早晚高峰，车厢内很空。他们俩并排坐在车厢后两排的座位上，两个人都没说话，艾伽没问他要去哪里。

十五分钟后，他拉着她下车，是小学前面的一条街巷的一家面店。

艾伽仰头在前台点了份三鲜面，坐下来时才想起，这是她来到苏城后第一天上学，奶奶带她和靳嘉致吃的第一顿早饭。

艾伽抬眸看了看靳嘉致，小声嘟囔："记性还挺好。"

靳嘉致没说话，只是低头将她的筷子和勺子用热水烫了烫，递给她。

吃到一半时，艾伽忽然问："吃完去哪里？"

"看电影。"

艾伽咬了口面，笑起来："你是不是在网上查了什么攻略？"

他筷子顿了下，艾伽以为他不会答，没想到他"嗯"了声，然后问她："不喜欢的话可以不去。"

"没有不喜欢。"

只是没想到，靳嘉致谈恋爱是这种风格。

有点笨拙到让人心疼。

电影院在附近的一个商场里，靳嘉致显然是随便选了个当下最受欢迎的电影。

艾伽对看电影的热情不是很高，她撑着下巴，目光有一半时间都在看靳嘉致。

她在想今天是不是在一起的第一天，如果是的话，她是不是太随便了，套了件短袖就出门了。

想着，视线慢慢往上，靳嘉致今天穿了件黑色的短袖，皮肤显得更白，大屏幕上光线变换，在他脸上斑驳掠过，长得让女生都嫉妒的睫毛在眼下投下一片阴影。

他好像和平时也没什么不同。

忽然，手又被抓住，他手指扣着她的手，指腹在她手心摩擦，声音从耳边钻进来。

靳嘉致问："不好看？"

艾伽咬了下唇，下意识就要回"没你好看"，停顿了一秒："还行。"

见他看过来，艾伽抓了几颗爆米花往他嘴巴里塞，有种莫名被抓住的别扭感。

"专心点看。"

靳嘉致将爆米花吞下，甜腻的味道在舌尖爆发，他睫毛垂下，轻笑。

到底是谁不专心。

电影有三个多小时，散场时，夕阳将天边烧成暗红。

温度也没白天那么难熬，他俩走在商场外的街道上，旁边有很多特色小吃店。

来来往往都是举止亲昵的情侣，走到一家门口围了很多人的店时，靳嘉致突然问她："吃不吃？"

艾伽那种奇怪的感觉又蔓延起来，她点了下头。

看着靳嘉致的背影，艾伽终于知道这种又酸又涩又甜的感觉是什么。因为这一切行为都不符合靳嘉致的人设，他好像就应该高高在上，而不是陪着她在市井街头排这种小店。

之前他好像每次来这种地方，都显得格格不入。

但现在好像变了，又好像没变，他走进人群里，身旁的女生看见他，惊艳得频频侧头看他。

他没在意，只看着点单的女生，和她说要什么。

艾伽感觉心跳好快，打算走过去跟他一起，忽然余光看到个熟悉的人。

周逾生也看到了她，冲她挥了挥手。

艾伽走到他身边，扫了眼他手里的饮料："你们也在这附近玩？"

周逾生点头，目光越过她看向不远处的靳嘉致，他笑了笑："约会？"

"嗯。"

夏日的晚上总是热情，身边人挤着人，他俩站到主街旁边的窄巷里。

周逾生不知想到什么，突然问："想好了？"

"也没有。"她抬起头，问周逾生，"你怎么想的？戚佳雪人挺傻的，你要是不喜欢，也别……"

周逾生打断她："这么不信我？"

艾伽低头扯唇笑："你有什么可信的？"

靳嘉致买完炒酸奶，转身就看见了她在人潮交织后的这个笑容。他皱起眉，扫了眼她对面的人，眉头皱得更深，快步走过去。

艾伽没看见他，还在和周逾生说话："要是不合适就早点结束？早死早超……"

身边忽然站了个人，那人伸手将她放在身侧的手握住，十指紧扣。

"生。"

周逾生看到这一幕一愣。

艾伽也愣了下，没在意周逾生，低头看着她和靳嘉致交握的手。巷子里真的很暗，连路灯都没有，只靠着主街上隐约的光。

靳嘉致没出声，很安静地听着艾伽和周逾生聊天，也不参与。

靳嘉致目光一偏，忽然看向他俩的影子，下一秒身体往艾伽那边靠了靠，他偏过头，目光看着突然勾起唇。

因为……

从影子上来看，他俩正在接吻。

周逾生意识到了自己的多余："你们过去一起玩吗？剧本杀还没结束。"

艾伽摇摇头："不去了。"

周逾生："那我先过去了，戚佳雪他们还在等我。"

艾伽点了点头，看着周逾生走了，才将目光看向靳嘉致。

静了两秒。

艾伽出声："在想什么？"

靳嘉致的目光缠上来，不知是不是错觉，他此刻的眸光特别有侵略性。

艾伽还没抓住他的反常，他先说："在想怎么亲到你。"

艾伽低低笑出声，踮起脚，手指拽着他的衣服："这简单。"

音落，她的唇在他唇上蹭了蹭。

不知是天气热，还是体温热，本来还能适应的温度，忽然烫起来。

鼻息交融，呼吸交缠，她只停了很短的时间，就要离开。

可下一秒，靳嘉致空着的那只手，扶住她脖子，吻了上来。

他贴着唇边，用力亲着。

更热了，连呼吸都困难重重，艾伽心跳更快，撞击着心口，声音大得仿佛在整条空荡的巷子里回荡。

手心忽然被什么黏腻的水滴到，她快要忍不住求饶时，靳嘉致终于停了下来。

头抵着头，她喘了几口，才感觉呼吸顺畅。

靳嘉致侧过脸有些不自然，不知是因为刚刚的亲吻，还是因为她的声音。

四周太黑了，艾伽目光追过来，虽然看不清晰，但还是知道他在害羞。

她脸也红了，但还要调戏靳嘉致："这么会亲？"

"嗯。"他头更偏了点，注意力放到了化掉的炒酸奶上。

艾伽逼近，身体几乎没有距离："和谁练的？"

靳嘉致躲无可躲，抿了下唇，声音有些哑："天分。"

艾伽笑起来，倒在他怀里："你刚刚亲影子了，别以为我没看见。"

他又不说话了，四周很吵，可他俩所在的这一方小小的空间却很静。

不知过了多久，他说："化了。"

艾伽"啊"了声："真浪费。"

靳嘉致"嗯"了声。

"你不会因为这个生气吧？"

他说："没有。"

艾伽想说那你干吗这样，可话还没说出口，他索性将化成水的炒酸奶扔掉，搂过她的腰，又低头亲下来。

他手指还有凉意，薄薄的布料阻隔不了，冰得艾伽轻颤了下，更往他怀里钻。

靳嘉致闭着的眼睛，睁开了一秒，很深地看了艾伽一眼，吻得更凶。

艾伽推了下他肩膀，小声呢喃："你别这样。"

他"嗯"了声，唇还贴在她嘴角，问："哪样？"

艾伽嘻嘻在笑，然后仰起头，对上他眼睛："你是不是吃醋了？"

靳嘉致咬了下她，不说话。就在这时，身后突然有人叫她名字——

"艾伽？"

（3）

"艾伽？！"

艾伽听出是戚佳雪的声音，她推开靳嘉致，回头看了过去。

戚佳雪、季时安、周逾生都站在巷子口。

艾伽抿了下唇，视线看向周逾生。

周逾生低笑："我只是说了你们在这里，也没想到会正好看到……"

他耸了下肩膀，一副和他没关系的表情。

戚佳雪跑上前来，围着他俩转了一圈，满脸不敢置信。

艾伽被她转得头晕，扯住她："行了。"

"什么行了，你俩什么时候在一起的？"戚佳雪越想越气，"怪不得你俩今天都不肯来，原来是自己有约会！"

她回头问季时安："你知道吗？"

季时安摇摇头，挑眉看着靳嘉致："我也是刚目睹了现场直播，才知道。"

艾伽无力地往后退了一步，站到靳嘉致身后，手指拉了下他衣角，小声说："你交代。"

靳嘉致目光顿了下，嘴角有不太明显的笑意。他握着艾伽的手，垂眸扫向戚佳雪。

戚佳雪向来莫名怕他，被他看了眼，又退缩了，几秒后又不甘心："总得给我们一个交代吧。"

几个人找了家甜品店坐下来，艾伽、靳嘉致坐在一边，另外三个人坐在另一边。

戚佳雪不去看靳嘉致的目光，只盯着艾伽："说吧。"

"就你看到的那样呗。"艾伽接过靳嘉致递过来的奶茶,想抽出手,又被他拉住。

艾伽看了他一眼。

靳嘉致低着头,视线没看任何人。

戚佳雪又被眼前的情景秀到,声音更大了一点:"具体!"

"昨晚在一起的。"

"好啊,我说昨天吃饭吃一半你去哪里了,艾伽你太过分了啊!"戚佳雪越说越起劲,"我什么都对你说,你居然还对我有所隐瞒。"

"差不多行了。"靳嘉致突然开口。

戚佳雪一怔。

艾伽扫向靳嘉致:"你闭嘴。"

靳嘉致没出声,居然真的乖乖闭嘴了。

戚佳雪眼睛都快瞪出来了,艾伽又看向她:"还有什么要说的,赶紧,我晚饭还没吃。"

戚佳雪撇了下嘴,和季时安对视一眼,又撇了下嘴:"没了。我晚饭也没吃呢,你请,不,靳嘉致请。"

靳嘉致:"行。"

几个人挑了一家烤肉店,戚佳雪黏黏糊糊一点自觉都没有,总缠着艾伽。

季时安坐到靳嘉致身边,捣了下他:"开心了吧?你这是不是算完成了多年夙愿。"

靳嘉致闻言,手上烤肉的动作停了下:"嗯。"

季时安真的替他开心。

"真挺不容易的。"季时安感叹了一句,忽然想到什么,"艾伽的成绩你估过没有?京大不是在北城吗?北城的学校不少,她最优化的选择是哪里?总不能刚在一起,就异地吧,你受得了?"

靳嘉致没估过艾伽的高考成绩,但高三这一年,他几乎都和艾伽在一起,成绩也是他一手带上来的。艾伽能考多少分,他心里大概有个底。

只是,如果按照艾伽的兴趣和美术上的天赋来说,无论怎么选都不是最优选择。

他没正面回答这个问题,问季时安:"你有什么打算?"

"我家里肯定让我出国学金融，哎，其实我挺想去当兵的。"季时安推了下靳嘉致，"你笑什么？我知道我吃不了苦，但我说说不行吗？"

"行。"靳嘉致拿起盘子，将烤好的肉放进去，放在艾伽面前。

季时安无语地看了看靳嘉致："虽然我早有准备，但你真的……比我想象的还要夸张。"

无论是从巷子里到甜品店，再从甜品店到烤肉店，靳嘉致一直都要牵着艾伽的手。视线也一直都停在她身上，情绪随着她的情绪起伏而定，看见艾伽被戚佳雪逗笑，他也跟着笑，眼底的温柔和宠溺别说藏了，根本就是要流出来了。

谁看了不说一句他好爱艾伽。

但靳嘉致本人却毫不察觉："怎么？"

季时安手持筷子去抢肉："没事，我怕你这样吓到她。"

靳嘉致挡过季时安的筷子，季时安不满地"喊"了声，又说："你之前什么都忍着，对她只是朋友，突然变成这样，我怕艾伽会吓到。"

靳嘉致不解："对她好，比之前十倍好，不好吗？"

"就是太好了。阿致，你知道你现在像什么吗？你好像要把艾伽关在自己的世界里，只让她属于你一个人。我知道你，就是这么想的，但艾伽喜欢这样吗？

"我们都知道艾伽是个什么样的人，我虽然不知道你们是怎么一个契机在一起的。但作为兄弟，我真的希望你一直这么幸福。你今晚的笑，比你高中三年还要多。"

晚上结束得很晚，几个人都有些醉意。

靳嘉致最清醒，他牵着艾伽慢慢在路上走。艾伽很喜欢晃悠悠散步的感觉，她觉得特别浪漫。

她走路也不老实，东倒西歪时不时就碰他的影子。靳嘉致觉得她磨人，松开她的手去搂她的腰。

"热。"

肌肤贴着，身体挨着，这可是盛夏的夜。

他"嗯"了声："是热。"

"那你松开。"

"不松。"

艾伽仰头望着他嘻嘻笑起来："好吧，看你是靳嘉致，忍你。"

靳嘉致低头看她，下一秒，将她搂得更紧了点。

路上有拿着话筒和相机的街头采访，看到他们这对高颜值的情侣便走了过来。

"可以占用你们几分钟吗？我们是街访，想简短地采访你们一下。"

记者是个女生，看了他们一会儿认出艾伽："你是网红阿伽吧？"

艾伽喝得有点多，反应有些慢，她点了下头。

记者觉得自己今晚的收获真大，随便在街上都能遇到一个粉丝量很大的网红，而且还撞见了她和她男朋友。

"你身边这位是你男朋友吗？"

艾伽勾起唇："你问他啊。"

记者愣了下，将话筒移向靳嘉致。

靳嘉致说："是的。"

艾伽"哈哈"笑。

记者不知她笑什么，也跟着笑："今天的主题是，你们介意情侣间没有自己的个人空间吗？就是比如手机互相看，找不到人就疯狂打电话，一天二十四小时有二十个小时都得黏在一起。这样你们会觉得怎么样？"

靳嘉致："我喜欢她黏着我。"

艾伽眨了眨眼睛。

记者有些意外，她先入为主，觉得男生看起来冷冷的，没想到是这个想法。

记者："不会觉得很腻吗？"

他皱了下眉："为什么？"

记者："呃……再喜欢天天在一起也会审美疲劳吧。"

"不会。"

"不可能的。"记者不信，"现在是热恋期，你俩刚在一起没多久，所以你才这么想，时间长了，肯定会……"

靳嘉致没了耐心和她掰扯。

艾伽察觉到他的情绪，打断记者："我们还有事，不好意思，先走啦。"

走了几步后，艾伽看着他，问："真不会腻啊？"

"不会。"

"要我会呢？"

靳嘉致眼睫停滞了一秒，唇抿了抿："什么时候？"

见他一本正经问会腻的时间，艾伽笑起来，伸手抱住他，慢慢将脑袋靠在他怀里："开玩笑啊，你怎么老这么认真，我都不忍心逗你了。"

靳嘉致没动，他在想艾伽这话是一时兴起还是什么。静了两秒，他忽然问："你想去哪里上大学？"

"北城啊。"

他低头去找她的眼睛，视线对上，发现她眼底都是认真。

不安的心又放下，靳嘉致忍不住低头亲了下她的眼睛："好。"

(4)

"我对比了下这几年的分数线，你分数过二本线应该没问题。"靳嘉致将电脑屏幕转到艾伽面前，"你看这几所学校，都在北城。主要还要看你想读什么专业，如果从分数上来选最优的是这所。"

艾伽心不在焉地趴在床上，眼睛半睁半闭的，显然没在听他说话。

他看着她，早就发现艾伽对选学校的热情不高。

艾伽见他不说话了，睁眼望他："怎么了？"

可能是成绩还没下来吧，靳嘉致压下心底的情绪，俯身抱住她，两人一起躺在床上。

这是他的床，深色的床单被子上都是他的味道。他鼻梁贴着她的后颈，闻到她身上和他一样的气息，忍不住将她抱得更紧。艾伽觉得痒要躲，他察觉到她的动作，忽然撑起身体侧头用力亲上她的唇。

心"怦怦"地跳，身体被更亲密地抱着，唇上一下又一下，直到呼吸急促起来，他又克制地用唇蹭她的唇。

缓了几秒，靳嘉致从她身上收回目光，移向别处，过了好一会儿喉结动了动："别亲了。"

艾伽说："不行。"

她心跳也快，肌肤又潮又烫，靳少爷秀色可餐，她只想贴着他。

今天是在靳嘉致家，他房间原本冷色调的风格忽然被氲上了红。窗帘遮住阳光，空调已经开到很低，冷气十分充足。可就是热，她又低下来，埋在他脖子里，声音钻进他耳蜗里。

不知过了多久，突然谁的手机响起来。

靳嘉致的理智终于回来，紧抿着唇，沉默地压制住她进一步的动作。太安静了，耳边充斥着他们的呼吸声，连他脖颈上青筋跳动的声音都清晰可闻。

艾伽唇咬着他的衣服，不高兴地埋怨："你怎么这样啊。"

他低头专心将她衣服拉好："等你过完生日。"

她扫了他一眼，嘟囔："规矩真多。"

靳嘉致当作没听见，去厨房给她做饭。他俩就在家宅着，靳嘉致打游戏她就看剧，靳嘉致看书她就画画。

困了就倒在沙发上、地毯上随便睡着，艾伽醒来时发现靳嘉致正在看她。

他很少看起来这么不整齐，头发有些乱，衣服也皱。艾伽想笑，忽然她伸手摸了下自己的唇："你是不是偷亲我了？"

他眼睛没动，静静地看着她。

因为太近了，她清晰地看见他眼睛里的自己，艾伽看着他微微颤的眼睫："靳嘉致，你是不是很喜欢我啊？"

靳嘉致没出声，艾伽开口又想说什么。

同一秒，她手机又响起来。

这个号码已经持之以恒给她打了十几通了。

"谁？"

这个问题，他之前从来不会问，艾伽察觉到他的变化。

"不认识。"

靳嘉致眉头微微皱，他看见了艾伽的全部反应，并不像不认识的样子。他低头，目光回到一个小时都没翻动的书上，碎发遮住眼底的情绪。

艾伽看完短信说："一会儿我要出去一趟。"

他又抬起头看向她，情绪明显低了些，看起来像是被人抛弃的宠物猫。

艾伽笑起来，凑过去又咬了下他嘴角："黏人精，你乖一点，我会早点回来的。"

靳嘉致看着她吞咽了一下："好。"

出门时，任可歆的电话又来了。

她比艾伽想象中还要执着。

艾伽接起电话的时候，对方有些受宠若惊。艾伽没耐心和她培养错过了九年的亲情，开门见山和她说半小时后见吧。

两人约在一家网红奶茶店，任可歆比约定的时间早来了十分钟。

她有些紧张，上次见艾伽，还是艾伽九岁那年，现在已经过了那么多年了。前段时间艾翰彬离婚后第一次联系她，说艾伽艺考失利，他希望艾伽可以出国试试，总比在国内读个普通学校非设计类专业要好。

前夫的声音太认真，认真到她很陌生，她已经不记得他还有这种模样了。她十分同意，并且第一时间订了机票从国外回来。

艾伽走进来时，任可歆正在脑子里演练要怎么和女儿打招呼，毕竟她们已经很久没见了。从任何角度来说，她这个母亲确实十分不负责任。她想了好几种，却一种都没用上。

艾伽径直坐在了她对面，没什么特别的表情，好像是在见一个路人，没有感动，没有埋怨，也没有怨恨。

任可歆连忙将点好的奶茶往她面前推了推："我看了一会儿发现来的小姑娘都点这款，就给你点了。"

艾伽点点头："谢了。"

任可歆动作一顿，被她的客套伤到："没……没什么。"

"找我有什么事？"

"是……是你上大学的事情。你爸爸和我说了，说你艺考因为奶奶没考好。所以我们想，你要不要去国外的学校试试，妈妈有这方面的资源，可以帮你推荐。"

"不用。"

"妈妈知道你不喜欢我们插手你的事情，但这是上大学，是一辈子的事情，你……"

艾伽笑着打断她："你们挺有意思的，一走快十年，一回来就指手画脚，谁给你们的权利啊？

"我自己的事情自己做主，你和我爸都消停点，一个两个都有自己新的家了，还来瞎掺和我的事干吗？"

任可歆一时语塞，"为你好"三个字，她无法说出口。无论是她还是艾翰彬，作为父母都太失败了，她离开时还小小的女儿现在已经长成有自己想法的大人了。

"我知道没什么立场和你说这些话，但妈妈也学了十几年画画，我希望你不要因为一次艺考失利就放弃走这条路。"

"我不会放弃的。"艾伽喝了口奶茶，甜得她皱起眉，"我想复读一年。"

任可歆怔了下："联系好画室了吗？我认识几个不错的，如果可以，我能帮你联系一下吗？"

她这话以退为进，艾伽忽然有些不忍，所以没拒绝。

两人见面的时间晚，聊完已经到晚饭时间。任可歆期待地看着她，提出了共进晚餐的请求。

艾伽犹豫了下，点了下头，低头解锁手机给靳嘉致发了个微信。

【伽伽：晚上不回来吃饭了。】

靳嘉致看着手机，屏幕暗了就去点一下，看着那句话，看着她头像。

忽然屏幕自己亮起来。

【伽伽：你吃晚饭了没？】

【靳嘉致：没。】

【伽伽：我给你打包了汤包。】

【靳嘉致：好。】

【伽伽：你饿吗？饿的话先吃点东西垫着。】

【靳嘉致：很饿，早点回来。】

任可歆看着艾伽心不在焉一直在发消息："是有什么事情着急回去吗？"

她和任可歆吃的是火锅，两个人口味很近，都爱吃辣。

艾伽点点头："有点事，那我先走了。"

已经吃得差不多了，任可歆没说什么，让她先走。

艾伽走出火锅店，跑到一楼的一家汤包店打包了一份蟹粉汤包，想了想又多要了一份小馄饨。

等待的时候，她回靳嘉致的微信。

【艾伽：少爷，你现在不仅黏人还会撒娇了？】

(5)

夏天进入最热的时候，艾伽和靳嘉致窝在家里专心宅着。

高考成绩出来的前一天，季时安和戚佳雪找上门。艾伽他俩正在沙发上看无聊的电视剧，茶几上放了一堆垃圾食品。

靳嘉致什么时候这么虚度过时间，又什么时候让家里这么乱糟糟的。

季时安觉得艾伽真的挺神的，能让靳嘉致这么死心塌地。他没见过靳嘉致这么对一个人好，好到大概愿意给她所有，没有底线。

"你俩不无聊啊，天天就看这种狗血剧。"戚佳雪选了包薯片坐下来，扫了眼电视觉得他俩在浪费生命。

艾伽正吃着果冻，瞥了她一眼："不爱看就走。"

"你别打击失恋的人，我现在可脆弱了。"

艾伽目光又移了过去，看了戚佳雪一会儿，她放下手里的果冻，拉着戚佳雪走到阳台。

戚佳雪看起来没什么变化，也不见有多难过。

艾伽问："你提的还是他提的？"

"我，我感觉不是想象中的样子。"戚佳雪望向艾伽，"喜欢一个人其实能感觉到的，周逾生真的一点都不喜欢我。但我现在想开了，也和他谈过了，也算完成心里夙愿了，没啥好遗憾的，这样大家你好我好也不尴尬。"

艾伽点点头："你不难受就行。"

戚佳雪看了看客厅里的靳嘉致，发现他的注意力根本不在电视剧上，隔几秒就要看过来，脸上表情分明和往日无异，可就是让人能感受到他的爱意。

戚佳雪有些羡慕，不由自主笑起来，忽然问："你呢？"

艾伽没出声。

"我听季时安说靳嘉致很想你去北城的学校，你想得怎么样了，明天成绩就出来了。如果……你们打算异地还是怎么？"

见艾伽没说话，戚佳雪看出点什么，抿了下唇："你不会真打算异地吧？"

"我想复读一年。"

"你和他说了吗？"

艾伽顿了顿："还没。"

"那你早点说，别让他白计划空欢喜。"

阳台的玻璃门被推开，靳嘉致走过来握住艾伽的手："还没聊完吗？阳台热。"

戚佳雪冲艾伽暧昧地笑，艾伽没看她，对上靳嘉致的视线："聊完了。"

他"嗯"了声，将她拉进来，自己又坐回到她身边。

过了会儿，季时安叫的火锅外卖到了，他和季时安去餐桌准备。

戚佳雪终于又重新获得艾伽，凑到她耳边咬耳朵："他占有欲好强哦，都不让我黏着你。连我们聊什么，什么时候聊完都要管。"

靳嘉致确实更严重了，她只要不在他身边，他就会明显低气压，而且会打许多的电话，一遍又一遍地询问她在哪里、什么时候回来。

"你这样累不累啊，会不会觉得喘不过气？"

"还好。"

"我不行，要是我肯定会疯的。"戚佳雪忽然又说，"一般不是没有安全感的女孩子谈恋爱才会这样吗？怎么靳嘉致也会这样啊？"

任可歆效率很高，在成绩出来的第二天，就帮艾伽联系好了一家十分有名的画室。

而联系上的老师更是业内声名赫赫的大佬，本来这种名额十分稀缺，必须提前很久还得看学生的水平才能报上。

所以那天一早，任可歆来到佳安新村将艾伽叫醒，直接飞了过去。

这位老师之前看过艾伽的作品，觉得她很有灵气，没怎么为难就同意了。

"就从今天开始吧，本来我们五月份就开始集训了，一直到联考，你已经迟了。你应该听过我们画室，集训期间不允许用手机，所有时间归画室统一安排。"

任可歆说没问题，转头和艾伽交代："长荣那边复读手续我帮你办，衣服我去帮你收拾然后带给你，你先用画室里的东西，妈妈今晚回去，明天再飞过来，很快的。"

艾伽看着她忙前忙后，抿了抿唇，没吭声。

她又说："你手机呢，给我。"

艾伽从口袋里摸出手机，放到她手里，又拿回，给靳嘉致发了条消息。

【伽伽：我去外地集训了，手机要被收，不知道要多久。】

任可歆看了看她："给男朋友发消息？"

艾伽："不是。"

"那就好，你自己说要复读的，那复读这一年就什么都别想，好好学。"

艾伽将手机递给她："知道了。"

靳嘉致睡醒就看到了这条消息，眉头皱起来。

昨天高考成绩出来，艾伽过了二本线，分数在他预计之内，他查了各个学校各个专业，都做了比对，本想今天和她好好谈一谈。

但看到这条信息，他茫然地愣了好一会儿才反应过来。

她从一开始就没准备今年去读大学，从联考失败那天她就想着要复读。

不知为何，靳嘉致忽然想笑，为这大半年的辛苦，忽然就觉得有些可笑。

她为什么不告诉他？

靳嘉致回了个"好"。

他将手机扔到一边，又将收集的资料全部扔了。

这个暑假实在太长了，长到他看了无数次她的头像，都没有消息。

或许真的要被她忘了。

又到了8月，艾伽的生日快到了。戚佳雪环游了一趟祖国的大好河山，晒得像个黑炭，回来才发现艾伽去集训了。

季时安和她说靳嘉致这个暑假就将自己关在家里，没出门。

她惊呆了："怎么听着这么可怜。"

"可不就真可怜，像被抛弃的宠物猫。"

8月11日那天，戚佳雪打听到艾伽在平城集训，她拖着季时安和靳嘉致一大早就赶过去，准备给艾伽过个最难忘的生日。

平城是历史古城，气候和苏城天壤之别，地面烫得要将人蒸发。

他们订了本地号称最浪漫的一家餐厅，选了人气最高的蛋糕，早早将一切准备好等候艾伽的到来。

靳嘉致从头到尾都很沉默，见戚佳雪打电话催艾伽时，他眼睫颤了下。

"你能联系到她？"

戚佳雪刚挂了电话，没听清。

"她手机不是被收了吗？"

"是啊。"戚佳雪点头，"但总不能一直收着，偶尔也会发给他们联系外界人。集训又不是坐牢。"

季时安在一旁用眼神看了眼戚佳雪，戚佳雪这才反应过来，想说什么，缓解下包厢里冷淡的气氛，但张了张嘴，她又不知道要说什么。

艾伽在十分钟后出现，戚佳雪上前抱着她，哭哭闹闹的，搞得像生离死别："我报了海大，我们之间的距离不是很远，以后我有空会回去监督你学习的。"

艾伽帮她擦掉眼泪，回头问季时安："你呢？"

季时安漫不经心地笑笑："我还能去哪儿，当然去万恶的资本主义国家读金融。"

艾伽"哦"了声，视线看向靳嘉致。

靳嘉致坐在一旁，静静地看着她。他俩一个半月没见了，中间甚至连信息都没有。她若无其事地问："你还是京大吗？"

他淡淡"嗯"了声。

这是他们这顿饭唯一的对话。

傻子都能看出来他情绪不对。更何况，他喝多了。

吃完饭，时间还早，戚佳雪说要陪着她到十二点，一起到新的一岁。

艾伽摇摇头："我们有门禁，老师好严，必须十点前回去，今天已经是请假出来的。"

戚佳雪鼓了鼓嘴巴："可今天是生日啊。我计划是……"

"我知道。"艾伽抱住戚佳雪，"谢谢你啊。"

戚佳雪往后看了眼，轻声和她说："你好好哄哄少爷啊。"

艾伽也往后看，和他对视。他停了一秒，先移开视线。

戚佳雪和季时安先回酒店了，只剩下他俩。

这个城市夜生活寥寥，明明才九点，街道上已经看不见人影。

靳嘉致在餐桌上喝了几听啤酒，走路有些摇晃，脸色也白。他这一晚都很少和她对视，现在更是不愿意看她。

艾伽先停下脚步，仰头看他，感觉他又瘦了，好像风一吹就能倒似的。

"靳嘉致……"

她刚叫出他名字，靳嘉致就低下头，对上她的眼睛。他声音被酒精烧得发哑，问："你是不是就想和我玩玩？"

艾伽愣了下，被他明显的情绪打得措手不及。

过了两秒，她喉咙发紧地说："不是。"

她神色十分认真，语气也真。四周不知何时有了一种微妙的气氛萦绕着她们，靳嘉致情绪很坏，听到她的话，不仅没有好转反而愈加坏。

艾伽受不了这种氛围，她张了张嘴，想要说什么，却见他眼睫微微颤，眉眼间都是倦怠。

这种倦怠，让她忽然不知所措。

下一秒，他更加沙哑疲倦的声音在耳边响起——

"你从来没说过喜欢我。"

艾伽全身都有些麻，后背更是一片冰冷没有知觉，大脑空白。

"我只是想我们暂时别联系，我复读一年，想专心一点，如果……我会总想着你，会分心。我保证一年后，我会去……"

靳嘉致打断她，双眸盯着她："现在是分手的意思吗？"

她抬头看过去，斟酌了会儿，一字一顿道："我俩什么关系取决于你。"

静了片刻。

他突然乐得笑起来，声音里都是自嘲："你说做朋友，我和你做朋友；你说谈，我跟你谈……现在你说都取决于我。艾伽，你真行啊。"

他其实最气艾伽复读的这个决定没有第一时间告诉他，他像个傻子一样。

但靳嘉致明白，这一切都是他自己在患得患失，因为这段时间太像假的，他急切地想要抓到什么，确定未来。

四周太静了，没有风，只有他俩的呼吸声。

靳嘉致忽然想到去年也是这个时候，他看到父亲的丑闻和母亲的疯狂报复，脑子一热赶去海城找她。

也是她的生日，他站在画室所在的酒店楼下等她。

等了三个小时，他们才背着画板从外面回来。靳嘉致一眼就看到了艾伽，也看到了她身边围了几个男生。他们手里拿着蛋糕和礼物，他的到来显得特别突兀。

但他没走，快到零点时，他给她打了几通电话，可是都没被接通。

那时，他挫败地想，可能注定今晚，他给她的生日祝福不能送出去。

现在还是热得要命的夏夜，蚊虫多得在室外站一会儿就被咬得到处红肿。温度又燥又闷，肌肤上浮了层薄汗。他有些累，或者说，有些厌烦这样的关系了："我被你扔在家里一个半月了。"

艾伽吞咽了下，眼睛看着他："所以你还要谈吗？"

第七章

[Finally I met you here]

(1)

"所以你和人家就这么分了？"陈晚漾问。

今天是国庆最后一天，京大恰逢校庆，小礼堂附近布了一圈美院学生的作品展，还请了个优秀毕业生新锐画家顾彬回来开讲座。

艾伽和陈晚漾被老师抓来做志愿者，讲解作品和维持小礼堂秩序，顺带照顾好顾彬。

艾伽打了个哈欠，目光看着舞台上彩排的顾彬，她不太理解一个讲座有什么好彩排的，他们票都没送出去几张。

她无趣地收回目光："他觉得分了吧，我感觉我们那时候不算谈恋爱，谁都没说喜欢对方，就是两个小孩过家家。"

陈晚漾夸张地"啧啧"了两声，视线里鄙视的成分太过明显。

艾伽扫了她一眼："干吗？"

"我就看看渣女长什么样。"

艾伽没心没肺地笑起来，肩膀一抖一抖的："你怎么不自己照照镜子。"

陈晚漾还真翻出粉饼，照照自己十分精致的妆容："我果然善良又美丽。"

艾伽笑骂了一声自恋。

今天校园里热闹非凡，各个系、各个社团都在摆着不同的摊位。连本来已经降温一周的天气，在今日突然连升好几摄氏度，害得气象局连发高温预警警告。

除了美院在小礼堂做活动，斜对面的大礼堂里，也即将举办这次校庆最受瞩目的校辩论赛决赛。

路上人群挤着人群，几个妆容精致的女生拿着相机，对着通告栏上的海报，小声讨论。

"今晚辩论赛靳嘉致在不在啊？"

"应该在吧，今年法学院是夺冠热门，他肯定要出现的。"

"那怎么办？我没要到票，要哭死了。"

晚上八点三十分，高温还没退，晚风燥得要命。

艾伽没精神地从小礼堂里走出来，那个新锐画家叫顾彬，名气不大，艺术家的毛病倒是不少，将他们折腾得够呛。

她在旁边摆摊卖咖啡的同学那儿要了杯冰美式。

天太热了，艾伽穿着美院统一的黑色志愿者衣服，及腰的长发随意扎在脑后。天很黑，校园灯光昏黄，她露出来的侧脸细腻又莹白。

其中一个女生发现了她，不由自主地观察起她来。

在这人来人往的热闹黑夜里，她穿着普通又素面朝天，但让人有种安静下来的气质，丝丝入扣，魅惑人心。

女生被蛊惑，犹豫了三秒后，冒昧地搭讪："你好，请问你也是来看辩论赛的吗？"

艾伽喝了口咖啡，被冰了个彻底："不是。"

她目光很轻，口音偏南方，声音有种特别勾人的味道。说话间，她淡淡地笑了下，明艳的笑夹着她身上淡淡的香水味，让人很容易产生好感。

女生没想到她长得这么好看，比电视上的明星和百万粉丝的网红还好看。

女生手足无措地笑了下："啊……那打扰啦。"

同行的人发现了，将女生拉了回去，又叽叽喳喳地讨论开，话中都是羡慕。

"哇，她好漂亮。"

"真的，长得好看的人披个麻袋都好耀眼啊。对了，我想起来了，她好像是一个网红，叫阿伽。"

冰美式终于喝完，艾伽终于不困了。她低头按亮手机屏幕，距离讲座结束还有一个小时。

要命的是，得待到结束。

那几个女生还在那儿窃窃私语，还时不时用余光偷看她。艾伽眯了下眼睛，看向她们围着的海报，刚要看到选手名单——

手机突然响了。

"我们亲爱的顾画家饿了，要吃学校附近那家网红的 luke's lobster 的龙虾卷呢。"电话那端，陈晚漾的声音很无奈。

艾伽看着满校园的人皱了下眉头："非要吃吗？"

陈晚漾十分肯定："我们尊贵的新锐画家顾彬学长，刚刚和我说中场休息的时候一定要吃到，不然下半场心得分享他会没力气。"

艾伽骂了句脏话，将手里的纸杯扔掉。从学校走出去到买龙虾卷的地方并不远，只是要在大热天通过这到处都是人的街道，实在是需要勇气。

"哦，对了，再带一份奶油汤回来，他怕干。"

"干死算了。"艾伽恨恨地抱怨了一声。

网红店不接受外卖，店里爆满，艾伽排了二十分钟队才轮到，点单的时候，心烦意乱大手笔买了十份，等付完款，拎着那两大袋的龙虾卷才反应过来。

回去的路上，她闷着头，在想这五百多块，怎么才能让负责的老师报销。

身后不知被谁撞了下，她和迎面而来的人猛地撞上，手里又烫又黏的奶油汤控制不住地往前泼去。

事情发生得太突然，艾伽用两秒才反应过来，连忙说："对不起……"

"没事。"男生的嗓音有种特殊的质感，像雪花，更像冰透了的薄荷。

这声音……

艾伽猛地抬头，猝不及防间四目相对，她全身僵住。

"靳嘉致？"他怎么会在这里？

自从那晚后，他们很久没见了，她堵他都堵不到，也不知道他在忙什么。

大热天，靳嘉致却穿着西装，头发打理过，又被风吹乱了，看起来似乎要去参加什么活动。听到她的声音，他只是微微低头扫了她一眼，目光冷淡又疏离，像是在看陌生人一样。

因为他的冷淡，艾伽下意识不想让他走。

人潮汹涌的街道，突如其来的邂逅，还怪有缘分的。

身后的人看她不走，用手推了她一下，她才反应过来，眉头皱起："你的衣服。"

她眼睛直勾勾地盯着他，一年多没有见了，连消息都没有，上次见他是晚上，所有感知都是模糊的。

现在仔细看来，她才发觉他的样子很是陌生，但又说不出哪里变了。他衬衫的第一颗扣子没有扣，露出一截细腻白皙的锁骨，一如既往的冷漠又矜贵。

靳嘉致没说话，低头看她的目光很轻，像是真要当陌生人。

艾伽在心里发笑，开口道："我付你干洗费吧。"

今晚不知道为何，比白天还热，整个城市都快要蒸熟了。天上的云忽然摇摇欲坠，这是暴雨的前奏。

路上的人走得很快，可靳嘉致不说话，只是安静站着，让她莫名不安。

忽然——

"靳嘉致！"一米外有个女生在叫他。

艾伽闻声看了过去，是一个穿着精致的漂亮女生，不是那晚的那个叫姜昕苒的女生，她正在努力穿过人群往这边走来。

靳嘉致眉头皱起，回头："马上来。"

艾伽看着他，微微愣住。

说完，他似乎一刻都没想停留，转身就要走。

就在这一秒，艾伽忽然拉住他，问："她是谁？"

靳嘉致脚步停了下来，低头看着被她抓住的手。

"是你女朋友吗？"她声音很轻，莫名还带了些鼻音。

明明很热，可她的手很冰，指尖像含了冰块一样。

靳嘉致低头看她，眉头皱了又松。

就在他说话的前一秒，艾伽口袋里的手机响了。

讲座中场休息了——

艾伽松开了他的手。

"靳嘉致，你衣服怎么了？"女生不知何时走到了他身边，看到这惨况惊呼，说完才后知后觉发现两人间诡异的气氛，"你们认识吗？"

"不好意思，我现在赶时间。"艾伽摸出自己的校园卡，径直塞到靳嘉致的西装口袋里，冲他笑得有几分故意，"干洗费用多少，你直接按照金额刷校园卡就行。"

靳嘉致抿了下唇，又静又黑的眸终于又看向她。

那女生觉得不妥："那怎么还你啊？"

艾伽勾起唇，挑衅一般扫向靳嘉致："他有办法。"

赶到小礼堂的时候正好中场休息，艾伽将龙虾卷全部扔给陈晚漾，自己坐在椅子上看着手机发呆——

靳嘉致还没加她好友。

还有，那个女生是谁？他还挺能的啊，身边挺多人的。

下半场开始的时候，陈晚漾从后台出来，递给她一个龙虾卷："买这么多，发财了啊？"

艾伽将手机放进口袋："顾学长不报销啊？"

陈晚漾冲着顾彬的方向翻了个白眼："你想什么呢，你能去跟艺术家谈钱？"

隔壁的大礼堂比刚刚还热闹，里里外外围了很多人，几乎都是女生，闹哄哄的。这哪像在开辩论赛，根本就是什么当红明星的粉丝见面会。

陈晚漾咬着龙虾卷，口齿不清地说："听说靳嘉致今晚会来。"

艾伽微微愣住，过了两秒，抬头看着她，有些意外地反问："靳嘉致？"

陈晚漾比她还意外："我说你好歹也是京大的，能不能关注下本校骄傲，不然一个辩论赛能来这么多女生？"

艾伽嗤笑了声。

忽然，视线里那个被她泼了一身奶油汤的男生，不知用什么办法快速换了件外套，和几个同伴一起走进了大礼堂。他很高，在一群人里鹤立鸡群，黑夜中侧脸的肌肤很白，白得有些刺眼。

"靳嘉致还真来了啊，早知道我就混进去要两个签名回去挂网上卖了。"

艾伽捧着龙虾卷，问道："他这么红？"

"废话，京大之光你以为呢。"

艾伽低着头在论坛里又搜了下靳嘉致，京大帅哥美女不少，但作为名校，光好看哪能让这群天之骄子服气。但奇怪的是，只要提到靳嘉致就没了争议，变成了公认的传奇。

照片加载的时候，她心跳突然很快，一下又一下的。

照片上的男生，有着和她记忆里不同的气质，但还是好看，眉眼之间除了少年心气还多了几分成熟。

艾伽不知为什么想到一句歌词——任他们多漂亮，未及你矜贵。

（2）

凌晨两点。

雨下得很大，屋子里的空调冷气很足，但让人喘不过气来。

小小的警察局内灯火通明，陈晚漾在给朋友打电话，急得团团转，但接了电话的都说并不认识熟人，现在雨太大了，也赶不过来。

艾伽老神在在地看着她："要不你打辅导员电话，不然我们就在警局过夜得了。"她看了眼外面的暴雨，"多好啊，还怪浪漫的。"

陈晚漾瞪了艾伽一眼，过了几秒，放弃抵抗，认命地坐到她旁边，两眼看着正在被审讯的，也同样是志愿者的徐家让。

陈晚漾气得脑门疼："你说徐家让是不是傻，没那本事就别瞎撩啊。"

谁能想到一个讲座后的聚餐，吃到一半，因为徐家让言语调戏了一个女生，而那女生的男朋友也在场，最后变成互殴。互殴就算了，还被带进了警局。现在人被困在这里，叫天天不应，叫地地不灵。

他们都是大一新生，唯一一个有点社会历练的顾彬已经喝得不省人事了，早就不知去见哪位周公了。

警察看他们年纪不大，训了他们一顿做教育后，让他们通知老师或者认识的长辈来接人。

可他们哪敢啊。

外面的闪电一道比一道刺眼，雷声轰隆，仿佛要把房子震塌，陈晚漾有些害怕。

徐家让道："不然我们打电话给辅导员吧？总不能真在警局过夜吧。"

被拖累的另一个同学反对："要打你打。"

"你在北城没有认识的人吗？"陈晚漾忽然问。

艾伽一愣，突然想起那个牢牢记住的号码。

一个小时后。

喝了三杯水的徐家让酒已经醒了，问："你朋友真的会来吗？"

艾伽撑着下巴看着窗外的雨，漫不经心地说："可能吧。"

她也在赌，想看靳嘉致究竟要装到哪一步。

室内的白炽灯亮得晃眼，警察局的玻璃门被推开，穿着黑色衬衫的男生带着一身风雨，风尘仆仆走了进来。

靳嘉致只扫了他们一眼，目光好像都没看见她。

他们一行四人，看见熟悉面孔到来，简直像看到救命恩人一般。

艾伽看着他，忽然笑了，这么久了，她终于有了些真实感。靳嘉致真的出现在她眼前了。

陈晚漾目光在他俩之间转了好久，然后了然一笑："你可以啊，还真是靳嘉致啊。"

艾伽哼笑："骗你干吗。"

陈晚漾推了她一下："那你还不快去。"

艾伽走到靳嘉致身旁，和他大概解释了下发生的事情。

靳嘉致没出声，安静地听着。

她余光突然看到他衬衫里的短袖有些卷起，可能是因为出门太急的缘故。艾伽想都没想，下意识就伸手帮他将衣服理平，他身形微怔，艾伽也顿了下，目光看向他。

"事情就是这样。"艾伽说完，又嘟囔了一句，"你躲什么？"

他不置可否地"嗯"了声，就径直走到警察面前开始交涉。

艾伽站在他一米外的右后方，看着他偏瘦的侧脸，头发被雨水沾得有点湿，却丝毫没有影响他的帅气。男生变成男人后，气质更显，哪怕穿着狼狈站在那儿都是一道别致的风景线。

靳嘉致交涉完，似乎在等流程，从他们面前路过，谁都没搭理，就站在门口，抽着烟。

他好像比一年前更瘦了，艾伽在心里琢磨。她余光不小心看见了他眼下一片青色，后半夜被叫醒，还是这样的天气……

"快去说谢谢啊，刷个好感度什么的。"陈晚漾热衷做月老。

艾伽觉得也是，她毕竟在追人，便站起来走了过去："你什么时候学会抽烟的？"

他静静看过来，没回答这个问题，继续抽烟。过了几秒，他口气冷淡："都办好了，过会儿就能走。"

艾伽"哦"了声，语气真切道："麻烦你了。"

但她说完这句，靳嘉致的脸色明显更难看了些。

艾伽看见了，目光也还盯着他，她想知道一些确切的事："晚上那个女生……"

他目光终于落在她身上，有些复杂。她也望着他。

过了两秒，他突然笑了。

"是我女朋友。"

艾伽收起表情，看着他："叫什么？"

他说得很真："温芙。"

艾伽静了会儿："真的假的？"

他情绪变得难以琢磨起来，但没出声。

艾伽猜不透，大约过了两分钟，有个警察出来叫他，应该是手续走完了。

他将手里的烟揉碎，扔到垃圾桶里，走过去说着什么。

艾伽根本没听见他们在说些什么，只觉得闷到烦躁。

靳嘉致……他还真有女朋友了？

怎么可能。

暴雨还在继续，一行人站在警局门口。徐家让一直试图和靳嘉致搭话，什么都往外说，三两下就把他们上什么课、每个老师的习惯全说了出去，说完又抱怨这种天气要怎么回学校。

一行人求助的目光又聚集到靳嘉致身上。

毕竟大家一个学校的，他来都来了，肯定有回去的办法的。

靳嘉致静了会儿似乎又看了艾伽一眼。艾伽感觉他有点为难，可她想让他为难，想看他为了她能将底线降到什么地步。

靳嘉致皱了下眉，犹豫了两秒，才不咸不淡地说："我开车来的，一起回去吧。"

一路到学校，车内的气氛都安静到了极点。

陈晚漾是真的累了，不然按照她对八卦的热情早就炸了锅，徐家让也睡着了，车里清醒的人只剩下了艾伽和靳嘉致。

已经到了宿舍楼了，艾伽看着他们走了进去，靳嘉致似乎也没什么要多说的，靠着车窗又点了根烟。

艾伽拉开车门下车，头顶雨还在下，她被风吹得眼睛都红了起来。之前那么多年的所有好像纷纷涌入脑子里，她又走回来敲了下他的车窗玻璃。

"靳嘉致。"

他愣了下。

艾伽攥着手心，鬼迷心窍地说出了藏在心里很久的话："我喜欢你。"

他顿了一秒，随后嗤笑一声："哦。"

雨势越来越大，车里显示屏上，明明几个小时前室外温度还在三十摄氏度以上，一场雨下来，突然降到了十几摄氏度。

这个夜晚毫无预警地变得太冷了。

她指尖冻到了极点，现在又开始反热。

艾伽眼神无比认真地看着他："靳嘉致。"

她其实想过很多次要怎么说这句话，也想过很多次告白的情景。她才不信他有女朋友。

他看了她一眼，目光很深。

艾伽心口一窒。

忽然，他开口了："艾伽。"

这是今晚他第一次叫她的名字。

她眼睛睁得很大，看着他。

他说："我不喜欢你。"

艾伽皱起眉，她下意识想再说些什么。

下一秒，他的手机响了。

凉风中，她清晰地听到了一个女人的声音。

她说："阿致，你去哪里了？怎么还不回来？"

艾伽脸色一变，狠狠瞪了他一眼，转身就走。

靳嘉致眯了下眼睛，深吸了一口烟，语气很冷："让季时安接电话。"

栗念瑶笑了下："不关我的事哦，我也是受人之托。"

季时安拿过手机："打扰你了？这么大火气？哪个妹子啊，值得你凌晨两点打越洋电话跟我借车。要不是我家在北城有分公司，还正好今天有人值班，这车我都没办法给你借到。"

靳嘉致扫了眼时间："所以这就是你凌晨四点二十二分给我打电话的原因？"

"我是怕你失去自我，忘记自己为艾伽守身如玉十九年了。"

靳嘉致冷笑一声。

"快交代下，到底谁让你铁树开花，我真的很好奇。还有，艾伽之前问我你有没有女朋友，作为哥们儿我多了解你，肯定说有啊。"

"挂了。"

一根烟还没抽完，艾伽的背影已经不见了。

车窗没关严，冷风钻进他脖子里，有滴水珠，将他衣领弄湿了。

靳嘉致撑着下巴，慢慢回想了下她的样子，头发长了，人也变了，好看还是好看，不知招了多少头狼。他忽然记起她抓着他手的小细节，似乎太惊讶了，她很用力，指甲都陷进他肉里。

呵，现在说喜欢他了。

没良心的女人。

（3）

第二天，法学院和外语系有篮球赛。艾伽回来后就没睡好，早上起来压根儿就把这茬给忘了，好在她有个好舍友陈晚漾。

美院和别的系离得远，他们课又满，上完课又去参加团建。等赶到体育馆，已经找不到靠前的位置了。

陈晚漾抱怨个不停："看来今天在陈盏风面前刷存在感会失败。"

艾伽乐了："你还真看上他了啊？"

陈晚漾拉着艾伽好不容易找个视野还行的座位，她瞥一眼篮球场上已经在热身的几个人："三棵草中，靳嘉致有女朋友，梁京越人就没出现过，只剩下陈盏风了。"

艾伽心不在焉地听着，目光盯着靳嘉致。

他穿着白色的篮球服，低头在和旁边的同伴说话。

太远了看不太清，但艾伽感觉靳嘉致不是很舒服，是不是昨天淋雨的缘故？

忽然，他抬眸，视线看了过来。

艾伽的目光没动，是他面无表情地移开了。

她扯了下唇，躲什么啊，躲才说明心里有鬼。

昨晚回来后，她整理了下那个女朋友的信息，还是觉得是假的。

"看谁呢，眼睛都直了。"

裁判的哨声响起，陈盏风没上场，陈晚漾看不懂球，注意力又回到艾伽身上。

艾伽："靳嘉致。"

陈晚漾沉默了两秒："我差点忘了，靳嘉致就是你那个青梅竹马。"她忽然想到什么，"那他女朋友……"

"什么？"

陈晚漾这人虽然看起来不着调，但还是有点底线的，破坏人感情的事她不干。但别人干，又不关她事。

艾伽看向她："我就要靳嘉致了。"

陈晚漾"哦"了一声："那你得多费心了，他可出了名的难约。"她下巴微抬，往前排的一个位置指去，"姜昕苒看见没，就昨晚包厢那个，人同班同学一年多了都没挖墙脚成功。但我感觉你有戏，毕竟你和他是青梅竹马。而且……"

艾伽问："而且什么？"

"那晚亲你了。"

靳嘉致不知道为什么打了五分钟就下来换别的人上了。

没了他在场上，艾伽看得无聊透顶，听到这句话，静了会儿，问："他女朋友是谁？什么样？"

"不知道。"陈晚漾也好奇，"论坛没扒出来，只听靳嘉致室友爆料说是个很乖很有气质的大美女。"

艾伽轻笑出声："就扯吧。"

篮球赛没悬念，法学院获胜，他们结束后要去聚餐。

陈晚漾自来熟，厚着脸皮上前去和陈盏风打招呼，他俩聊天，艾伽就站在一旁看靳嘉致。

他最后两节都上场了，出了不少汗，额前的发丝有些湿。可能真的感冒了，他脸色有一种不正常的白。

正在和陈晚漾说话的陈盏风见他要走，便问："你要回去洗澡吗？"

靳嘉致点了下头。

陈盏风余光扫了眼还盯着靳嘉致的艾伽，他莫名觉得这两人之间气氛有点奇怪，又将视线看向靳嘉致。靳嘉致没看艾伽，表情和平时无异。

"吃火锅洗了也白洗。"

靳嘉致低咳了几声，抿了下唇："没事，我洗完就去。"

"行，就文华广场的海底捞。"陈盏风见他坚持没再说什么，看向陈晚漾，他看出了对方的心思，但不知出于什么心理，出声主动问，"两位大美女去吗？"

陈晚漾愣了下，随即像偷了腥的猫，声音特别甜："去呀，当然去。"

姜昕再认出了艾伽，余光一直打量她。

陈晚漾发现了，跟艾伽咬耳朵："看见没，你的情敌很敏锐地发现了你的危险性。"

"她不是。"

陈晚漾笑出声："你还真自信啊。"

到了火锅店，艾伽她们和这一桌人都不熟。陈盏风倒是很主动，一直在和她们聊天，主要是和陈晚漾聊，艾伽偶尔心不在焉地应一声。不知是有意还是无意，艾伽旁边的座位是空着的，为谁留的，不言而喻。

艾伽明白，勾着唇冲着陈盏风笑。

这个笑容刚出现，靳嘉致也出现了。他视线似乎顿了一秒，然后像陌生人一样坐到了她身边。

服务员很快将菜都上齐了，陈盏风带了两瓶红酒，又叫了些啤酒，气氛很热闹。

一桌人都在聊天，不是聊刚刚的球赛，就是聊他们学院自己的事。

艾伽全程没说话，也没认真在听，她余光又扫到了靳嘉致。

靳嘉致很安静地靠在椅子上，看起来很困，眼睛闭着，脸上没有表情。他吃得也很少，几乎没动筷子。

艾伽知道他不吃辣，侧头叫来服务员，要来一杯热水。

她将热水放到他手边，全桌人都看见了。

艾伽才不在乎，撑着下巴，无遮无拦继续不知羞地盯着靳嘉致看，看得所有人都知道她的心思，连陈晚漾都尴尬地在桌下扯她，让她收敛点。

艾伽不仅不收敛，还不知羞地和他说话："你女朋友呢？怎么没来？"

靳嘉致慢吞吞地睁开眼，淡淡地看着她。

暖色灯光下，他黑色的双眸蒙上一层水感，艾伽的心"扑通"一下，然后听到他的声音：

"你想她来？"

她微挑眉，抬起头。

靳嘉致撑起下巴，突然笑了，用只有他俩能听到的声音说："你现在癖好这么奇怪？还喜欢看前男友的现女友了？"

艾伽嗤笑一声。

"你们在聊什么？"陈晚漾好奇。

艾伽随口应付："聊前任。"

陈晚漾来了兴致："你们青梅竹马，怎么让他被别的女人挖走了？"

艾伽扯唇笑："我这不复读一年嘛，一时没看住，他就跟别人跑了。"

她声音不大，但身边的靳嘉致还是听见了，瞥了她一眼。

陈晚漾没看见，她惋惜地叹口气："也是，大帅哥到哪里都是抢手货。"

火锅店里配合气氛，放着苦情歌："最爱的是你，现在想起你，最爱的是你，我以前忘了告诉你，最爱的是你……"

饭桌上的话题突然转到感情上，有人问："阿致，你最爱的姑娘是谁？"

靳嘉致咳嗽了两声，好像是感冒了。陈盏风抢话："那还能有谁，肯定是他女朋友啊。"

靳嘉致嗤笑了声没反驳。

话题你来我往，不知怎么绕到了艾伽身上。

"艾伽你呢？"

艾伽正在发呆，筷子没放好，"哗啦"一声不小心打翻了面前的可乐罐，褐色的液体顺着流了下来。

靳嘉致反应快，像是下意识的身体反应，立刻将她拉了起来。

陈盏风看着两个人交握的手笑了下。

艾伽后退了一步，余光看见他松开自己。

"我没有。"她拿着纸巾，"我没有靳少爷那么好的运气，一直没遇到那个人。"

靳嘉致冷笑了声："我哪有什么好运气，我可是被甩的那个。"

他阴阳怪气的，让气氛立刻跌了下去。

有个没眼力见儿的还问："谁啊？真的假的，还有人会甩你？"

212

餐桌上静了会儿，气氛实在太沉。

靳嘉致打破了这个尴尬，面无表情地站起来，走了出去。

姜昕苒瞪了艾伽一眼，过了一会儿趁着众人不注意，才出去看靳嘉致。

他没走远，就站在火锅店门口。

这个点是用餐高峰，走道上都是人，明明眼前是最热闹的景象，但姜昕苒不知道为何，就觉得他是孤独的。

"那个艾伽，她好奇怪啊。"

姜昕苒说完，他却没出声。

周围有点吵，姜昕苒以为他没听见，刚要再找别的话题，耳边就听见他很淡的声音。

"是吗？"

她连忙点了下头，点完才发现他根本就没看向自己，张了下唇，又合上，最后脑子被艾伽刚刚的轻佻行为惹怒，说："京大的学生不应该是她这种吧，而且哪有女孩子这样的，你应该很受困扰吧。"

靳嘉致忽然笑了。

姜昕苒看见他这个笑，心跳很快，下意识问："不是吗？"

他的视线终于落到她身上，只是眼神里多了几分冷意，让她忽然一怔。下一秒，他的话让她更加不知所措地心慌起来——

"把你的三观、期待值、偏见强加她身上，你不奇怪吗？"

"丑陋留在心里就好了，别表现在脸上。"

（4）

"真不要脸，盯着有女朋友的人看，生怕别人不知道啊。"

"我知道她，叫艾伽，小网红。也不知道怎么考上我们学校的，来了就每天参加联谊，心思一点没在学习上，好像就是为了来钓男人的。"

"艺术生嘛，本来文化分就一般，他们能有什么廉耻啊。"

包厢里的几个女生自以为小声地在窃窃私语。

艾伽脸色没变，陈晚漾的脸却冷了下来，陈盎风在缓和气氛。

过了一会儿，姜昕苒白着脸回来，靳嘉致却不见踪影。

艾伽不着痕迹地将靳嘉致遗落在椅子上的手机放到自己包里。

晚上十一点，艾伽在火锅店门口等了快两个小时。店准备关门，员工一个一个进出出，看她的目光有些奇怪。

她蹲得腿都麻了。

终于，穿着黑色卫衣的人出现在视野里。

脚步声越来越近，艾伽抬起头看向他，在想要不要叫他。

直到靳嘉致擦肩而过，她都没叫出声。她看着他走进去询问店家有没有看到手机，又看着他一无所获地出来。

艾伽站起身，一步一步保持一米的距离跟在他身后。

空荡荡的街道上，两个人的影子被拉得老长。

艾伽看着他的背影胡思乱想，这个人一年没见，果然还这么讨人厌，人模狗样的高岭之花。

突然间，前面的人停了下来。

深夜偏僻的暗巷，昏暗破落，绿植茂盛。

靳嘉致的身影被路灯照得单薄又凌厉，她也跟着停了下来，两人的影子重叠，像是在无声地对峙。

下一秒，他的声音冷冰冰传来："手机给我。"

夜幕里，头顶的路灯洒下朦胧的光，只有他的眸子最亮，亮得可以看清她全部的表情和反应。

艾伽仰着头，眼睛一眨不眨地盯着他。等看得他皱眉要躲开时，她才不紧不慢地开口，口气轻佻又像故意招惹："现在不装了？"

他没有反应，也不出声。

艾伽又说："你那天亲了我。"

靳嘉致眼睫微颤，抬头看向她，双眸又静又黑。

艾伽笑起来："我是无所谓，但你女朋友不介意吗？"

空气静了几秒。

他封闭的情绪终于有了些反应，但这反应又和艾伽想象中的不同。

艾伽终于找到了哪里不同，是靳嘉致的目光。他的目光会看向别人，那是不是他的喜欢也会消失殆尽？

云朵很低，被夜幕压着，晚风又燥又凉，吹得艾伽忽然慌起来。

她匆匆望向他，想去确认。

他不看她，低下眼说："那天我喝多了。"

艾伽一愣，他继续说："忘了吧。"

"手机没找到？"

靳嘉致回到宿舍，陈盏风见他表情不太好。

"找到了。"靳嘉致坐到椅子上，没动。

陈盏风察觉到他的反常，忽然问："艾伽是不是你女朋友？"

靳嘉致没否认："很明显？"

"嗯，挺明显的。"陈盏风的性格比较外向，在社交这块更是游刃有余，他看人很准，"不是的话，你今晚就不会在饭桌上不打断她。而且你哪里是这么大方的人，能让别人正大光明地觊觎你。"

说到这个就好笑，正常人都巴不得有更多异性喜欢自己，得到更多的关注，只有靳嘉致将自己封闭起来，早早告知所有人他是属于别人的。

记得那年大一开学一个月左右，陈盏风问靳嘉致："你真有女朋友，还是为了省麻烦编的？"

当时是晚上十一点，地点在男生宿舍。话音刚落，全宿舍的人都看了过来，他们都有这个疑问。

虽然刚开学时，他们互相聊过这个话题，那时靳嘉致淡淡地说有女朋友了。可这开学已经一个月了，别说看见他女朋友人了，更是连一通电话都没见靳嘉致打过。

靳嘉致欸，省状元，大帅哥，不管对方是什么样的女孩都会想着要将他看牢吧。

靳嘉致当时在赶一个作业，也不知道他为什么要自虐，明明大一却要把自己忙成这样。

听到这个问题时，他明显顿了下，像是被直戳要害，神情闪过一秒的受伤，但很快恢复如常。

"她在复读，没空。"

陈盏风理解地点点头："难怪。"

但这个借口不太站得住脚，就算是在复读，也有假期，再怎么忙，打一个电话的时间还是有的吧。

室友们虽然疑惑但也没再问，因为靳嘉致这么冷清的人，却并不吝啬分享自己的爱情故事，甚至大方到有种炫耀的成分在里面。

比如宿舍闲聊时——

"阿致，你女朋友是什么类型啊？"

"好看。"

"你俩怎么在一起的？"

"喜欢她。"

他说得太直白，室友搓了搓鸡皮疙瘩："那你俩谁追的谁啊？"

"我。"

"啊？"室友们不敢置信，"你还会追人？"

"嗯。"靳嘉致停顿了下，随后语气很平常，"大概算是飞蛾扑火。"

宿舍忽然又安静下来，个个震惊。

飞蛾扑火？天之骄子靳嘉致？这怎么可能呢。

宿舍里熄了灯。

黑暗中，靳嘉致看着天花板。他摸不清自己的情绪，但能感觉到那天艾伽肯定是不高兴的，她问完那句还谈吗，等了他几秒，没等到回复，闷头就离开了。他在原地站了很久。等天色渐明，季时安找到他，他才惊觉，这个突然结束的夏天，他和艾伽又回到了原点。

从平城回苏城的一路，靳嘉致都很沉默。季时安和戚佳雪也不敢招惹他，到最后连各自回到家，都没敢问他和艾伽到底怎么了。

剩下的暑假日子过得很慢，靳嘉致向来能装，表面并不能看出什么。只是他家的灯亮得越来越少，他的话越来越少，甚至除了季时安上门找他外，几乎没有别的社交。

"艾伽应该是怕复读分心吧，她说她想考京大美院。"

季时安说的话，靳嘉致都明白，只是他不理解为什么非要这样不可。

沉默了许久，靳嘉致终于吐露心底藏得最深的伤。

"我怕她一年后就忘了我。"

季时安惊讶得用最夸张的语气反驳他："怎么可能？"

怎么不可能，世上最容易变的就是人心。

最偏执时，靳嘉致脑子发昏地想，要多少喜欢才可以完全拥有她，喜欢，很喜欢，非常喜欢，都不行吗？

手机振了下。

靳嘉致缓慢地将目光移了过去，忽然，他睫毛微眨。

屏幕上显示着微信消息——【艾伽：渣男。】

是他手机遗落的那段时间里，艾伽自己解锁他手机，同意了自己的好友申请。

靳嘉致没回，看着她的头像，目光没动。

突然，手机又振起来。

还是她发来的。

【艾伽：我爱渣男。】

第八章

[朝朝暮暮让你猜想如何走近我]

·
·
·

（1）

第二天，天刚亮。

陈晚漾趴在床上，看着艾伽眼睛都没睁开，就晃晃悠悠走去卫生间。

陈晚漾睡不着又不想起，就在床上刷抖音，忽然手指停了下来。陈晚漾愣了几秒，冲着卫生间叫："艾伽，网上那个阿伽是你吗？"

艾伽洗完脸，走出来，坐到桌前，还没清醒，看着化妆品发呆。

"是。"

陈晚漾点开那个阿伽的主页，惊呆了："我的天，你都三百多万粉丝了啊。"

她听说过艾伽是个网红，本以为就是个几万粉的小网红，没想到居然这么红。

艾伽没太在意，她看了眼时间，飞快地给自己化了个妆。

陈晚漾将她的抖音翻了个遍，翻完又去翻她的微博："你这么多粉丝干吗追靳嘉致啊？"

艾伽随口问："不然追谁？"

陈晚漾一愣，想了想："也是。靳嘉致知道你这么多粉丝吗？"

"知道，我6月后的更新都是发给他看的。"

艾伽自复读开始就没更新过这些，等高考完才重新开始更新。她没之前那么强的赚钱需求，但更新频率却比之前高很多，每一条几乎都是女友视角。就像一对一，专门为谁拍的一样。没想到这样误打误撞，反而让她更红起来，粉丝们一口一个"老婆"，还说她是"国民女友"。周唯宁打电话来打趣她，怎么突然这么有事业心了。

"那他看到了吗？"陈晚漾问完觉得哪里不对劲，"靳嘉致那种人会玩抖音和微博吗？"

"看的。"

艾伽化好妆，又从衣柜里拎出昨晚精心搭配好的衣服，穿上就要出门。

陈晚漾看了看时间，追着她背影问："你这么早干吗去啊？"

"追人啊。"

早上八点没到，太阳正是最新鲜的时候，风都慢吞吞的，有些凉。

艾伽半闭着眼靠在男生宿舍楼下，正昏昏欲睡。忽然，玻璃门被推开，她慵懒地睁开眼，发现不是她要等的人，又闭上。

她穿得招眼，又精心打扮过，本就好看，现在更是惹得每个人都侧头看她。

出来的人交头接耳，更有大胆的直接对着她吹口哨。

艾伽对这些不在意，大方地冲着他们笑。等到她等的人出现了，她将买好的一大袋早饭塞到他手里。

"喏，今日份的爱心已送达。"

她一边说，一边倾身避开众人的目光，将一张折好的字条放进他口袋里，然后离开了。

靳嘉致的室友骆非惊讶道："她就这么走了吗？"

陈盏风看着艾伽潇洒的背影，觉得艾伽真的挺有意思的："贝果三明治、蓝莓酸奶杯还有热拿铁。哇，居然买了四份，是我们宿舍的人都有吗？"

靳嘉致的手指摸到口袋里折纸的边缘，没说话。

陈盏风对分量有点发愁："梁京越最近不在，多一份怎么办？"

骆非一把抢过来："没关系，我可以吃两份。"

这节早课是让人听着就瞌睡的《马原》，正好讲到哲学的部分，教室里一大半的人困得眼泪都出来了。

靳嘉致展开那张字条，上面写——

"你今天好帅，我特别喜欢。"

靳嘉致脸色平静地将字条塞进书里。

第二天。

"三食堂的三鲜牛肉包和海鲜滑蛋粥，再加上冰美式。"陈盏风十分感叹，"啧啧啧，又是得排队起大早啊。"

骆非吃得十分满足："我说陈盏风，你和阿致都是法学院之光，怎么就没人追你追得上心？艾伽大美女，真是天使。"

今天的字条放在了左侧口袋里，靳嘉致打开——

"昨晚梦见你了，实实在在梦了一整晚。如果你能回我微信消息的话，明天给你买糖吃。"

第三天。

"芝士培根吐司卷、燕麦拿铁。欸，阿致，袋子里有糖，旺仔QQ糖，葡萄味的。"

靳嘉致的目光在QQ糖上愣了几秒，他昨天并没有回她消息。

今天他没穿外套，套了件灰色的卫衣。她刚刚一边和陈盏风、骆非说话，一边不着痕迹地将字条塞进他袖子里。

陈盏风咬了口吐司卷："这家我知道，姜昕苒想吃好几天了，一直说排不到队。艾伽真的还挺上心的啊。"

他后半句是对着靳嘉致说的。

靳嘉致没搭话，注意力不在他们那儿。

骆非三两口将吐司卷吃完，摸了摸肚子，赞同地点头："真的，我还以为大美女都有架子呢。最近艾伽特别红，我刷抖音，十条里八条都有她。昨天有人在校园里遇到她，拍了合照，那人还剪了小视频夸说艾伽本人特别好看。"

社交达人陈盏风非常赞同："是啊，我也关注她了，这几天涨粉特别快，估计要过千万了。"

书挡着旁边人的视线，靳嘉致舌尖咬着一颗糖，打开字条——

"我看见你对着我主页看了十分钟，将最新的视频看了快一百遍。糖是给你的奖励。"

他指尖有点发麻，下意识往窗外看，以为她就在他看不见的地方，在偷偷观察他。

没看见艾伽的人影，身旁骆非忽然推了他一下。靳嘉致心一跳，将字条揉在掌心，目光看向骆非。

骆非想了想说："阿致，我感觉她对你是认真的，不然人家干吗费尽心思对你好，而且其实她追你这事对她'国民女友'的人设其实有影响的吧？"

靳嘉致眉头皱了下："'国民女友'？"

骆非："对啊，她暑假那阵的视频，不都是女友风吗？所以就有了这个称呼。"

靳嘉致的唇抿了起来。

艾伽连续送了一周早饭，意外地和骆非混熟了。

这天下午选修课结束，艾伽和骆非在法学院碰到。

骆非很远就看见艾伽，笑着调侃道："又来堵阿致啊？"

艾伽扬了扬手里的书："校选修课。"

她为了追靳嘉致，这学期选修课特意选了在法学院上的，《婚姻家庭与财产继承》，谁知道上这课居然是凶巴巴号称灭绝师太的副院长。别说混学分了，据说上课和老师友好交流，每节课按时交作业，期末认真复习都只能拿个及格。

骆非看到书名就开始笑："哈哈哈，我们副院长的新秀啊，那你加油了。"

艾伽叹了口气："根本听不懂，感觉可以和追靳嘉致并列成为法学院两大难题了。"

被早餐收买了一周的骆非，一听这话，热心肠起来："其实追阿致也没那么难。"

"怎么说？"艾伽微微挑眉，顺势邀请骆非一起吃晚餐。

骆非先是推托了一下，艾伽笑了笑："那家店之前找我探店，我一直没去，师兄你就当帮我个忙，帮我拍拍照，顺便指点下我怎么追靳嘉致。"

骆非余光看向艾伽身后，靳嘉致刚从教学楼上下来。

不知为何，他忽然笑着同意了。

艾伽没骗骆非，他们来的这家店就在大学城里，是一家新开的汉堡店，店长想进行新店推广，找了艾伽好几次。

骆非看着一桌的菜，一点节操都没有的，立刻将靳嘉致"出卖"得干干净净。

艾伽撑着下巴，认真地听他说着靳嘉致这一年在京大的事情。

"他放假都不在学校吗？"

骆非点头："不仅放假，假如今天没课，他前一天晚上下课就走了，我们都猜他是见女朋友去了。"

艾伽一愣: "女朋友? "

"对啊。"

"他女朋友是个怎样的人? "

骆非安静了几秒,艾伽将他的表情尽收眼底: "不方便说吗? 我就是想知道靳嘉致的喜好,好对症下药。"

"不是,其实我们也不知道他女朋友什么样,谁都没见过。但我能告诉你的是,阿致和他女朋友的感情并没有论坛上说的那么好。"

艾伽睫毛眨了下,骆非神神秘秘一笑: "那帖子是我写的,虽然多数也是事实,但有些也是我的艺术加工。怎么说呢,我们都能感觉到阿致特别喜欢他女朋友,偶尔谈起时,他都说得特别让我心酸。

"你知道吗? 其实过去的一年里,靳嘉致的女朋友从来都没有主动联系过他,一个电话都没有。我们偶尔也会觉得靳嘉致这样不值得,你说他这么好的人,何必对一个渣女死心塌地呢? "

"渣女? "

骆非说起这个就一脸不满: "是啊,每次阿致回来后脸色都很不好。"

艾伽心里不是滋味,这是她第一次真切地感受到靳嘉致可能真的有个女朋友。

细节是骗不了人的,这不是随口编的,而是真实存在的人。

骆非见艾伽的脸色明显白了些,他将手里的汉堡放下,想起刚刚靳嘉致的表情: "我觉得你挺有希望的,阿致从来不收追求者的东西,但你的东西他收了。"

艾伽勉强笑了笑,脸色并没有好转。

骆非眼睛转了转,忽然凑近: "现在就有个千载难逢的机会。"

"什么? "

"一周后,靳嘉致生日,你好好准备下,我给你做助攻。"

"好。"

(2)

骆非这人非常热心肠,说要做艾伽的助攻,就做得十分敬业。

当晚,他俩就加了微信,他每天事无巨细地将靳嘉致的事情发给她。

【骆非：你礼物买了吗？别买贵的，靳嘉致这人有钱，你买得再贵，对他来说可能都是小菜一碟。重要的是心意啊！心意啊！让他看到你的心！知道了吗！】

【阿伽：知道。】

陈盏风从他身后路过，见他手指如飞地在打字，便问："骆非有女朋友了？"

"没啊。"骆非一提这个就来气，"我一天天和你们仨做室友，真的倒了霉了，本来我也是人模人样，结果被你们一衬托搞得我像残次品一样。"

陈盏风笑到被可乐呛到，说："那你跟谁聊这么起劲呢？难道不是妹子？"

骆非视线瞥了眼一旁的靳嘉致，又瞪向陈盏风："要你管，你怎么今晚不出去约会？学校美女们终于知道你这个渣男靠不住了？"

陈盏风将手机屏幕贴到他眼前："看看，我马上就出门，还是你多操操自己心吧。"

骆非"喊"了声，又给艾伽发了一堆。

【骆非：虽然你撬墙脚的行为我很不赞同，但你的眼光我还是很赞同的，靳嘉致人真的没话说。】

艾伽正在擦头发，看到这句话，笑了笑。

【艾伽：那当然。】

10月28日，连续下了几天雨的北城，今天忽然停了，但天气预报说晚上有70%的可能性降雨。

靳嘉致今天满课，从早上八点，到晚上六点。

骆非从一周前就在有意无意问他生日想要什么礼物。

"没什么想要的，不如你把宿舍今年的卫生都做了。"

下午五点五十分，晚霞染红了半边云层，天沉沉欲坠。

距离下课还有十分钟，开了一下午空调暖气的教室里，空气又闷又热。有人受不住，起身去打开窗户，冷风送进来，吹得所有人一颤。

他不知道看到了什么，没忍住脱口而出："我的天——"

不少人循声看向他，他红着脸，往窗外指了指。

大家的目光又都聚集到窗外，教室在四楼，红砖老旧的教学楼旁有几棵银杏树，现在被风卷得簌簌作响。

一切都如往常，忽然——

几百架无人机列队飞过来，在玫瑰色的天幕下，整齐排出几个大字——

靳嘉致生日快乐！

所有人的视线"唰"一下又移向教室第三排。

——"你身上有我的味道。"

靳嘉致正低头看着手里的字条，这是艾伽今天塞给他的。

学生们互相在用眼神对话，窃窃私语的声音大起来，连讲台上正在播放PPT讲案例的老教授都停了下来。

身旁的骆非最兴奋，他知道这是谁的手笔："阿致，窗外有人祝你生日快乐，你快看。"

靳嘉致将手心的字条攥紧，抬眸扫了眼窗外的横幅。

他手里的笔掉到桌子上，发出不小的声音。

时间静了几秒，就在别人以为他有什么反应时，他又平静地收回目光。

下课铃准时响起，老教授不想破坏学生的"桃花"，爽快下课。

平时铃声一响就散了的同学们，都慢吞吞地磨蹭，并不想错过第一吃瓜现场——无人机欸，主角还是靳嘉致啊，连校内表白墙都在屠版直播。

靳嘉致拿起书，往教室外走，神色很淡。

骆非作为艾伽的头号军师，一直在靳嘉致耳边说这个生日祝福多牛。

陈盏风注意到了靳嘉致的心不在焉，问："想什么呢？刚刚上课感觉你就心不在焉。"

靳嘉致脚步顿了下："在想洗发水和沐浴露。"

骆非："啊？你不一直都用一个牌子吗？特别便宜还特别香。"

靳嘉致："嗯。"

骆非问："怎么了吗？"

靳嘉致："没怎么，挺好的。"

骆非又将话题拉了回来："艾伽搞的，她真的也太大胆了。阿致，你觉得怎么样，感动吗？"

艾伽在楼下用玫瑰花围了爱心，她捧着生日蛋糕站在中间，在等靳嘉致。

人多得已经将楼梯口堵塞，手机拍照的、录像的、直播的，里三层外三层。靳嘉致出现时，全场都在尖叫。

艾伽笑盈盈地捧着蛋糕走到他面前："靳嘉致，生日快乐。"

靳嘉致盯着她，没动也没出声。

可能是静得太久了，旁边嘘声四起，有闹靳嘉致的，有闹艾伽的。

艾伽往靳嘉致身前又走近了一步："接着呀，生日蛋糕你都要拒绝吗？"

骆非见情况不对，连忙将艾伽手里的蛋糕接过："你自己做的吗？"

艾伽眼睛还盯在靳嘉致身上，她点点头："嗯。"

骆非："哇，真好看。"

靳嘉致没说话，转身往外走。

骆非连忙给艾伽使眼色，小声和她说："没事啊，我去看看什么情况，一会儿微信联系。"

陈盏风最看得清局势，等人群散了，他看向艾伽。

"你确定你是在追靳嘉致？"

艾伽抬眸："怎么？"

"我感觉比起是追，你更像是想让所有人都知道靳嘉致是你的，你在往他身上贴艾伽的标签。"

艾伽脸色一变，陈盏风笑起来："我没有恶意。"

"你什么意思？"

"我就知道，靳嘉致这种人，你得用真心换真心才行。"

宿舍里安静得连呼吸声都能听见，骆非捧着蛋糕坐在那儿，看着靳嘉致的脸色。

"呃……艾伽可能是高调了点，但她也是好心想祝你生日快乐。"

靳嘉致抬眸冷冷扫了他一眼，骆非将嘴闭上。

陈晚漾知道这事是在半个小时后，她找到艾伽，一副你真行的表情看着艾伽。

"我第一次看到撬墙脚，撬得光明正大的，你故意的吧？"

她俩坐在食堂里，旁边的人都在侧头看她们。

有几个女声在小声议论——

"真不要脸，就这还网红呢，真丢京大的脸。"

"反正靳嘉致看不上她，她再怎么样，也高攀不上。"

"真烦，现在靳嘉致的名字都和她捆绑在一起了。"

…………

陈晚漾看了艾伽一眼，眉头皱了皱准备让那些人闭嘴。

但在她之前，艾伽先出声了："挺好的。"

那几个女生脸色难看起来："什么挺好的？"

艾伽勾了勾唇："靳嘉致和艾伽捆绑在一起挺好的啊。"

她们显然没想到艾伽的脸皮这么厚："真晦气，我们走。"

陈晚漾看着艾伽："我有时候挺搞不懂你的。"

艾伽抿了下唇："我就是自私自利，就是要闹大，就是想知道他那个女朋友是谁。我那么努力地来找他，他凭什么身边有人了？"

"艾伽。"陈晚漾发现她眼睛有点红，有点被吓到，"你有没有想过，他等过你，但你来晚了。"

(3)

"对不……对不起，我不想这么晚打扰你，你能不能借我两百块，我刚刚下班回来，一回家就遇到了我弟，他把我所有的钱都转走了，他还住在我的出租房里，我不想和他待在一起，你能不能借我两百块，我马上就发工资了，一发工资就还你。"

温芙哭得连话都说不清楚，听得靳嘉致眉头微皱："你现在在哪里？"

温芙愣了愣："你们学校门口。"

陈盏风大概听到他们的对话："之前法援调解的那个妈宝男吸血的姐姐吗？"

靳嘉致："嗯。"

他站起身，拿起外套往外走。

骆非在他身后叫："你不过生日了吗？"

陈盏风："温芙这事都多久了，他怎么还管着呢？"

骆非见怪不怪，看着蛋糕闹心："五月份进校园的那个'和校园霸凌说NO'的志愿者活动还记得吗？他不是帮了一个小姑娘吗？我前两天还听见他和那孩子通话，给她做心理咨询辅导呢。"

陈盏风纳闷："他不是把自己课表都排满了，一放假还要去见女朋友？怎么还有空管这些事？"

这点骆非倒是挺佩服的："靳嘉致这人，看着挺冷，其实心挺软的。他入校别的社团都没参加，就参加了这个法援中心。无论谁来找，他接待时都挺耐心的，你别说他还真适合做律师。"

"费力不讨好。"

京大管得严，没有学生证很难进去，要登记一系列手续。

温芙站在校门口，眼睛直勾勾地往里面看。她其实十分矛盾，打这个电话前，她已经挺长时间没联系靳嘉致了。她在京大附近的便利店工作，遇到靳嘉致那天，正好她弟弟来便利店找她要钱，说的话非常难听，里里外外围了一圈人在看戏。

她当时特别难堪，而她弟弟将这份难堪当作威胁她的工具。

"怎么有你这种姐姐，不管弟弟的死活？你再不给钱，我就让妈来要，怎么你现在翅膀硬了连父母都不赡养了吗？"

这样的情形下，靳嘉致忽然在柜台前和她说："买单。"

在场所有人都在看热闹，想看这场闹剧要发展到哪一步，只有他神色如常。

温芙像抓到救命稻草一样，匆忙看了他一眼，拿过他买的水，连忙扫码，这让她有事情可以转移。

"七块八，支付宝还是微信？"

他打开微信的付款码，付完钱，他忽然看向她说："有需要可以去京大的法律援助中心咨询。"

她一愣，再反应过来，他已经走出便利店。

他是温芙见过的最好看的男生，她甚至连他的名字都不知道就猝不及防地喜欢上了他。

她反复回想他说的话，最后她自己都不清楚是真的想要得到帮助，还是想再见到他。

她走到了京大法律援助中心的办公室。

很幸运，那天是他接待了她，让她填了登记表，还十分耐心地听完她老套的重男轻女家庭的妈宝男和被迫扶弟魔的故事。

温芙知道了他的名字，靳嘉致。

…………

"对不起，对不起。"温芙看到靳嘉致走出来，低着头又说了两遍。

靳嘉致没出声，将她带到学校附近的酒店，帮她付了一周的钱，又给她转了两千块。

温芙看着转账记录，不敢抬头去看他。

"我……我不该麻烦你，只……"

靳嘉致没特别的情绪，垂着眸还在看手机。温芙觉得他在等消息，可他手机振动时，他又只是看着，并没有要回复的意思。

"呃……你要忙的话……"

他抬了下眸，视线在她脸上停留了一秒，很淡。

温芙又紧张起来，那种矛盾的情绪在撕裂着她。她自卑又享受这份专属于她的善意，但他那么聪明，怎么会不知道呢。

"这是最后一次。纵容只会将胃口养大，你也该明白。"

温芙狼狈地点了点头。

过了会儿，她说："今天是你生日对吧？我……我做了蛋糕。"

她将手里一直拎着的袋子，举到靳嘉致眼前。

艾伽就站在不远处，她从靳嘉致出宿舍楼就跟着他了。

本来想和他好好说一句生日快乐，谁知看见他匆忙地走了出来。

鬼使神差地，她就跟了上来。

艾伽认出了那个女孩，就是那天辩论赛跟在他身边的那个。

她看着靳嘉致带着女生去了酒店，他走进去的那个瞬间，她有一秒钟的冲动，想立刻冲过去质问他，问他那女生是谁。

可真正要行动的时候，她又胆怯起来。她站在酒店对面，等着他出来，时不时看着手机上的时间。

今天是靳嘉致的生日，那个女生不会就是温芙吧？他们不会真的是男女朋友吧，不会真的要一起过夜吧？

她太害怕了，心口又酸又胀，想哭又觉得自己没出息。

不知出于什么心态，她给靳嘉致发了信息，意料之中的，他没回。

但好在，他只是在前台帮忙办理了入住手续，并没有上楼就出来了。

靳嘉致余光扫了眼马路对面，对温芙说："心意我心领了，蛋糕你留着吃吧。"

温芙张了张唇，有些难过，她不理解地小声问："蛋糕都不能收吗？"

"嗯。"

温芙发现他的视线又往对面看了眼，快到只有一秒，或许一秒都不到。她

窃窃
晚
风

觉得奇怪，也跟着看过去，并没有什么特别的啊。

"我连她的都没有收。"

温芙愣了下，连忙抬头去看他。她觉得这句话很奇怪，可能是靳嘉致语气太难过和这句话的含义有着天差地别。

为什么没有收？

为什么难过？

难过的话收了不就好了吗？

夜里风大起来，吹得落叶乱飞，可能快要下雨的缘故，路上并没有几个人。

艾伽隔着一条马路，跟在靳嘉致身后。

静静走了一会儿，艾伽拿出手机给他打电话。

第一遍他没接，她又打第二遍。

第三遍的时候，出乎意料地通了。

艾伽握着手机的手下意识收紧，她莫名有些紧张，喘息了好几口气才叫他："靳嘉致。"

他没出声，艾伽也没指望他会理她，她继续说："我吃醋了。

"你和她说话我吃醋，你看她我也吃醋，你对她好我更是控制不了，简直要被酸死了。你说我是不是很小气，可是我遇到你的事情就会这么斤斤计较。"

艾伽被风吹得有些鼻音："你为什么不说话，你为什么一直不回我消息，是觉得我烦了吗？"

这次他出声了："烦。"

空气停滞了两秒。

艾伽："哦。"

又静了两秒。

艾伽说："我不想要你有女朋友，你能不能别跟别人谈恋爱啊？"

（4）

"这样看靳嘉致也没那么难追嘛。"

"但之前确实……"

"那是和他告白的女生不够好看吧，男人都看脸，你看就艾伽那种，只不过漂亮了点，靳嘉致不就撑不住了，这才几天啊。"

"我看论坛上有人说艾伽可能就是靳嘉致之前的女友。"

"怎么可能，别给艾伽洗白了。"

法律援助中心的办公室内，几个女生正在闲聊。昨晚有人拍到靳嘉致和艾伽在校外一前一后的照片，两人虽然没什么交流但气氛暧昧。这不，只一晚上风向就变了。

女生们见靳嘉致走进来，立刻停止了八卦，声音甜到发腻地和他打招呼。

"靳学长，今天来这么早？"

靳嘉致淡淡地点了下头，走进去坐在一张桌子前，打开笔记本电脑，开始浏览京大法院援助的咨询页面。

女生们勾着的头又收回。

一个女生撇了下嘴，轻嗤："他品位也不怎么样，艾伽哪里好看了？"

另一个女生说："你刚刚不还说艾伽只剩下好看其他一无是处吗？"

"你不觉得艾伽长得很俗吗？"

"不吧，网上不都说她是网红界长相天花板吗？"

"那也是网红脸，就是俗。"

那个女生被说服："也是。"

黎晚落是京大法律援助中心的负责人，今年研二，除了负责老师，学弟学妹们最怕她。

她看了那几个女生一眼，那几个女生窃窃私语的声音终于停了。

黎晚落很欣赏靳嘉致，她觉得这个学弟特别优秀，优秀到他来这个援助中心时，她都以为他走错了。

毕竟在京大，比法援中心好的社团数不胜数。一般这种带着天之骄子光环的天才，要么自视甚高忙于校学生会、院学生会这种可以刷履历的地方，要么就会选个受赞助多的热门社团。

总归不会是这里，冷门到不能再冷门的法援中心。只有数不清的微不足道的网络咨询，以及中小学、社区街道的法律宣传活动，还有许多耗时又吃力不讨好的志愿者活动。

所以她多问了一次，问他是否真的要加入。

他说是的。

她问他为什么。

他说得很实在："读法律不就是干这些吗？"

窃窃
晚
风

黎晚落一愣，对啊，确实是。

虽然绝大多数人的梦想是毕业后能够进入红圈律所，能够成为光鲜靓丽的非诉律师，在跨国集团甚至更大的舞台上发光发热。

但其实最根本的，不就是普及法律，和调解数不清的看起来鸡毛蒜皮的法律纠纷吗？

现在，靳嘉致还是在处理这样的事情，他骨节分明的手指在键盘上敲字，正在回答一个小学生的法援问题。

黎晚落走过去："她们是这几天刚进来的大一新生，估计都是冲着你来的，人家满心期待能够让你红杏出墙，结果自己没成功别人却成功了。小女生心思都这样，古怪得很，你也别放在心上。"

其实她不说这话，也知道靳嘉致不会放在心上。

果然，他没说什么。

黎晚落还想说什么，忽然看见窗外梧桐树旁的长椅上坐了个女生。

女生的头发很长，随手盘了下，用发尾夹松松垮垮夹在脑后。

她多看了两眼，因为女生很漂亮，套了件条纹毛线衫，下面搭了条牛仔裙，是校园里随处可见的穿着，但在这个女生身上就显得很特别。

女生似乎在等人，又不像在等人，因为她从帆布包里拿出 iPad，拿着笔，神情专注，好像在……画画？

艾伽是真的在画画，之前一个美妆品牌找她，难得不是看脸，是看上了她的画画才华，说想和她做一个联名。用她的画，做新产品的包装。

对方是个知名品牌，给的酬金不少，态度也很真诚，艾伽没怎么考虑就答应了。

她大学的学费、生活费，艾翰彬都准时打给她，连她妈任可歆都良心发现，每个月给她生活费，她全都收着，就是没用。

她不知道自己在想什么，可能是自己能赚钱，就不想花他们的钱。

艾翰彬那个新女朋友，她没和他聊，他倒是偶尔打电话来时会提一提。艾伽不搭腔，他也就不提了。他俩反正生分惯了，这样反而关系还好了不少。

黎晚落还在看艾伽，漂亮妹妹谁不爱看呢。连靳嘉致今天都明显心神不宁，虽然工作完成得很好，但她感觉到他心不在这儿。

"你有事的话，可以先走，今天网上的咨询，已经都完成了。"

靳嘉致顿了下，说："好。"

黎晚落以为靳嘉致是有什么急事，但他出了法援中心办公室并没有走多远，而是靠在一个视角比较刁钻的墙角，一直在看什么。黎晚落忽然有了个想法，她大概比画了下，发现自己猜得没错。

靳嘉致是在看那个女生。

她也想起了那个女生是谁，是最近京大最大的八卦，靳嘉致的绯闻对象艾伽。

网上说艾伽是个不入流的网红，还说她不要脸地拼命缠着靳嘉致。

但……好像并不是这样。

在黎晚落看来，艾伽气质很好，一看就很有家教。而且他俩这段关系里，好像靳嘉致才是被动的那个。

靳嘉致其实看起来和往常没什么区别，脸上也没什么特别的表情，可就让她觉得很难过。

他在那儿静静地看着艾伽，目光也很静，像是怕被发现。

可这有什么可怕的呢？

天色昏暗下来，时间已经不知过了多久。

艾伽注意到靳嘉致的时候，他正靠在她不远处的墙上，在抽烟。她眉头皱了皱，只不过一年没见，他怎么不仅学会抽烟，烟瘾还这么大了。

靳嘉致抽完一根，又抽出一根咬在嘴里，没点。

这时，他手机振振，是季时安打来的，他接了起来。

"怎么样哥们儿，进展怎么样？"

打火机在指间转了几圈，火苗灭了又亮，他声音含糊："她在追我。"

季时安乐得笑起来："那你不开心死，答应没？"

"没。"

"怎么？"

"我就想看看我自己多有骨气。"

他忽然轻笑了下，尾音突然断了。季时安在电话那边静静听着。

"果然，骨气在她面前不值一提。"

突然，昏沉里一个打火机的火苗在他眼前亮了起来，靳嘉致看了过去，没动，烟没点上。

艾伽拿着打火机又凑了上去，将他的烟点着。

季时安还在那头说话，靳嘉致一个字都没听进去。

艾伽就在他眼前，触手可及的地方，她仰着头满心满眼地看着他。

她等了他一下午，从白天等到天黑，小声嘟囔抱怨："真累。"

是啊，能不累吗？又是太阳又是风。他本以为艾伽这种性格，最多能撑一周，没想到都快半个月了，她还挺锲而不舍的。

可就这样，靳嘉致还是觉得烦，不知道在烦谁："那你别来找我多好。"

艾伽静了下，看着他问："你是认真的？"

天真的挺暗的，不远处法援中心办公室的灯被打开，亮光隐约透了过来。

艾伽等了他一会儿，见他没说话。

"那行，那我走了。"

这才是她的一贯作风，她向来没耐心，能哄他这么久，已经是耐着性子了。

靳嘉致看着她离开的背影，又嗤笑一声。

风没规律地乱刮，一个没注意，他被烟呛到咳嗽起来。

前一阵他被雨淋得感冒还没好透，现在咳得惊天动地。

季时安在电话那边听了个全部："少爷，我知道你别扭什么，但你就不怕这么作，把人给作没了？那你可就没人要了啊。"

靳嘉致还在咳嗽，咳了好一会儿才平息，他抿着唇，眼尾隐约有些红，不知是呛的，还是自虐的。

树叶"唰唰"作响，像极了哭声。

他自暴自弃道："没人要算了。"

音落，靳嘉致的咳嗽被生生止住。

刚刚离开的人去而复返，这条隐蔽的小道上铺满了黄色的落叶。她有些别扭，脚下意识在落叶上轻轻跺了跺，然后紧抿了下唇，好看得要死的眼睛又看向他。

"我后悔了，刚刚说不来找你的话，我收回。"

艾伽说这话时，声音又轻又温柔，是从来没有过的软。

靳嘉致嗓子还是痒，像千万根细小的羽毛在那儿飘。但莫名地，他忍住了。

他双眸看着她，喉结不受控制地动了动，四周没什么人，心跳声太大盖住了格外嚣张的风声。

靳嘉致缓了几秒才确认发生的一切是真实的。

北城的十月底太冷了，温差大得让艾伽好不适应。

冷得让人发抖的风里，她突然有些委屈："我真的来迟了吗？我是不是要失去你了？我知道我哪儿哪儿都不好，可我就是想要你爱我。"

靳嘉致舍不得眨眼睛，看着她的脸，紧抿着唇。

也许是他的伪装实在太好了，连艾伽都没发现，以为他是不为所动。

她慌张地又叫了声他的名字："靳嘉致。

"别躲，我怕一躲就是一辈子。"

等了几秒，实在难挨，艾伽挨不下去，逃跑了。

靳嘉致只晚了一秒，或许是半秒。

"好。"

这一声孤独地落在空中。

(5)

"出来喝酒，我请客。"

陈盏风接到电话以为自己听错了，确认了几遍来电显示，的确是如假包换的靳嘉致。

"行啊，哪里？"

靳嘉致给他发了个定位。

陈盏风到的时候，发现是个便利店，靳嘉致买了很多酒，放在便利店外的露天桌子上。

陈盏风无语了好一会儿："这么冷的天，靳少爷第一次请我喝酒，不必这么小气吧？"

靳嘉致不跟他废话，直接扔给他一罐啤酒。

陈盏风接过单手打开，坐到靳嘉致对面："怎么，那天过生日后来不是见面了吗？还没和好啊？"

靳嘉致摇摇头。

"来吧，和我这个情感专家说说到底是什么问题？"陈盏风点了根烟，十分清晰今晚自己的定位。

"我不敢相信她喜欢我。"

陈盏风觉得不可思议："啊？不是吧你，这点自信都没有？"

靳嘉致仰头灌下大半瓶啤酒："她说她吃醋斤斤计较的时候我挺开心的，我等她这个反应，等了好多年。可是我开心了几秒，看到她那样，又不开心。"

窃
窃
晚
风

234

"心疼？"

"大概吧。"

陈盏风觉得问题和自己想象中的不同，他过来简直是找罪受，大冷天里露天喝冷酒，还得吃狗粮："那就赶紧和好，别折腾了。我从一个外人的角度来看，她虽然有些行为有点太高调过激，但那也是占有欲作祟。"

他想了想又说："其实吧，艾伽喜欢你这个事我真挺羡慕的。她可是艾伽啊，我不说你也知道她有多好。京大美院多难考，千万级别的网红又是多大光环，不是只有你靳嘉致是天之骄子。而且她对你真的挺上心的，能记住你所有的习惯和喜好。"

说到这里，他笑了声："这就是青梅竹马吗？一起长大参与对方所有的成长，真难得。"

陈盏风真的喝多了，他最爱及时行乐，最讲究随性而为，最爱一见钟情。但他看到靳嘉致和艾伽，忽然觉得一起长大参与对方所有的成长，这种事情真是难得到让人嫉妒。

"你要再不和好，我就去追艾伽了啊。"

靳嘉致脸色立马沉了下来，陈盏风嗤笑："开玩笑啊，紧张个屁。"

过了两秒，他举手投降："行吧，我知道了，玩笑也不能开。"

半个小时后。

"我还有约，你真不用我送你回宿舍？"陈盏风不放心地看着靳嘉致。

"不用。"

陈盏风手机响了，是下一摊的人在催他。靳嘉致这么个大男人，不会出事的吧？

"欸，宿舍楼下那个人好像靳嘉致啊。"

艾伽刚洗完澡在擦头发，听到陈晚漾的话，她狐疑地走到陈晚漾身边，往窗外看了看。

"像不像？"那个位置在拐角，被树挡着看得不是很清晰，陈晚漾刚问完，艾伽人已经走出了宿舍。

靳嘉致站的地方很隐秘，艾伽绕了一圈，才找到他，在距离他还有两步的时候停了下来。

"你怎么在女生宿舍楼下？"

靳嘉致听见声音，低下眸看向她，表情有一瞬间的不可置信。

艾伽没察觉到他的奇怪，靠近了一些，闻到他身上的酒气。

"你喝酒了吗？"

他没出声，只是一瞬不瞬地盯着。

艾伽终于发现他情绪不对，她想靠他更近些，脚步刚动，就听见他说："我终于等到你了。"

他声音又低又哑，让艾伽一愣，猛地抬头去看他。

视线里，他眼尾红得厉害，眼里蒙了层水雾。和前几个小时见到的靳嘉致不同，此刻的他脆弱易碎，仿佛有无尽的委屈和难过："你不在的日子，我每一天都在崩溃。"

艾伽看见他鼻尖也红了，再遇见后他一直又冷又淡，情绪从来没有外泄过。艾伽都要相信他真的不要她了，她这一天起伏实在太大，心从又冰又冷，到现在又酸又软。

她知道复读的事情她处理得不好，想过再见面有许多话要和他说，但此情此景话到嘴边又什么都说不出，只能干巴巴地说："对不起。"

靳嘉致并不想听她说对不起："这一年你过得好吗？没有我，你过得好吗？"

"挺好的。"话音刚落，艾伽就看见他眼角有泪滑落，她立刻慌张起来，还没等她挽救的话说出口，整个人就被靳嘉致抱进怀里。

"哪里好？在画室熬一个又一个通宵？人瘦到变形？做已经做过一年的题？累到在学校晕倒被叫救护车？艾伽，你知道我去年回过苏城多少次吗？知道我去过画室多少次吗？知道我在长荣校门口，在你家楼下又看了多少次？你都不知道，我就不该等你，不该要你，但是我这么喜欢你。"

靳嘉致抱得艾伽太紧了，他被酒精熏昏了脑子，以为这个人是梦里的人。他又爱又恨，可等真的能抱到怀里，又心疼起来。他太心疼这一年她所有的经历，他心疼到不知要怎么去对她好，怕自己让她的努力产生缺点，让她分心，让她又不要他。

自尊、骄傲、所有的不满又算得了什么，靳嘉致只想——"艾伽你喜欢我一次吧，别再随便不要我。"

艾伽眼眶红起来，整个人都被他桎梏在怀里。他的声音就窝在她耳边，很轻很轻。她舍不得靳嘉致变成患得患失的模样："我没不要你啊，从来都没有不要你。”

艾伽的脸被他衣服里的项链戳了下，她忽然想到什么，伸手去将它拿出来。

链子上挂了个制作很粗糙的银戒指，这是去年暑假他俩在银器店自己做的。她那时故意闹他，做了个又丑又笨重的，还恶趣味地在上面刻上了自己的名字。她的那个就做得很好看，靳嘉致似乎没有做不好的事情。

所有的一切好像在脑子里串起来，他的课表，他一放假就离开学校，甚至那个帖子，甚至他说自己有女朋友这件事……所有所有……

艾伽忽然觉得自己真的错了。

她也许低估了靳嘉致的爱，更吝啬了她对他的爱。

抱着她的少年，是优秀骄矜的天之骄子。

可此时此刻，在这个凛冬将至寒风凛冽的夜晚，他在祈求她爱他。

她忽然不怕冷了。

第九章

[要是爱意没回响，世界与我又何干]

　　（1）

　　陈晚漾最近春风得意，走起路来都带风。

　　艾伽坐在床上和戚佳雪视频，看着她进进出出："不是去约会吗？怎么还不走？"

　　"马上。对了，陈盏风让我问你，期中后不是有几天假吗？他们准备去山上泡温泉，你去不去？"

　　"这么快就要期中了吗？"艾伽想到什么，"你和陈盏风去好了？"

　　"还有半个月吧。"提到陈盏风，陈晚漾挑了挑眉，"还没，但尽在掌握中。"

　　艾伽笑了笑："还不知道谁被掌握。"

　　陈晚漾赶时间，连忙喷了两下香水就出门了。

　　晚上，陈晚漾回来后又问她，顺带还关心起她和靳嘉致的进度。

　　"我看校内上写你俩成了，这几天靳嘉致被骂得可难听了，说什么色欲熏心只看脸，还说他道德败坏，还有人说要去校办投诉他呢。"

　　艾伽在挂了和戚佳雪的视频后就在等靳嘉致的消息，一天了，她发过去的消息还是石沉大海。

　　那天晚上，他抱着她说完那些话后，又一个人回了宿舍，她怕他醉晕在路边，还跟他跟到了宿舍楼下。

窃窃
晚
风

结果第二天，他好像将晚上发生的所有事情都忘了一样。

"为什么骂靳嘉致啊？要骂也骂我啊。"艾伽拿过陈晚漾的手机，翻了几页皱起眉，"怎么都是骂他的？"

"你懂什么叫人设崩塌吗？你懂什么叫高岭之花拉下神坛吗？你现在可是京大妲己，祸校殃民。"

艾伽骂了句脏话："烦死了这些人。"

陈晚漾挑眉看了她一眼："怎么别人骂你，你一点反应都没有，还能去评价他们骂的技术如何。但到了靳嘉致被骂，你就炸了。"

"靳嘉致和我怎么能一样。"艾伽拿起手机给熟悉这方面的人打电话。她刚刚刷了下抖音和微博，骂靳嘉致的人已经不仅限校内学生，甚至蔓延到了公共平台上。

陈盏风和骆非当然也发现靳嘉致被骂的事了，骆非挺在乎地在想办法。

陈盏风幸灾乐祸："没想到有生之年还能看到你跌落神坛，下次票选，是不是我能当选法学院头号人物了？"

靳嘉致抬眸看向他："你把梁京越放哪里了？"

陈盏风笑骂了句："我真是时运不济，遇到你俩。"

骆非幽怨的声音强势插进来："你没有资格说这种话，说到时运不济，哪有人比得上我。说起来，我从小到大也是校内风云人物，到了京大竟然平凡如此。"

陈盏风忽然抵了靳嘉致一下："期中后泡温泉你去不去啊？我可是叫了艾伽和艾伽的室友。"

靳嘉致停顿了两秒："去。"

陈盏风立马在微信上和温泉会所的老板说，将普通房间换成独栋别墅带独立温泉。

"那就好，就指望你这种阔少去买单呢。"

戚佳雪自从那天知道艾伽要和靳嘉致他们去泡温泉后，就操碎了心。

【戚佳雪：这都多久了还没把人追回来，你就应该换换策略，智取不行就强攻。】

【阿伽：怎么强攻？】

【戚佳雪：当然是色诱啊，靳嘉致那种小古板，你那啥了他，他不得要你负责啊。】

【阿伽：……】

艾伽没把这个事放在心上，她现在一门心思都在靳嘉致身上，恨不得二十四小时能挂在他身上。

中午三食堂。

【伽伽：你不跟我一起吃午饭吗？】

【伽伽：你在哪个食堂？我饭卡还在你那儿呢，这阵子刷舍友的饭卡给你买早餐，舍友都把我拉黑了。】

"你不回消息吗？"陈盏风坐在靳嘉致对面，看着他心思并没有在吃饭上，反而盯着手机屏幕，却不回。

靳嘉致没说话。

一起吃饭的骆非也在玩手机，他的目光移到靳嘉致身上。

骆非给艾伽偷偷发信息过去。

【骆非：速来三食堂。】

【阿伽：立刻。】

不到五分钟，艾伽出现在骆非的视线里。

艾伽走到靳嘉致身边，靳嘉致自然地将自己的饭卡递给她。

艾伽看了眼："我的呢？"

靳嘉致抿了下唇："没带。"

"上次西装干洗费多少钱啊，我饭卡里没充多少钱，够吗？"

他眉头皱了皱，似乎不想提这个事："够。"

"那就行。"艾伽拿着饭卡，随便买了饭团就回来了。

骆非看着这一切，张了张嘴又闭上。

他觉得有点奇怪，靳嘉致和艾伽什么时候这么熟了？为什么感觉他们之间的行为和对话，比他这个和靳嘉致同宿舍一年多的人还要自然熟稔。

靳嘉致看了眼她手里很小的三角形饭团，眉头又皱起来。

这是艾伽的老毛病，越忙越没胃口，等饿到胃疼了，才会垫一口，猫食一样。

骆非觉得桌上气氛有点尴尬，主动开口："艾伽啊，你们美院是不是经常会画些模特啊裸模什么的？"

艾伽点点头："是的，有的还挺帅的。"

说完，她连忙看向靳嘉致补充道："没你帅，你在我心里最帅。"

艾伽吃了几口饭团觉得干，她目光盯上了靳嘉致手边的可乐。

"我想喝。"

骆非知道靳嘉致从来不跟别人分享东西，刚要帮艾伽解围，就看见他的亲亲室友，眉头皱了起来。果然，洁癖党就是烦，不就是想喝一口他的可乐吗？就要生气。

眼看着气氛就要降到冰点，他话都在嗓子眼了。

靳嘉致："冰的。"

艾伽："哦。"

艾伽伸手要去拿，被靳嘉致拦下："你胃还想不想要了？"

"可是我想喝。"

靳嘉致将自己面前那份还没动的排骨汤放到艾伽面前，倒是没说话。

艾伽笑了下，也没说话，乖乖地拿起汤勺，一口一口地喝汤。

目睹一切，骆非目瞪口呆。

喝到一半，她想起什么，看向骆非："怎么不说话了？"

骆非在心里狂喊，我还说什么啊，我还用说什么吗？你俩这样和在一起有什么两样吗？这难道不是暧昧吗？不，不是暧昧，是秀恩爱。

骆非觉得自己被无形中塞了一大口狗粮。

但他还是强行振作了下精神："艾伽，你胃不好啊？"

"嗯，忙起来就会忘了吃。"

骆非忽然想到什么："那你每天给我们买早餐，你自己吃了吗？"

艾伽说："我没有吃早饭的习惯。"

靳嘉致的筷子放了下来。艾伽的注意力被靳嘉致放在旁边的手机吸引过去。

骆非感叹："你们美术生真的不容易啊，文化课、艺考两个都要抓。"

她拿起靳嘉致的手机，解锁密码，随口答骆非的问题："嗯。"

然后，她问靳嘉致："你密码还不换啊？"

没人答。

"我喝完汤了，可以有奖励吗？"

这是他们高三时候的习惯，艾伽如果能吃完全部的食物，靳嘉致就会给她一个奖励。

还是没人答。

骆非再傻也明白过来，眼前这两人有猫腻。

艾伽打开相机，伸手勾住靳嘉致，两人脸和脸靠得很近。

"咔嚓！"

自拍完，艾伽低头捣鼓，将这张两人的合照设置成屏保才将手机还给靳嘉致。

靳嘉致的目光看向屏幕上的照片。

她笑得更乖，不让他拒绝："这就是我想要的奖励，你不能拒绝。"

骆非全程目瞪口呆，目送两人分别离开，才问陈盏风："什么情况啊？"

"你说呢。"

"不是吧……"骆非想明白了，表情一言难尽起来，"那他俩闹什么呢？"

陈盏风看了看时间，站起来准备去约会，拍了拍还似梦似醒的骆非。

"小情侣的情趣，你啊，真是什么都不懂。"

（2）

艾伽对最近的情况很满意，她明白靳嘉致的小心思后，觉得他做什么都很可爱，都是在求她的宠爱。

现在最让她头疼的是期中考，最头疼的当然要数那门《婚姻家庭与财产继承》的选修课。

天啊，谁来救救她啊。

【伽伽：我今天穿白色好还是粉色好？】

靳嘉致看了眼屏幕，视线又回到书上。

【伽伽：我今天穿白色好还是粉色好？】

【伽伽：白色好了，和你搭情侣装。】

靳嘉致低头看了眼自己身上的白色毛衣，肯定又是骆非出卖的他。

【伽伽：提问，怎么能让喜欢的人理我呢？】

【伽伽：唉，单相思好苦哦。】

【靳嘉致：什么事？】

【伽伽：《婚姻家庭与财产继承》这门课你修过吗？】

"同学，你手机虽然是静音但还是会影响我，如果不学习的话，你可以把

窃窃晚风

座位让给别人吗？毕竟这是图书馆。"

靳嘉致旁边的男生忍了他半小时，终于开口了。

靳嘉致顿了一下，低声和男生说了句抱歉，然后拿起书就起身离开图书馆。

谁知，他刚走出图书馆，就看见艾伽抱着书站在那儿，冲着他招手。

"把骆非删了。"

"好啊，那你必须每条消息都回。"

靳嘉致看向艾伽，艾伽也看着他："我想知道你在哪儿，想见你，想……"

尾音在靳嘉致红了的耳尖下，消失了。

"知道了。"

艾伽被他的反应搞得也莫名害羞起来："那能不能不删骆非，他人还挺好的。"

"随便你。"

可能是考试周要到的缘故，图书馆门口的人特别多。

艾伽的目光还落在他耳朵上，今天光线不好，云层飘动遮住稀薄的阳光，他整个人都沉在阴影里，看不真切。

艾伽被动地靠他近了些，想去看清他的反应。最后，她拉住他的手，将他的手放在心口上，心跳声"怦怦怦"没有遮掩。

靳嘉致怔了一瞬，艾伽发现他喉结很克制地滚了下。

"我发现我现在只要在你身边，心跳就快得要命。"

靳嘉致缓了两秒，忍住了心口的痒意，抬眼。

艾伽不放过他，两人越靠越近，就在他要避开视线时，她忽然伸手捏住他的耳垂。

"你其实也是吧。"她语调很慢，"不然你耳垂红什么？"

肌肤的触感发麻，所有心思都被发现，靳嘉致还能怎么办，只能慌不择路。

"走吧。"

艾伽拉住他的手："去哪儿？"

靳嘉致："帮你补课。"

他俩走到校外的一个咖啡店，靳嘉致有一个作业要赶，他拿出笔记本电脑和艾伽说："你有什么不会的可以问我。"

艾伽没听清："吻你？"

他一顿，目光看向她。

艾伽对上他的视线，微微挑眉："不行啊？"

靳嘉致移开视线。过了两秒，艾伽看见他唇抿了下。

事实证明，艾伽几乎哪里都不会。

她看了会儿书，就开始犯困。咖啡店里生意很好，几乎都坐满了。她撑着下巴，扫了扫四周，发现有几桌的注意力明显都在他们身上。

艾伽的目光又晃到靳嘉致身上，从眼睛、鼻子、嘴唇、下巴再往他衣服里探，想再去看看那枚戒指。

"怎么了？"

艾伽往他身边又蹭了点，衣服叠在一起，手臂和肩膀也碰到。她随便指了个地方，然后理直气壮地说："看不懂。"

靳嘉致拿过她的书，书上干干净净，他又看了她一眼："副院长喜欢案例分析，选修课考得不会太深，而且是期中考，知识点有限，拿到高分不难。"

艾伽"哦"了声："今天降温晚饭去吃寿喜锅好不好？"

靳嘉致静静地看着她。

"你好像不喜欢甜的锅底，北城这边好像没有正宗的打边炉，还是吃捞王吧。"

现在是下午三点，她已经研究好晚上的晚餐了。

艾伽说完才发现靳嘉致一直在看她："捞王也不喜欢吗？"

"期中不及格的话，按照副院长的性格，期末再高分，你这门也过不了。"

艾伽一愣，连忙拿过书，看了几秒，又抬头："你刚刚说到哪里了，哪个知识点最重要，你快跟我讲讲。"

靳嘉致低头忍不住要笑。

认真学习到天色完全黑下来，艾伽才恋恋不舍地收拾东西，她还记着猪肚鸡火锅呢，仰头问他："去吃吗？"

靳嘉致不置可否刚要说什么，艾伽的手机振了下，她惊喜地接了起来。

"唯宁姐？"

路边有电瓶车没有减速地飞驰，靳嘉致将她拉到内侧。

艾伽笑嘻嘻的，索性用空着的手，握住了他的手，力气十分大，不给他挣脱的余地。

"你到北城了？现在吗？可以啊没问题。"

通话结束，艾伽低头查这里去捞王的路线。

忽然，头顶传来他的声音——

"不去吃了吗？"

艾伽微怔，抬头去看他："什么？"

他脸色被冷风吹得有些白，和前几分钟比起来好像多了些不高兴："你要去见周唯宁？"

"对啊。"

她刚说完，靳嘉致的手就抽了出来。

艾伽眨了下眼睛，忽然明白过来，她又黏上去抱住他的胳膊："是明天啊。唯宁姐来北城是想和一个网红合拍一个最近很红的舞蹈视频，但那个人今天突然肠胃炎住院了，她就来问我行不行。唯宁姐对我很好，是我的大恩人，我当然得同意。"

她盯着靳嘉致的侧脸："但是靳嘉致对我最好，是我的爱人，我今晚一定要和他一起吃晚餐。"

静了两秒。

他问："远吗？"

艾伽眼睛亮了："三公里，还好吧，地铁四站路。"

靳嘉致"嗯"了声："走吧。"

地铁上人多，艾伽好奇当初他那辆车是哪儿来的，后来都没见过。

车厢摇摇晃晃，靳嘉致低头拉住她手腕，觉得还是不稳，索性伸手半搂住她："季时安家的。"

"他家在北城还有业务啊？"

"嗯。"

"我之前看他朋友圈说今年元旦会回国，你呢，是回苏城还是就待在北城？"又遇到个转道，车厢光速穿梭，艾伽下意识抓着靳嘉致的衣摆，另一只手还在刷手机。她显然没想到要自己去保持重心不要摔倒，下意识依赖他。

在旁人看来，他俩和普通热恋中的小情侣没什么两样。

靳嘉致也察觉到了这点，嘴角弯了下："还不知道。"

艾伽点点头："那你决定好了告诉我，你在哪儿我就在哪儿。"

靳嘉致微微怔了一瞬，视线忍不住去看她。他心跳很快，还好车内吵闹，但还是拯救不了心口的悸动。

"艾伽。"

艾伽正好刷到戚佳雪发的朋友圈，戚佳雪换了个头像，上面黑底红字写着"不交到男朋友不换头像"。艾伽乐得直笑，在下面回复——"我怎么记得你上个月才交了个男朋友？"

她慢半拍才反应过来靳嘉致在叫她："怎么了？"

靳嘉致觉得这种平常到不能再平常的情景，让他十分心动。

"到站了。"

车厢门打开，艾伽拉住靳嘉致，往外走："这么快，快走快走，饿死了。"

走出地铁站时，她又想到什么："你请客。"

"为什么？"

艾伽眼睛转了转："你下午讲的啊，你活着我是共同拥有，你死后我是第一顺位。"

靳嘉致眼睫微眨，今天下午，他们讲的科目是——《婚姻家庭与财产继承》。

他忽然想起之前骆非在宿舍问他："艾伽她选修《婚姻家庭与财产继承》，到底是为了追你，还是为了怕你这个奸诈的法律人会骗她？"

艾伽见靳嘉致没动："怎么了？不愿意？"

"没有。"他看向艾伽，"学得不错，以后别选相关的选修了。"

"为什么？"

"你还是在美术上更有天分。"

艾伽过了几秒才反应过来："靳嘉致，你又骂我蠢！"

（3）

最近因为网上几个男粉骂艾伽树纯情人设骗男粉。她挑了几个跳得最欢的男粉回复了几句。

"怎么骗你了？"

对方回："黑长发贴身裙，不都是讨好男人吗？"

艾伽回他："你还真有意思啊。"

第二天，她就去理发店将黑发染成了白金亚麻色。

陈晚漾回宿舍看见她时吓了一跳："你干吗？突然非主流？"

戚佳雪给她发了好几个链接，非要艾伽选一个买，艾伽抬头看了陈晚漾一眼："不好看？"

陈晚漾仔细看了看："也不是，就不习惯，不过你别说，这颜色还真显白，你本来就白，现在怪像芭比娃娃的，就是没那么纯了，你不是'国民女友'人设吗？这样不怕掉粉吗？"

"我只做靳嘉致的老婆。"艾伽低头，手指点开其中一个链接，发现是性感内衣，她关上又去点另一个，还是性感内衣，她把所有都点开……都是性感内衣……

【艾伽：……】

【戚佳雪：怎么样怎么样，看上哪个了？要不多买几套，万一他这套不喜欢还能换另一套。】

【艾伽：……】

【戚佳雪：你是不是害羞了？哈哈哈，我就知道你这人纸老虎，所以一分钟前我帮你下单了，肯定会在周末前送到你宿舍，请查收哦。】

【艾伽：拉黑吧，朋友。】

出发那天，陈盏风邀了不少人，他们包了个小型的巴士车。从学校到山上，车程大概要两个小时。

十一月中的北城已经进入冬季，气温降到个位数。大巴车从市区驶出，进入环山公路，枫树染红了一路的天。

这几天考试考得精力交瘁，艾伽上车后，插着耳机埋在座位里睡觉。

陈晚漾的目光一直盯着陈盏风，盯了会儿发现他根本不在意自己，又气鼓鼓地收回。

她抢了艾伽一只耳机。耳朵里的音乐自动断了，艾伽下意识睁开眼，目光先和斜对面的靳嘉致撞上。靳嘉致坐在她斜前方，只有他在看她，才有可能视线相交。

艾伽眨了眨眼睛，刚要冲着他笑，视野就被陈晚漾挡住。

"我真怀疑我是陈盏风养的鱼。"

艾伽手动恢复歌曲播放，并把音量调小了些："不用怀疑你就是。"

陈晚漾先是瞪了她一眼，随后又泄气地将脑袋放在艾伽的肩膀上，抱怨：

"他怎么这么渣啊。"

"你不就看上他渣吗？"

"我那是看上他帅。"陈晚漾的眼睛骨碌碌转，转到靳嘉致身上，"你不也是吗？我们啊，这都是见色起意。"

艾伽眼皮又懒懒睁开，看着靳嘉致："别，靳嘉致可不渣。"

到山上后更冷，天气虽然好，但温度很低。艾伽裹着厚厚的大毛衣，陈晚漾下了车后，被风吹傻了，索性就一直抱着艾伽取暖。

他们订的是一家隐秘性很好的汤泉馆里的别墅房，带有独立汤池。两人一间，艾伽、陈晚漾和别人都不熟，理所当然住一起。

艾伽不太适应这边的气候，这几天彻底冷下来后一直在感冒。她蔫不唧的，连撩拨靳嘉致的大好机会都没精神。

陈盏风来叫她们下楼吃饭的时候，艾伽正埋在被子里昏昏欲睡。

陈晚漾看了看艾伽，拉着陈盏风往外走："艾伽不吃。"

"这样睡觉会饿。"

"没事，就当减肥了。"

陈盏风静了一秒，居然被陈晚漾说服了。

一楼别墅大厅十分热闹，因为要在这儿玩三天两夜，大家带了很多桌游道具来。

火锅在不远处的餐桌上煮到翻滚，茶几上外卖零食堆了一桌，啤酒罐、可乐罐、奶茶都扔了一地。

从狼人杀、大富翁玩到三国杀。天色暗下来时，有人觉得无聊了。

"骆非，你不是带了个本吗？我们玩剧本杀吧。"

骆非坐起来数了数人头："这要八个人加一个CM，我们少一个人。"

"什么类型的本啊？"

骆非说了名字，这本挺有名的，大家都来了兴趣。

有人想起什么："艾伽不是来了吗？"

陈晚漾看了看时间，艾伽已经睡了四个小时了，应该差不多了吧。

"我去叫她。"

骆非自愿做CM，陈晚漾和艾伽下来时，他们角色已经被分配好了。

艾伽没什么精神，抱着膝靠着沙发坐在地毯上，扫了眼角色没细看。她没注意手里的热牛奶是谁递给她的，甚至连靳嘉致就坐在她身后的沙发上都没发现。

跟着剧情往下走，艾伽忽然心口一跳，她抬眸寻找靳嘉致，找了一圈才发现他离自己最近。

所有人都在专注地玩游戏，只有他第一时间发现了她的视线，垂下眸看向她。

可能是感冒药的药效迟到，也可能是睡太多了，她觉得脑子有点昏沉，后知后觉地发现她被骆非算计了。

她的角色和靳嘉致的角色是一对悲剧的情侣。

剧情已经进行到开始回忆他们的爱情萌芽期，两人如何暧昧、如何在一起，后来又如何分手，明明和她跟靳嘉致的故事没有一点相关，可她莫名地就觉得心跳很快。

"许宁生（靳嘉致的角色名）你为什么要和温凉梨（艾伽的角色名）分手？"

许宁生说："她不喜欢我。"

温凉梨立刻反驳："我哪有不喜欢你，全世界都知道我喜欢你，你就算要甩锅也不要甩到我身上好吗？明明是你自己出轨，现在有了女友还来恶心巴巴说这种话干吗？"

这段其实只是有大概的走向，台词都是他们自己编的。

靳嘉致听完后，沉默了几秒，他一静其他人也静了。别墅里装了许多五颜六色装饰的灯，不远处的投影幕上也在无声地放着电影，光怪陆离的，都在提醒这是个十分喧嚣的时刻。

可时间就是会被按下停止键，热闹也会被孤独覆盖。

艾伽觉得这几秒太漫长，她下意识又回头看他，继续用剧本里的角色说话："你为什么不说话？"

"觉得你挺没心的。"

"啊？"

"连我的爱都发现不了。"

牛奶被胳膊撞到，坐在艾伽旁边的陈盏风帮她扶住，眼里的意味深长让艾伽头皮发麻。游戏还在继续，她心思更乱，玩得一团糟。

靳嘉致倒是玩得很好，可能天生脑子好使。

游戏结束，陈晚漾爬过来抱着艾伽胳膊一直在说好恐怖好恐怖。

艾伽这才想起，他们玩的原来是个恐怖本。

陈盏风换了泳衣，要去外面泡温泉，问她们去不去。

陈晚漾看着外面黑漆漆的，又害怕又想去。

"一边泡温泉一边看星星，可浪漫了，你们真不去？"

骆非从楼上下来，勾住陈盏风的脖子："我去我去，两位大美女，不去可就白来了啊。"

陈晚漾咬咬牙："我去换衣服，马上就来。"

艾伽打了个喷嚏，精神还是不佳。她染了浅发色，没化妆又在生病，看起来特别没气色。

骆非和陈盏风知道她和靳嘉致的关系，没叫她，只多看了她身后的靳嘉致几眼。

另外几个人也各有各的玩法，唱K打牌特别欢乐。

艾伽脑子里被那句"连我的爱都发现不了"搅得更困，准备上楼回房间再睡一觉，睡好了有精神再去哄靳少爷。

靳嘉致站起身，忽然看见地毯上有个东西闪闪发亮，他弯下腰。

是戒指。

他亲手做的那枚戒指。

他抬起头，艾伽的背影已经消失在楼梯上。

房间里没开灯，暗沉沉的，艾伽好像听到门外同伴们的声音。枕头边的手机好像振了下，她伸手摸了摸，费力地睁开眼皮。

【我来找你了。】

是个没备注的号码。

刚刚剧本杀的恐怖剧情一下子都浮现出来，艾伽立刻不困了。她痛骂了几句骆非，连忙将房间里所有的灯都打开。

陈晚漾也不知道去哪儿玩了，居然这么晚了都还没回来。

艾伽看起来胆子大，其实最怕这些恐怖的东西，恐怖片、恐怖小说她一向拒绝。

在房间里待了几分钟，她决定出去找救兵。

刚打开门。

"你怎么在这里？"艾伽看着靳嘉致，有些不可思议。

两人的视线对峙了几秒，靳嘉致先开口："你快递在我房间。"

艾伽觉得奇怪："什么快递？"

他莫名也顿了下，然后快速眨了下睫毛："衣服。"

衣服？她买的衣服怎么会在靳嘉致那儿？

这么想，她就这么问了："我的快递为什么会在你那儿？"

他脸色古怪，语气更古怪："我怎么知道？"

这倒是有点小时候的模样了。

艾伽被他搞得莫名其妙，又好奇起来，跟着他，去了他房间。

靳少爷有少爷病，别墅房间多，正好能有一间一个人住。

少爷有钱，又有架子，大家乐于把这间房让给他，毕竟出钱的是老大。

艾伽眼睛不老实，四处看了看，发现他房间里居然有露台，有露台就算了，还有个露天大汤池。露台对着山，现在很黑什么都看不见，但风吹过能听见树叶唰唰的声音。

靳嘉致打开行李箱，艾伽刚要说他毛病多，带什么行李箱。

下一秒，她就看见行李箱里放着几套女士的性感内衣。

而且性感内衣就放在他的睡衣上，白色黑色粉色、蕾丝的透明的丝带的，和男式暗色性冷淡样式的睡衣缠在一起。

艾伽下意识地吞了下口水，然后才脸红耳热地看向靳嘉致。

他也正在看着自己，他在背光处，艾伽看不见他双眸的深浅。

她心跳太快了，脑子里也糊，什么恐怖剧本都抛之脑后，脱口而出："你怎么知道这些是我的？"

靳嘉致看了她一眼，弯腰拿起一张卡片，一字一句地读了出来——

"你想看我穿哪一套，就带着它去温泉。你的小野猫艾伽。"

（4）

时间仿佛静止了。

过了好一会儿，艾伽在心里骂了戚佳雪一万遍："你信我，不是我给你寄的。"

怪不得她没收到快递，还以为戚佳雪放弃了，没想到戚佳雪给她搞了个大活。

过了两秒。

靳嘉致："哦。"

艾伽："戚佳雪买的，也是她寄的。"

靳嘉致看着她，十分平静地问："她为什么要买？还寄给我？"

"当然……"

当然是想知道你的喜好啊。

艾伽咬住唇，看了看那一堆性感内衣，又想起刚刚卡片上的话，决定先发制人。

"不是让你选一套吗？都带来做什么？"

"都喜欢。"

艾伽一愣，以为自己听错了，对上他的视线。靳嘉致重复了一遍："都喜欢。"

他又俯身将那些性感内衣用他好看的手拿起，放到床上："你打算先穿哪件？"

"靳嘉致。"

他"嗯"了声，随后歪了下头，看着她嘴角勾起一个笑，有点邪气。

"不穿？"

艾伽盯着他，忽然解开身上毛衣外套的扣子，脱掉扔到地毯上。她又开始脱里面的卫衣，卫衣里还有一件白色的长T恤。

靳嘉致没动，就看着她。

艾伽在要脱白T恤时，他眼睫颤了下，门外有同学路过说话的声音，房间里她准备脱最后一件衣服。

"那就黑色好不好？"她坐在床上，手指拎起那件黑色蕾丝镂空的内衣，"我皮肤白，穿这个应该最好看。"

说完，她还问他意见："你觉得呢？"

靳嘉致的喉结滚了滚："好。"

艾伽笑了笑，将白T恤卷起，露出很细的腰，弯曲起手臂，衣摆往上，肌肤暴露得更多。

房间里突然传来"滴——"的声响，是中央空调突然开始工作，暖气从风口送了过来。

靳嘉致忽然上前一步，艾伽已经将白T恤脱掉。她仰着头看向靳嘉致，冲

窃窃晚风

着他笑，见他脸色变化，笑得更夸张起来。

她里面还有一件吊带。

靳嘉致抿了下唇。

她仰着唇，双眸里都是戏谑。

门外的声音更大，有人在叫靳嘉致。察觉到他要走，艾伽上前一步，扯住他的衣摆，在他还没反应过来时，踮起脚，亲上了他的喉结。

很清晰的。

他身体在这一秒僵硬，喉结很大幅度地滚动了下。

艾伽的唇贴在上面，有点老实。但她呼吸不老实，烫得他心跳乍起，下颚线绷紧。

艾伽亲了下，就移开，睫毛不知有意还是无意扫过他脖颈间敏感的肌肤。

"我想亲你嘴巴的，但是我感冒了。"

她鼻音很重地小声嘟囔，说完靳嘉致没动。她眨了眨眼睛，又踮起脚，想去亲他下巴。

突然，她后颈被他手指捏住，艾伽看着他低头，在他亲下来的前一秒，她又强调："我感冒了。"

都这个时间了，他才不管。

唇齿接触，呼吸又黏，捏着后颈的手又移到前面来捏住下巴，半胁迫她张开嘴。他缠得很紧，直到呼吸不过，她求饶地发出呜咽声，他才松开。

艾伽嘴角被亲得嫣红，她自己毫无察觉，还不知死活地问："我发现你越来越会亲了，熟能生巧？"

靳嘉致今晚意外地配合她："算是。"

艾伽没逗他，准备换个话题，那个露台上的露天汤池太有诱惑。

她站起来，打开推拉玻璃门，将身上的裤子脱掉用力扔到靳嘉致身上。

很快，他还没看清她的腿，她就跑到了汤池里。

露台上没开灯，有几盏不太亮的氛围灯在一旁烘托。艾伽皮肤白，越暗越惹眼。

靳嘉致坐在床上慢条斯理地看着，她牛仔裤扔过来时一盒烟掉了下来，他弯腰捡起。

打开烟盒，里面少了两根，他眉头皱了皱。

汤池里的人在叫他，他遵从欲望又看了过去。

艾伽从水里钻出来，头发全湿了，黏在脖子和锁骨上。吊带黏在胸前，身体曲线更加明显。白雾蒙蒙，热气弥漫，像是带了天然的催情剂。

靳嘉致从烟盒里抽出一根烟，咬在唇间又去找打火机。

艾伽赤脚走过来，带着一身水汽，地毯由浅到深，他的衣服也是。她坐在他腿上，他目光还维持原状，她锁骨下那道疤刺进他眼里。

艾伽在专注做自己的事情，她抽出他含在唇间的烟："烟有什么好。"

他问："那什么好？"

艾伽指了指自己："我啊。"

靳嘉致的声音是从喉咙里传出的，很低地"嗯"了声。

艾伽想劝他戒烟，正在搜寻吸烟的害处。忽然，锁骨上一热，她睫毛不受控制地颤抖。他伸手将她的腰搂住，往他怀里靠了些。

然后，他彻底低了下来，黏腻的触感在锁骨的疤上亲舔。

"痒。"

她音刚落，他牙齿咬住了。

更痒了。

"喂，跟你说了痒。"

靳嘉致将她搂得更紧。身体贴到一起的时候，她不动了。

艾伽屏住呼吸，小声问："咬我就可以了吗？"

靳嘉致不出声，他心脏一下又一下，跳得让艾伽都心慌到痒。

"还以为要吃了我才管用。"艾伽搂住他的脖子，往他怀里挤，听到他呼吸更加急促，又贴着他耳朵说，"后不后悔啊，那天没从了我？"

靳嘉致没回答她，他站起身，维持着这种姿势将她抱进汤池。

他也进来了。

池子不深，可能是室外温度低，水温有些高，泡一会儿就会发晕。

艾伽盯着他看："你不脱吗？"

靳嘉致说："不脱。"

"哪有你这样泡温泉的。"全身上下一块肉不露的，这她多吃亏。

艾伽上手要脱他衣服，手指钻进他衣服里，她肯定是有坏心的，不然怎么就那么巧不小心抓了下。

他捉住她的手，叫她名字的声音哑得让艾伽不顾一切想得到他。

不如就像戚佳雪说的做，省得她费心费力，追个人还要熟读兵法，她脑子哪有他好用啊。反正靳少爷迟早是她的。

"你感冒好了？"

"没关系，你就是治感冒的良药。"艾伽黏人精一样烦人，声音又勾又蛊，往他耳朵里灌，"你再拒绝，是不是说明你不行啊？靳嘉致哪是男人，总在这种时候不愿意的？还是说你怕表现不好，没关系，我在这方面也没有见多识广，你哪怕真的一般，我也没比较对象，所以啊……"

"唔……"

她话终于被堵住。

只有亲她时，她才乖。

（5）

艾伽毕竟还在感冒中，体力不好，在汤池泡一会儿就没力气要睡觉。

靳嘉致拿浴巾裹着她，将她抱到床上。

艾伽抓着他不让他走："你去哪儿啊？"

靳嘉致看着她："你没吃饭。"

她睡了一下午，确实错过了中饭和晚饭，只喝了一杯他递过来的热牛奶。

"不饿。"

"胃会疼。"

艾伽拗不过他。

靳嘉致从行李箱里拿出干净的衣服，去卫生间换上，才打开门下楼去。

客厅里还有人在唱歌没睡觉，骆非和陈盏风最起劲，精神好得出奇。

骆非看见靳嘉致进厨房，好奇地跑过来："哇，靳嘉致你还会做饭啊？"

他"嗯"了声，打开冰箱扫了一圈，没什么菜，只有鸡蛋和青菜。他拿了出来，又打开橱柜去找面条，翻到第三个柜子才看到一包已经开封的挂面。

好在还在保质期内。

骆非作为室友当然比普通同学更知道点靳嘉致家里的情况，本以为他这种少爷肯定是不沾阳春水的，没想到做起饭来特别熟练。

一碗普通的面，都被他煮得十分有食欲。

他摸了摸还很饱的肚子，决定厚脸皮蹭饭："多煮点呗，我突然也饿了。"

靳嘉致说："没了。"

骆非指着挂面包里还剩大半包的面条："哪儿没了，不是还有很多吗？"

面条快熟了，靳嘉致找出碗和筷子、汤勺，虽然是干净的，但他还是又洗了一遍。

洗好，擦干水渍，正好面熟了，关火盛出。

靳嘉致端着面走上了楼。

骆非一直盯着他看。

一直注意这边动静的陈盏风道："人家那是爱心面，你一个普通同学怎么配吃。"

骆非"死心"地终于领悟了。

靳嘉致煮一碗面确实只用了几分钟，艾伽趁他不在穿上了他的睡衣。

她坐在床上，很乖地在等他。

艾伽吃了几口又吃不下了，看了看靳嘉致，又吞了几口，最后将他的手，拉到自己肚子上放着。

"真的饱了，不信你摸。"

靳嘉致抿了下唇，真摸了一下，才拿起她手里的筷子，将剩下的面都吃了。

艾伽吃饱就开始犯困，她抱住靳嘉致，眼皮黏在一起，缠着他要一起睡觉。

靳嘉致将她抱上床，帮她盖好被子，确认了下空调温度，又起身要走。

"我把碗拿下去，放房间里有味道。"

"好吧，那你要快点回来哦。"

靳嘉致"嗯"了声，将房间里的主灯关掉，留了一盏暖橘色的夜灯，才端着碗走出去。

陈盏风看着靳嘉致刷完碗，给他递了根烟，他接了没点。

院子里风冷，靳嘉致穿得少，鼻子都被吹红了。

陈盏风见他手机一直在振，下巴扬了扬，意有所指："艾伽找你？"

他按亮扫了眼屏幕："嗯，我回房间了。"

"她也太黏人了吧。"

靳嘉致脚步顿了下："不是。"

陈盏风不解："你这下来洗个碗都要发微信催你，还不黏人啊？"

"是我黏人，她知道我喜欢她黏着我，所以在配合我。"

陈盏风听得直接让他滚，刚在一起就秀恩爱。

靳嘉致回房间时，艾伽已经快睡着了，但听见开门声，还是迷迷糊糊地睁开了眼睛。

"你抽烟了吗？"

他皱了皱眉，打算在沙发上睡："没抽。"

"有烟味。"

"别人抽沾上的。"

艾伽"哦"了声，又闭上眼睛，小声嘟囔："不喜欢你抽烟。"

靳嘉致"嗯"了声，过了好一会儿，又说："在戒了。"

艾伽这次没回应，她又睡了过去。

早上天还没亮，靳嘉致就被敲门声敲醒。

骆非在门口大着嗓门喊："阿致，快点起来，不然要错过日出了。"

靳嘉致睁开眼缓了几秒，突然低下眸。他侧躺在沙发上，和沙发之间有一个小小的空隙。艾伽不知什么时候钻了过来，身体夹在中间，头埋在他怀里，手抱着他的腰。

她也被吵醒了，正在和他大眼对小眼。

骆非不知道房间内的情况，但日出不等人，门都要被他敲塌了。

"你现在不方便去开门吧？"艾伽盯着他，意有所指。

靳嘉致脸色没变，艾伽继续说："不难受吗？"

"你别动。"他按住她不安分的手。

艾伽手是老实了，但她整个人往上移了移，脑袋凑过去要亲他。

他脑袋偏了下："没刷牙。"

"我又不嫌弃你。"艾伽顿了下，"刷了就能亲了吗？"

门外的骆非耐心耗尽："靳嘉致，你不出来我们就不等你了。"

话音刚落，门被打开。骆非一愣，看着头发和衣服都有些乱的靳嘉致，有些蒙："你就这样去吗？"

靳嘉致的声音有点哑："我不去了。"

骆非没过脑子地问："你也感冒了吗？"说完又觉得有点奇怪，但具体哪里奇怪又说不出来。

不远处，陈晚漾从房间里出来。骆非往后看了眼，问："艾伽呢？"

陈晚漾看向靳嘉致，笑得有点意味深长："她也不去。"

骆非突然觉得心累，好好的一个活动，之前都说了，怎么一个两个都搞特殊。

"好吧，那我们走吧。"

走到楼下，骆非忽然想起什么，又往上走。走到一半时，视线正好看到靳嘉致房间的门好像没关好，他下意识想过去和他说中午的安排。

下一秒，骆非看到了一个女人的脚，他一愣，眼睛睁到最大。那个女人，她踩在靳嘉致的拖鞋上。

骆非脑子里有个名字出现，刚刚的一幕，让他忽然串联起来。没几秒，他的猜想得到了验证，他看见了女人的侧脸。她嘴唇一下又一下亲着靳嘉致的下巴和脖子，一边亲一边笑。

靳嘉致被她逗得忍无可忍，将她抱起。

"砰！"

门被彻底关上。

骆非还呆愣在那儿。

房间里。

艾伽被扔在床上笑个不停，靳嘉致眸光发暗，她最爱看他这个样子。

发丝被压住，他俯身低过来，她伸手捂住他的唇："只能我亲你。"

他目光更加压迫，艾伽笑嘻嘻的："我亲的是我喜欢的人，你又不喜欢我，我怎么能让你……"

她话太多，靳嘉致没耐心，又钳制住她手腕，用力亲上去。

不许说不喜欢。

在他有限的二十年生命里，能称得上喜欢的人或物很少，她是唯一一个。

半小时后。

"欸？你抱我去哪儿？回我房间干吗？我昨晚都跟你睡了，多睡一天不行吗？"

"不行。"靳嘉致捏了下脖颈，忽然问，"你是不是把什么东西忘了？"

(6)

两个小时后，今天出去看日出的人，因为运气太差，什么都没看到失望而归。

陈晚漾看到房间里的艾伽："忙了一夜？"

艾伽翻了个身："素觉。"

陈晚漾捂住嘴巴，夸张道："天啊，靳嘉致是不是不行？"

艾伽望着天花板，也在深深叹气。陈晚漾凑过来："还有一天哦，少女，留给你的时间不多了。"

快到中午吃饭的时候，艾伽才发现自己的戒指不见了。她将房间里找了个遍，又跑去客厅搜寻了一圈，一无所获。

靳嘉致不会就是说她把戒指丢了这件事吧？

吃完中饭，陈盏风查到了附近不远处有个真人CS，说是北城最原始最刺激的。

"去不去？"艾伽在桌下踩靳嘉致的脚，他低头专心在吃饭，眉头都没皱一下。

陈晚漾第一个同意："去。"

骆非也说去。

别人也纷纷同意，没人问靳嘉致，也没人问艾伽。

等人都走了，靳嘉致在收拾桌子，艾伽从后面抱住他："捡到东西要还，小朋友都知道。"

"谁让你丢的？"他端起盘子去厨房。

艾伽像没骨头一样，抱着他黏着他："你是因为这个不肯跟我睡觉吗？"

他开水龙头的手顿了下："不是。"

"那为什么？"

靳嘉致擦干手上的水渍，回头抱起她，放在一旁干净的大理石面的台子上。他拿过一旁放着的苹果，洗好递给她，然后才继续洗碗。

艾伽啃了一口，目光盯着他，一直盯到他洗完碗。

靳嘉致接过她手里吃不完的苹果，自己咬了一口，才看她："很想吗？"

"对啊，做梦都想跟你睡觉，想了好几年了都。"

在景区唯一一家便利店，靳嘉致扫了眼货架，随意拿了盒安全套结账。

艾伽站在他身旁，看着他侧脸，好学生是第一次买这个吧？

收银员拿着机器扫描的手顿了下，下意识地抬头看了面前的两位一眼。

便利店距离酒店不远，现在不算是旺季，路上偶尔能看到人。风很大，靳嘉致将艾伽的手放进自己外套口袋里。

　　一路安静地回到别墅房间，门刚打开，外套才刚脱掉，艾伽就推他到床上，坐到他身上。

　　他不设防地被她推得半躺，抬眸盯着她。

　　艾伽弓着腰，不管他反应就伸手去摸他，她感觉到他身体微怔了下。

　　她没动，指尖从唇滑到下巴再往下，速度很慢。等摸够了，她又去搂住他脖子，用自己的唇去亲了下他的下唇。

　　她很故意，故意亲得很响，让人脸红，然后去找靳嘉致的反应，见他神色淡淡跟往常无异。

　　靳嘉致垂眸看向她，他喉结上下滑动："艾伽。"

　　她呼吸洒在他耳郭里，脸颊压在他脖颈里，睫毛和鼻尖时不时还在蹭他。听到他声音，她不仅不怕，还往他怀里靠。

　　她不高兴他总这么叫她，捂住他的唇还不够，又去吻住他。不是刚刚那种嘴唇碰嘴唇，是钻进去和他纠缠不清，口水都来不及吞咽。

　　靳嘉致伸手捏住她的下巴，他声音哑得吓人："你别……"

　　"买都买了，你现在说不愿意就太假了。"

　　艾伽额头靠着他的胸膛，手从脖子往下，手指抠住扣子和拉链。

　　他知道她在做什么，不可抑制地吞咽了下，又叫她："艾伽。"

　　她"嗯"了声，手下动作没停。

　　他声音彻底哑了："你要是不停的话，就停不下来了。"

　　艾伽听得心痒，抬头看他。

　　湿热的空气里，发尾湿漉，视线也恍惚。脖颈微微后仰，肌肤变得黏腻，他的吻从耳垂到小腹，烫到颤抖。艾伽本来就什么都不懂，只是紧紧地抓着他。

　　靳嘉致看进她眼里："还要吗？"

　　他的手还扣在她腰上，力气很大，声音却温柔得不像话："现在……我还能放过你。"

　　艾伽抓着他低头去吻他，吻到迷失，让他失去理智。她搂紧他脖子。察觉到她疼，靳嘉致又亲过来，力度很轻，蹭过脸颊、鼻尖、眼睛、脖子、锁骨，最后又到唇，一遍又一遍，温柔到让她融化。

　　最意识模糊意乱情迷时，靳嘉致埋在她颈窝里，逼问她爱不爱他。

说得喉咙都哑了，她受不住，牙齿咬住他脖颈，心跳声大到要聋，爱意将他溺死，他才信。

艾伽被他缠到无力，最后却忘了让他说出爱她的字眼。

醒来时已经是黄昏。

玩得尽兴的同伴们回到别墅。

陈盏风敲了敲门："一个小时后，大巴来，可以吗？"

他语气里调侃的成分太昭然若揭，艾伽怕自己出声，咬着靳嘉致锁骨在笑，一颤一颤的，惹得靳嘉致将她抱得更紧。

她明知会惹出什么祸，还激他："你说，他们知道你在床上这么狠吗？"

靳嘉致声音平稳地对外面的人说："可以。"

回去的车上，艾伽睡了一路，对陈晚漾好奇了两个小时的目光熟视无睹。

快到学校的时候，艾伽的手机振了下。

【靳嘉致：柏御2606，密码是我手机密码。】

艾伽掀起眼皮，回头看了他一眼。

柏御是学校附近的一个高档公寓。

【伽伽：你买的？】

【靳嘉致：嗯，降温了，你怕冷的话过去住。】

【伽伽：什么时候买的？】

【靳嘉致：去年冬天。】

【伽伽：要是我复读没考上呢？】

艾伽发完，忽然指尖有点痒，她咬住，静静等他的消息。

过了十几秒。

【靳嘉致：是你让我等你的。】

艾伽盯着这一行字笑起来。

【伽伽：我真是说话算话。】

【靳嘉致：嗯。】

"笑什么呢，和我分享分享？"陈晚漾的声音插进来。

艾伽挑起眼角："明知故问就没意思了。"

"喊，真行，我真以为我是女主角来攻略陈盏风的，没想到居然变成了工具人。"

艾伽头靠在车窗上，嘴角笑意止不住。

靳嘉致就坐在斜后方看着她，嘴角也有不太明显的笑意。

第十章

[只有吻你才低头]

(1)

"看到校内的最新帖子了吗？你不都人设崩塌了吗？怎么还有一堆小姑娘喜欢你？

"说我是'京大妲己'，说我祸害你十年。"

下午两节课中间休息时间，他俩站在这层楼的走廊尽头。

艾伽说一句话就咬靳嘉致一口。靳嘉致不躲，只搂着她的腰，将她圈在怀里。

她也不是真生气，就是看最近靳嘉致的口碑两极分化太严重了，来调解他心情。

一部分人坚持觉得靳嘉致眼光太差没有内涵，一部分人则觉得他喜欢一个人喜欢成这样太丢男人脸了。反正除了小部分女生继续花痴他，其他人都在骂他。

她想到这儿就气闷："我明明都找人帮忙了，怎么还骂你，气死人了。"

靳嘉致的下巴被她咬出牙印："不用在乎这些，对我没什么影响。这样也挺好的。"

"哪里好了？"

哪里不好，他现在只属于艾伽，可是太好了。

"别想那么多了，我有人要就行了。"

艾伽本来要说什么又吞了回去，她眨巴眨巴地看着靳嘉致，他说这话时太好看了，好看到她忍不住又踮起脚去亲他。

亲完，艾伽看了看时间："我得去画室了。"

她想到什么又忽然看向靳嘉致："虽然你现在没之前那么人见人爱，但请你还是要注意男德。不然'京大妲己'可是……"

他双眸看过来，艾伽继续说："看什么看，小心点哦，听说今天画室会来个超帅的裸模。"

搂在她腰上的手忽然收紧，艾伽怕痒笑起来："你最帅，不会比你帅的。"

艾伽刚走，骆非不知从哪个角落里钻出来，盯着靳嘉致的脸看。

靳嘉致看了他一眼："怎么了？"

骆非指了下他下巴处："口红印。"

他低头拿出纸巾擦了下，骆非摇摇头："还有牙印，擦不掉的。"

靳嘉致"嗯"了声："没事。"

骆非惊了，这还是高岭之花靳嘉致吗……

晚上九点，靳嘉致今天在法律援助中心的工作结束，他锁好门，一边走一边给艾伽发消息。

【靳嘉致：还在画室吗？】

【伽伽：嗯，还得一会儿。】

【靳嘉致：我去接你。】

【伽伽：快来快来，等你哦。】

靳嘉致的嘴角情不自禁勾起来，回了个好。

画室剩下的人不多，陈晚漾没啥灵感，一下午画板上都干干净净。

她受情所困，疯狂在吐槽陈盏风："他真的夸张，我见过渣的，没见过渣得这么明明白白的。你知道吗？和我出去约会，当着我面还和微信里的妹子撩，我问他还承认。他是不是觉得自己奇货可居啊？"

陈晚漾越说越气："我就奇怪了，都是男人，怎么男人和男人之间的差距就这么大呢。"

她可是亲眼看见靳嘉致怎么对艾伽的，更别说靳嘉致看艾伽那眼神了，简直能让人当场化身柠檬精好吗？

艾伽咬着笔："你要不换一个算了，男人千千万，别就盯着陈盏风。"

陈晚漾叹了口气："要是能钓到梁京越就好了。"

"他是谁？"

"法学院'三草'里最神秘的一个，据说背景很牛。"陈晚漾说了经常出现在新闻上的名字，"说是他爸。"

然后，她更加怅然若失："但听说也很渣。"

艾伽乐起来："按照这么说，这不是法学院'三草'，是法学院'三渣'啊。"

陈晚漾长得其实特别乖，黑长直发齐刘海，整天穿着白裙。她说这打扮最适合钓渣男，渣男唯爱这种小白花。艾伽觉得她挺有意思的，明明玩不过那些人，还偏偏觉得自己是资深猎人。

艾伽低头看了看手机，戚佳雪在微信上找她。

【戚佳雪：怎么样怎么样，求求你告诉我吧。】

【戚佳雪：你告诉我，你和靳嘉致成了没，我就分享一个我的好消息给你。】

【阿伽：睡了。】

【戚佳雪：啊啊啊啊啊啊啊！】

【戚佳雪：啊啊啊啊啊啊啊啊！】

【戚佳雪：啊啊啊啊啊啊啊啊啊啊！】

【阿伽：好消息呢？】

旁边的陈晚漾眼睛突然睁大，下一秒，胳膊抵了她一下。

艾伽收起手机："干吗？"

随后，她后颈被人捏了下，她一怔，没动。

靳嘉致看了眼陈晚漾，有点淡地点了下头。随后，他自然地坐到她旁边的空位上，看了看她画板上的画："很帅的裸模？"

画纸上除了静物，还是静物。

陈晚漾十分敏感："什么裸模？很帅？在哪里？"

艾伽无言。

靳嘉致低头笑。

过了几秒。

靳嘉致问："你们吃晚饭了吗？"

艾伽："还没。"

她手机振了下，戚佳雪的好消息来了。

【戚佳雪：我瘦了十斤。嘻嘻，羡慕吧，我现在可是比你还轻。】

艾伽把她拉黑了。

靳嘉致一边帮她收拾东西，一边又问："有想吃的吗？"

艾伽想了想："没有，都行。"

"火锅？"

"不想吃。"

陈晚漾看了眼艾伽，又将视线移到靳嘉致身上，她好奇靳嘉致这种一直被捧的人遇到这种事会不会生气。

靳嘉致没什么变化，陈晚漾这才发现，他好像很熟练地在收尾，什么笔放哪里，颜料分类，明显是做过很多次。

"烤肉？"

"在减肥，戚佳雪瘦了十斤，我受刺激了。"

陈晚漾没忍住，笑出声。

靳嘉致抿了下唇："十景？他们家专门做素食的。"

艾伽看向靳嘉致："你为什么不问戚佳雪为什么瘦了十斤？"

靳嘉致看向她："除了失恋还有别的原因吗？"

也是。

东西收拾完了。

靳嘉致问："十景吃吗？"

艾伽："还是吃火锅吧。"

陈晚漾笑着问："不是减肥吗？"

"我想了想，还是等失恋再减。"她问陈晚漾，"一起去吗？"

"别，我不做电灯泡。"

陈晚漾一走，画室里只剩下他俩。他俩一起洗完笔后，才慢悠悠走出来。

校园里还有人，靳嘉致一路都牵着她的手，仿佛没有看见来来往往擦肩而过还要回头留意的目光。

耳边还能听见他们不太小声的私语——

"天啊，靳嘉致和艾伽真的在一起啦？"

"不是说靳嘉致喜欢十年的女朋友就是艾伽吗？"

"亲眼看到，我还是很震撼。"

…………

艾伽听着将他拉得更紧："一会儿先去买奶茶吧。"

"嗯。"

安静了几秒，靳嘉致问："你现在的男朋友是我吗？"

"难说。"

脚步蓦地停了下来，他低下头，一瞬不瞬地盯住她的眼睛。

艾伽不明所以地仰起头："你不是没同意吗？"

靳嘉致身体明显松懈下来，重新开始走路。

过了几秒，他的声音在夜晚的街道上特别清晰——

"是你的男朋友。"

靳嘉致是艾伽的男朋友。

(2)

"我元旦去北城找你玩。"戚佳雪气哼哼的，"还有，快把我微信从黑名单里放出来。"

艾伽就是逗她玩："行吧，你什么时候来？"

"还不知道，早的话提前一天过去，不行就31号上午飞过去。季时安也去，我们四个就在北城一起跨年。"

"好，31号我老师有个展需要我去帮忙，估计结束得有点晚。"

戚佳雪看到自己被艾伽放出来，不仅连续给她发了几个表情，声音也嗲嗲的："没事哦，反正多晚都等你哦。"

他们四个有个微信群，这几天突然活跃起来，这个活跃是因为季时安。他每天在群里期待回国，期待跨年，期待他们四个见面的场景。

戚佳雪有时候烦透了，就会冷冰冰地吐出"闭嘴"两个字给他。他也不气，热情高涨。

时间终于到了12月31日这天。

电梯往上，在二十六楼停了下来，公寓的房间不大，装修得很温馨。

夜彻底深时，靳嘉致校外的铂御公寓地毯上到处是空酒瓶，电视机在放某个热门台的跨年演唱会直播。

靳嘉致手机响了，是还在等他的季时安。

"你去哪儿了？"

靳嘉致拿着手机，颇为冷淡地反问："有事？"

音落时，他的腰被人抱住，那人光脚踩在地毯上，双腿站不稳。靳嘉致顺势捞起艾伽的腰，垂眸看见她氲着绯色的脖颈。

她在外面聚餐时喝了几杯，回来酒兴不减，又喝了不少，已经七分醉了，仰起头看他时，双眸蒙了水。

她手心很热，隔着衣服都能烫到他。

艾伽不满意他一直在打电话，脸埋进他怀里，意识不清地咬了他一口，在锁骨上。

他声音变哑，身体开始燥："没事就挂了。"

季时安急了："喂！我特意从国外飞回来跟你和艾伽一起跨年呢！艾伽有事不来就算了，你也不来吗？戚佳雪那个傻瓜买错航班，零点，她怎么不看清是几号零点？"

靳嘉致没管他，手指捏住艾伽的下巴，指腹抵了下她的牙。

艾伽吃疼地哼了声。

电话那边的人听到了，震惊大叫："你这小子，艾伽是不是在你身边？让艾伽接电话。"

艾伽仰头不满地看着他，甚至醉意模糊地咬住了他的手指。

"靳嘉致你两口子……"电话里季时安的废话还没说完，靳嘉致耐心告罄，将手机扔到地毯上，托着她脑后，抚着脖颈细肉，低头吻了下来。

很凶的吻。

太凶了，刚亲了一秒，艾伽就躲开了。

他唇碰了下她的发丝，压低声音笑："谁今晚说就是个老师的普通展览，结束了就回来，怎么还喝这么多？现在都几点了？"

"不是，老师太高兴了，她特别欣赏我，非要喝，我有数。"艾伽指尖无力地抓着他衣服，"我刚刚好像听见季时安的声音了，他怎么了？"

靳嘉致又低头亲她："你听错了，别管别人了。"

他拿过卸妆湿巾，小心地将她脸上残留的粉底擦净。可能他力气有些大，艾伽的脸皱起，说："你轻点。"

他微倾身，修长漂亮的手指扳起她的脸，动作比刚刚更轻了些。

擦完脸，他又将她抱到他腿上，看着她眼皮都睁不开的模样，又歪头吻过来："下次再这样就罚你。"

"罚我什么？"

"罚你……"他力气很大，艾伽的身体被他箍在怀里，肌肤贴着，气息渐乱，眼前迷蒙水汽，脑袋像是也空了。

窗外是浓稠的夜，晚风夹着雨丝飘进来，窗帘被吹起来。黑色长发被压在掌下，双手被他强制按住，身体最紧密相贴。

电视机里的跨年晚会正在唱一首粤语歌——

"不许你注定一人，永远共你去抱紧，一生中百样可能，爱上你是种缘分……"

艾伽突然睁着眼睛看他："我好像越来越喜欢你了。"

他抿着唇，眼神有欲又克制地看她。

她又问："你呢？"

他在她上方，灯在头顶，背着光，脖子上的戒指，此刻晃动耀眼。

下一秒，他俯身抱住她，唇贴在她耳边，声音又低又哑："我更喜欢你。"

艾伽忽然不满，非要和他争个胜负："明明是我更喜欢你。"

窗户外忽然有烟花亮起。

艾伽看向床柜上的电子钟，正好是 00:00。

她连忙抱紧他，怕来不及似的，贴在他耳边，第一时间说："新年快乐。"

两个人扔在地毯上的手机屏幕都亮了起来，疯狂跳出新年祝福的消息。

靳嘉致又温柔下来，低头亲了她一下，又亲了她一下："新年快乐。"

（正文完）

番外

[心仪的男孩常驻身边]

‥‥‥‥‥‥

    （1）鬼迷心窍艾伽伽

    下午四点三十分，教学楼三楼走廊。玫瑰色的晚霞，落在少女白净如雪的脸颊上，长发绾起，琥珀色的杏眸亮晶晶的。

    只是她目光里含着冰，软糯的声音里也都是不耐烦："我现在心里只有学习，我劝你也别想这些，好好学习才是正经事。"

    四周静了几秒，艾伽没等到回复，抬眸看向对面的人："你怎么不说话呀？"

    少年的声音冷淡疏离："我只是回想了下，从小到大所在学校的年级第一确实都是我。"

    言下之意，她才该好好学习。

    艾伽眉目一凝："你就这个态度对待你喜欢的人吗？"

    他低笑出声，尾音微扬，看她的目光带了几分纵容的宠溺："诚实坦诚也是我的优点。"

    艾伽被气到瞪眼，刚组织好语言要反驳。

    "丁零——"四点三十五分，下课铃声准时响起。

    再下一秒，她睁开眼，哪还有告白，不过是一场梦。

    艾伽抬手揉了揉眼睛，脸颊被压出睡印，整张脸粉扑扑的，还在为刚刚梦里吵架没有发挥好而生气。

窃窃
晚风

她余光往后看了那个身影一眼，皱起眉："对告白的人态度都这么恶劣，活该人缘差。"

前座的戚佳雪听到这话转过头问："有人对你告白啊？"

"嗯，真是晦气，居然梦到靳嘉致。"

"你是不是日有所思，所以夜有所梦。"

艾伽瞪了她一眼。

戚佳雪"啧啧"两声，下巴扬了扬："没事，你要是真喜欢靳嘉致也不丢人，你看看我们班门口那些故意来借书聊天的女生，谁不是来偷看靳嘉致的。"

不提这个还好，艾伽看着那些花枝招展的女生，心里更是发堵。

这是初一开学的第一个月，不知为什么靳嘉致好像突然变得很受欢迎。

想到刚刚那个梦，艾伽更加不爽，连去小卖部都兴致缺缺。

戚佳雪勾着她手腕，八卦道："匿名墙又被靳嘉致屠版了，好像是他专属一样。不过也难怪，谁让他成绩全校第一，脸也全校第一呢。"

"能不能别聊他了？"艾伽一听到他的名字就脑袋疼。

戚佳雪愣了一下，反问："那聊谁？"

艾伽无话可说。

戚佳雪继续花痴："靳嘉致就是太高不可攀了，听说连初二初三的学姐都来找他。我觉得他这种出身矜贵，成绩优异，性格还沉默冷傲的人，如果真的会喜欢人，肯定会是……"

"克制隐忍的。"艾伽随口应和。

戚佳雪将"偏执疯狂"四个字吞进肚子里："你说得也有道理。"

艾伽不知是不是被梦影响，总觉得心跳很快。她面上不显，但心里慌里慌张的，一直在苦恼自己怎么会梦到靳嘉致，不会也被他侵占大脑了吧？这么一想更没心情去小卖部了。

戚佳雪看着艾伽变幻莫测的表情："你没事吧？"

艾伽摆摆手："你自己去小卖部吧，我有事得回班级一趟。"

"喂！你能有什么事啊？"

艾伽踩着台阶往上走，心口"怦怦"直跳。

心里骂了靳嘉致八百遍，然后再疯狂给自己洗脑，怎么可能呢，怎么可能，狗都不会喜欢靳嘉致的。

不小心在走廊上撞到两个女生，对不起还没说出口——

"我好紧张啊。"

"没事的，万一靳嘉致就喜欢你这个类型呢。"

"也是，不然他拒绝这么多人干吗，肯定在等我。"

艾伽无语。

两个女生看了艾伽一眼，其中一个人说："你说得有道理。"

艾伽叫住那两个女生，目光找到要找靳嘉致的那个。

刚刚的洗脑没奏效，她脑子一抽直接说："靳嘉致不喜欢你。"

女生一愣。

艾伽怕她不信，索性瞎讲："他喜欢的是我，从一出生就喜欢了，因为某些原因，必须隐藏压抑，你别去自讨没趣。"

气氛骤然停滞。

艾伽怕对方人多势众，试图再接再厉说些什么，让她们信服。

突然，两个女生对视一眼，再看向艾伽的目光多了几分崇拜。

"哇，我就说靳嘉致怎么可能真那么清心寡欲不食人间烟火，原来是姐妹你厉害啊。"

艾伽有点谦虚："……是还可以。"

"靳嘉致这种男生不好搞吧，外面觊觎的人多，他本人还冷冰冰的，虽然我也欣赏他，但是我确实也觉得和他谈恋爱是个挑战性十足的事情，堪比每天进行数学考试。"

"嗯？"艾伽觉得有点奇怪，但还是十分赞同地点点头，"确实难搞。"

女生十分爽快地放弃了，但艾伽还是不放心："靳嘉致意志力没那么坚定，你别去找他，让他犯男人都会犯的错。"

女生表示理解，并十分好姐妹似的和艾伽说："你放心，在你看不到的地方我也会帮你监督他的。"

对方走了，艾伽还愣在原地，过了几秒，拍了拍自己脑袋，觉得自己刚刚一定是被鬼上身，不然干吗做这种事。

她转身，刚走一步，直觉不对。

一抬头，视线就和不知何时站在身后不远处的靳嘉致相交。

今天天气热，靳嘉致没穿校服外套，身上只有一件白衬衫。风吹过时，正好将他一丝不苟的领带吹起。

走廊上人来人往，可只有少年黑发黑眸，好看得让人移不开眼。

艾伽怔怔地看着他，心跳陡然加快，后一秒才下意识觉得大事不好。也不知刚才的话，他听到多少，虽然他这种人是不会在意别人的。可她这种毁人桃花的行为，也确实不地道。

艾伽又仰起头，悄悄望了他一眼。

靳嘉致个子高仪态优雅，此刻站在那儿，如零下三十摄氏度的超高效冰箱，一个目光都能将人冻在原地。

忽然，他往她走近了一步。艾伽慌张起来，撒腿就要跑。

"艾伽。"

她茫然得不知所措。

他又说："过来。"

第一遍上课铃已经打响。

艾伽走到走廊尽头的拐角里，紧张地看着靳嘉致。因为那个奇怪的梦，她忽然摸不准他是要告白，还是要打她。

电光石火间。

她又胡言乱语："你要告白吗？"

"什么？"

少女自说自话，他皱着眉，跟不上她的思维活跃度。

艾伽又闭上嘴，瞪了他一眼，慌忙逃走。

后来，她莫名其妙躲了靳嘉致一周，也是这一周，让艾伽找到了这一天莫名其妙的行为。

（2）还在分手戚佳雪

戚佳雪再见到季时安是在暑假回家的第一天。

"到了吗？"

之前的高中同学夏知果生日，在长荣附近的酒吧庆生，顺便就当作高中同学会。五颜六色里，人挤人嗨得要命。

戚佳雪临时有事，来得最晚："到了。"

夏知果："你在哪儿？我来接你。"

狭长的走廊里，音响声震耳，已经听不清通话另一端的声音。

戚佳雪微微捂着耳朵，探头张望，寻找夏知果的身影，一抬眼却看见中间舞台上有个扎眼的金发。

男人随意站着，单手懒懒靠着立式话筒，修长的脖子仰着，看不清他的脸。

戚佳雪视线停顿，发愣间，四周激光灯摇晃交换，她觉得他莫名有点眼熟。

"佳雪，这里！"夏知果艰难地从人群里挤过来，拉着戚佳雪往里面走，"辜雨也来了，一会儿你可千万别和她打起来。"

戚佳雪没说话。

夏知果双手合十，讨好地说："今天我生日，拜托拜托。"

戚佳雪顿了顿，妥协地点了下头，走了两步，莫名又转头，视线回到那个金发身上。

他穿着纯黑的短袖，领口被故意剪坏，露出性感的锁骨，脖子上有什么东西在闪闪发光。

忽然间，滚烫的空气中，他嘴角勾起一个懒懒的弧度。

戚佳雪猛地停下脚步，前赴后继的尖叫声里，她意外地，撞上了一个目光。

真的很熟悉。

"看什么呢？"

夏知果顺着她的目光看过去，男人正好一曲结束，懒洋洋地转身跳下舞台，只留了个背影。

戚佳雪心"扑通"一跳："觉得眼熟。"

"那个主唱吗？"夏知果问。

"嗯。"

"好像也是长荣的，我看他和别的男生打招呼来着。"

戚佳雪点头，走了两步，又停了下来，到了。

三层的生日蛋糕放在茶几中间，乱七八糟的酒堆在一起。已经喝了几轮，待着的人没几个，都醉醺醺地在舞池里乱蹦。

倒是辜雨一直坐在沙发上，端着架子，见她来了，瞥了一眼，目光很不友善。

你看以前就讨厌的人，不管过了多久还是依旧讨厌。

"她和我一个大学，而且她上大学后变得挺好的了。"夏知果凑到戚佳雪耳边，"你就当她透明的，反正她也有男朋友了，不会再去撬艾伽墙脚了。"

"就她？"戚佳雪冷哼一声，"还不够格好吗！"

夏知果做和事佬："好啦好啦，都过去了，大家都老同学嘛。"

抬眼见夏知果满脸担忧，好像下一秒她和辜雨就要互扯头发似的，戚佳雪受不了，笑着轻轻推她："你去玩吧，看在你的面子上，我今晚会忍她的。"

沙发上就剩下戚佳雪和辜雨。

戚佳雪情绪不太高，靠着沙发，端起一杯正常点的酒喝了一口。

她的手机振个不停，点开看了眼。

【艾伽：刚醒，夏知果生日？】

【戚佳雪：是的，你和靳嘉致来吗？】

【艾伽：我看看他能不能醒啊。】

【戚佳雪：……你俩真行啊，日夜颠倒啊，小心没毕业就做妈妈哦。】

【艾伽：总比你永远失恋好。】

被戳了伤疤的戚佳雪，恼得给她发了一连串表情包。

忽然，有个服务员端着一杯特调走过来，放在她面前。

"有位季先生为您特意点的。"

戚佳雪一愣，下意识抬头，目光穿过昏暗的人潮，和那个金发的目光撞在了一起。

他到底是哪个老同学？她今晚不会真的有艳遇吧？

但艳遇不艳遇的还不知道，半小时后，一个她都不记得男生出现，在一众老同学面前大放厥词说她曾经花痴他整整一年。

戚佳雪斜着眼看着他到底要怎么吹，没想到这位大哥脸皮特别厚。

不仅当着同学的面吹，还来纠缠她，试图跟她再续前缘。

戚佳雪躲他躲到了卫生间，他还能追到卫生间门口。

"请问你是？"

"我是江威啊，高一时和你同班也是八班的，还和你坐过半学期同桌，那时候你天天看我，冲着我傻笑。"

戚佳雪愣了。她有吗？大哥你会不会自我感觉太好啊。

她有靳嘉致、季时安那种大帅哥放在眼前不花痴，花痴你啊。

她是瞎了，还是疯了？

就在她头疼怎么脱身时，突然，身后有个很熟悉的男声在叫她——

"戚佳雪。"喊完后，他习惯性地嘲讽她，"你眼光真差。"

如此欠扁的人只有一个。

戚佳雪猛地转身，搜寻到出声的人，居然就是那个金毛。

戚佳雪突然开口："季时安。"

季时安正看她热闹呢，听见她叫他，还怪八卦的："叫我干吗？不耽误你泡男人吗？"

王威认识季时安，毕竟是校园风云人物，他和靳嘉致两个人，可是他们男生们又爱又恨的对象。

没记错的话，戚佳雪好像和季时安关系挺好的，当年好像就有传闻。

他刚刚转了一圈，好不容易找到个单身来的女生，准备今晚脱单，不会要被季时安截和吧？

果然。

戚佳雪立刻跑到季时安身边，钩住他胳膊，怕他反抗，指甲还掐进他肉里。

"亲爱的，你来了啊，别吃醋嘛，他只是我普通同学，我最爱的还是你。"

季时安被她恶心得一身鸡皮疙瘩："人都走了，你差不多行了啊。"

戚佳雪松开他胳膊，嫌弃地撇了撇嘴，又望了望他的头发："你什么时候染这发色了，和艾伽学的？你也不怕靳嘉致吃醋，还去和艾伽染情侣发色。"

季时安一听她说话就脑仁疼："行了，说说你呢？还在分手啊？"

戚佳雪爹了毛："滚，什么叫还在分手。"

季时安也不生气，捏了捏她瘦了又胖回来的脸颊肉："死丫头，你倒是和以前一样啊，用完就丢。"

戚佳雪拍开他的手："总比你乐不思蜀好，去留学了，春节都不回来，我看你是被洋妞迷了眼睛。"

听到这话，季时安笑起来："别误会我，我可是一直单身呢。"

（3）专业"舔狗"季时安

"佳雪！戚佳雪！"

戚佳雪怔怔地望着艾伽："怎么了？"

艾伽单手支着脑袋，懒洋洋地看她："昨晚你去哪儿了？怎么一眨眼就不见了？打你电话不接信息也不回。不会去艳遇了吧？"

戚佳雪沉默了会儿："……我回了。"

艾伽微微挑眉："我半夜下楼去便利店，遇见你妈了，你妈说你不在家。"

所以说大半夜的，你去便利店干吗？有什么急事吗？

戚佳雪心虚地移开目光，她按了按宿醉又疼的头。

"你不会彻夜不归真的是艳遇了吧？"

算了。

就是艳遇对象……

是季时安。

早上，她睁开眼，发现床上多了一个人，更让她慌张的是，她还在他怀里，她下意识就要跑，刚起身，手腕被抓住，回头对上他的目光。

他撑起下巴，似乎没睡醒，看向她的目光有点倦懒，声音也沙哑："你去哪儿？"

戚佳雪看清他，脸顿时红了，不知道为什么，她嚣张跋扈了二十年，现在结结巴巴起来："我……我妈……对，我妈找我有事。"

季时安挑了挑眉："行，你去吧。"

…………

艾伽突然看到了什么，指尖碰到她脖颈后的肌肤。

"痒……"戚佳雪想躲。

艾伽惊了："草莓！"

她问："什么草莓？"

"吻痕。"艾伽用抓住她小辫子的口吻逼她说实话，"别骗我是蚊子咬的，我可比你懂得多。"

戚佳雪捂住颈后，表情有些呆："我也不知道。"

她对昨晚的一切都记不清了，体温被酒精烧到沸腾，天旋地转间只记得确实是骗了一个人跟她走，还说要为他负责。

戚佳雪顿住。

她说要负责？

"所以你在夏知果的生日会上喝多了，骗季时安一起走，然后睡了他，还声称要负责。"艾伽总结全文。

戚佳雪捂着脸："你这么大声干吗？"

"所以我要用气泡音和你说话吗？"

戚佳雪看了看卧室里，发现她都和艾伽说半天话了，都没看见靳嘉致的人影，他怎么会不在家呢。

"别看了，一早被季时安叫走了，估计季时安也蒙呢。"

戚佳雪有气无力地"哦"了声。

艾伽问："你现在打算怎么办啊？"

"我也不知道，我没想过会发生这事，在我心里他和你没什么区别，可能唯一的区别就是他不能陪我去卫生间。"

艾伽想了想："也许以后他能陪你去了。"

戚佳雪忽然想到什么，猛地抓住艾伽的手："昨晚……好像……啊啊啊，我会不会比你先做妈妈啊？"

艾伽抿唇，拿起手机给季时安发了个微信，又安抚戚佳雪："你往好处想，万一季时安没那么厉害呢？"

戚佳雪愣了会儿，脸色一会儿白一会儿红："应该挺好的。"

过了十分钟，门口有电子锁解锁的声音。

戚佳雪身体猛地一僵，慌张地看了眼艾伽。她向来胆小，四个人里她是最没主心骨的，靳嘉致在就靠靳嘉致，有艾伽靠艾伽，没艾伽就靠季时安。

可现在……

艾伽拍了拍她的肩膀："孩子，你得自己成长。"

艾伽将客厅留给了她和季时安，自己和靳嘉致出去逛超市了。

这是艾伽家，老房子前段时间翻修过，光线比之前要好。

戚佳雪和季时安一时谁都没说话。

过了好几秒，季时安作为男人，先张口："不满意吗？"

"什么？"

"你不是说考察后才交往吗？"他垂眼看她，"你今天睡完我就跑，我想了想就只猜到这一个原因，你是不满意我的技术吗？"

那是她昨晚喝多了口嗨时给艾伽打电话诉苦说的话，说她好命苦，每次恋爱都不超过三个月，谈什么恋爱，不如直接睡觉，睡后满意了再交往。

戚佳雪脸红起来，手指攥紧，张着唇不知要说什么。

季时安也紧张，盯着她的眼睛："你说过你会负责的，所以我是来要名分的。这个事情你不能因为一次不满意就觉得我不行，谁第一次就这么厉害，都是靠实践，有了经验后才能知道是真好还是假好。我也认真想了想，我发现我还挺喜欢你的，虽然你没脑子，人也蠢，眼光还差，但……"

戚佳雪慢半拍反应过来，不可置信地大声问："季时安，你第一次？"

"就是还挺喜欢你……"季时安脸一红，不高兴她将这种事说得这么大声，他破罐破摔，"对，怎么，你不是吗？"

戚佳雪："我当然也是。"

"那不就行了，你在瞧不起我什么？"季时安知道自己这么多年荒唐事不少，他觉得这事也要解释一下，"我承认我喜欢过挺多女孩的，但真的没做过什么，你不是都知道吗？"

"你确实追不上她们。"

季时安："所以呢，你要对我的第一次负责吗？"

戚佳雪微微抬头看向季时安，说起来季时安长得真挺好的，只不过靳嘉致光芒太强，显得他次了点。但他也是成绩优异、凭着自己能力申请上海外名校的。这么看起来，她好像也不吃亏。

"行吧，那我就勉为其难负责一下吧。"

季时安眼睛一亮，刚要笑着抱她。戚佳雪手指抵着他："那说好了，你以后只能做我一个人的专属小狗。"

季时安撇撇嘴，但看着眼前小姑娘红透了的脸，他心口忽然感觉被涨得满满的，从来没有过这种感觉。

"行吧。"

谁叫，我从小就让着你呢。

(4) 没有自信的靳嘉致

靳嘉致意识到喜欢艾伽的时候，其实感觉很糟。因为……显而易见，艾伽并不喜欢他。

他记得很清楚，那天天气很坏，气温零下，雪下得很大。她惨兮兮地站在亮得过分的客厅里，仓促地看了他一眼，眼睛很红，带着一万分的依赖。

其实在他还不认识艾伽的时候，就知道她是自己未来的妻子。家长们时不时透露着，他有个非常可爱的娃娃亲对象，叫艾伽。他虽然年纪小，但懂什么叫娃娃亲，就是未来妻子的意思。

他怀着几分好奇和打量，仔细看着她，却发现这个小姑娘哪儿哪儿长得都好，特别符合他喜好。

所以她看过来时，他脸一烫，下意识瞪了她一眼。

他也不明白这是一见钟情还是潜移默化，反正艾伽就是他默认的另一半。

他尽心尽力地照顾她，带着她去认识这座对她来说陌生的城市，看着她从拘谨到放松。

可她还是认识了别的人，那时靳嘉致才明白，原来人的心是真的会被撕开的。

艾伽刚认识戚佳雪那一阵，两个人天天黏在一起。也许戚佳雪是艾伽在苏城认识的第一个女生，也许是女生间奇妙的友情，轻而易举他就被艾伽排到了第二位，甚至第三位。

算了，再算下去都是自取其辱。

"艾伽是不是太宠戚佳雪了？"某次放学后，靳嘉致看见戚佳雪吃冰激凌吃得满手都是，艾伽拿着湿巾纸在耐心地给她擦手。

季时安看过去，有些嫌弃戚佳雪那傻兮兮的模样："还好吧，戚佳雪不也很黏艾伽吗，两人去卫生间、小卖部全都手拉手，我那天还听到她俩讨论内衣颜色和图案。"

靳嘉致的眉头拧起来："女生本就聊得这么深？还是就她们俩？"

季时安静了几秒，似乎真的在想："应该都是吧，女孩不都这样黏糊糊吗？你不会想歪了吧？"

他看着靳嘉致的表情，领悟到什么，推了靳嘉致一下："戚佳雪前几天还花痴隔壁班一男的。"

他脑子忽然一抽，又说："不会是艾伽单方面的吧？"

靳嘉致眉头皱得更深："你觉得可能吗？"

季时安想了想："也是，肯定不可能。"

小学时，他们四个是一个班的，那是荣小唯一一届六年没分班。艾伽是三年级下学期开学转到他们班的，那个年纪的小朋友对于转学生的到来非常好奇。

靳嘉致是艾伽的第一任同桌，等她和班级里的人熟悉了，就没在教室里主动找过他。他没少因为这事斤斤计较。

季时安从那时起就人小鬼大地说他这叫吃醋。但他们都太小了，不懂吃醋的意思。

随着一天天长大，艾伽漂亮得连隔壁学校都听说了。补课班、竞赛班、校外活动，时不时都会有人探头探脑地询问谁是艾伽。

这个时候，最烦的一定是靳嘉致。

"我刚刚打篮球，隔壁区的来问我认不认识艾伽，艾伽可以啊。"季时安坐在靳嘉致旁边拿着纸巾擦汗，擦到一半发现他没出声，以为他不感兴趣。

树荫下蝉鸣声太响，季时安擦完汗，看见刚刚问他认不认识艾伽的哥们儿冲他招手。他又嘴碎起来："马上初中了，长荣初中部好像除了地段生，还收别的区成绩好的学生。你说那欣赏艾伽的人是不是就更多了？"

靳嘉致硬邦邦地回："不知道。"

"那你说你和艾伽谁更受欢迎啊？"季时安想了想，"我觉得是艾伽，哈哈哈，这次你输了。"

靳嘉致冷着脸站起身，不想搭理季时安。但他那晚做了一件更傻的事情，他守在单元楼楼下，等着艾伽从画室回来，然后不分青红皂白毫无铺垫地就问她："现在每天看你的人多吗？"

艾伽显然愣住了，过了好几秒才缓过来："还行，怎么？"

靳嘉致抿了下唇，被夜风吹得脑子发昏，更加口不择言："哦，反正肯定没我的人多。"

说完，他就后悔了，艾伽嘴角勾起嘲讽的弧度："哦？要给你发个奖状吗？上面就写四季苑小区被最多人关注奖。"

奖状当然没有给，后来短短两年变故太多。

靳嘉致看着她被迫成长，被迫在最叛逆的年纪变得无比懂事。如果可以，他也很想像戚佳雪那样抱着她、安慰她。

"你发现没有，戚佳雪特别怕你。"又被戚佳雪暴躁打一顿的季时安揉着胳膊，和坐在旁边自带隔断的靳嘉致聊天。

靳嘉致的注意力都在艾伽身上："没。"

"真的，绝对怕你。还有你为什么每次看见戚佳雪和艾伽黏在一起脸色就特别冷？"

"你看错了。"

"不可能。"季时安搞不明白，只觉得自己为这个四人友情付出太多了，"我就觉得你们好奇怪。你和艾伽也是。"

靳嘉致一顿，反常地刨根问底："哪里奇怪？"

"就……说不上来。要不是知道你和艾伽互看不顺眼，我还以为你们是那种傲娇小情侣吵架呢。"

靳嘉致目光看向他。

季时安说完这件事，话题已经偏到昨晚的球赛上了，他兴致来了，激动地和靳嘉致说了半天。

季时安："你觉得呢？昨天谁打得最好？"

靳嘉致表情有些难以言表，又别扭又开心又苦恼。季时安觉得果然，一场球赛需要所有球员在球场上发挥出色，你看连靳嘉致都要这么纠结。

他正期待靳嘉致说了后，和靳嘉致分析那个球员如何牛，就听见他问——

"我和艾伽很像情侣吗？"

季时安一愣。

靳嘉致还在等他的回答。

季时安无语："像像像，你俩天生一对，佳偶天成。敢情我刚刚和你说什么，你都没听见啊？"

靳嘉致目光又移开了，落在不远处的艾伽身上。她正和戚佳雪聊天，注意到他的视线看过来，冲他翻了个白眼。

靳嘉致没在意，他低头在藏笑。

天生一对。

佳偶天成。

果然吧，连季时安这个外人都觉得他们配。

（全文完）